스케치들
1950

2

서른들
1930 2

초판 1쇄 인쇄 2014년 9월 5일
초판 1쇄 발행 2014년 9월 19일

지은이 김민주
발행인 오영배
기획 박성인 **책임편집** 이대용
표지 · 본문 디자인 디자인 공간 · 신경선
제작 김아름

펴낸곳 (주)삼양출판사 · 단글
주소 서울특별시 강북구 솔샘로67길 92
대표 전화 02-980-2112 **팩스** / 02-983-0660
블로그 blog.naver.com/dan_gul
출판등록 1999년 3월 11일 제9-00046호

ISBN 979-11-313-0124-1 (04810) / 979-11-313-0122-7 (세트)

단글은 (주)삼양출판사의 로맨스 문학 브랜드입니다.

스캔들
1930

김민주 장편소설 · 2

단글

|목차|

1장
사랑은 이미 시작되었다

고토구 에다가와는 도쿄의 쓰레기 소각장이었다. 그곳의 외딴 구석에 있는 좁고 초라한 안가에서 정일과 철환은 초조하게 회중시계만 들여다보았다.

비록 쓰러지기 일보직전의 폐가와 다름없는 집이라도 집주인이 조선인인 덕분에 그들은 히로히토의 즉위식 당일 고베 항을 떠나지 않고서도 지금까지 무탈하게 숨어 있을 수 있었다.

방 밖에서 발자국 소리가 들리자 철환이 재빨리 권총을 뽑아들었다.

"누구요?"

"나요, 강가."

그 말에 벽에 기대어 앉아 있던 정일의 눈빛이 번뜩였다.

스스로를 강가라 부른 주인장은 노상에서 타이야끼 장사를 하면서 근근이 벌어먹는 자였다.

그는 낡아 빠진 외투를 벗어 바닥에 던져 놓고 누리끼리한 종이봉투를 내밀었다. 뭐가 잔뜩 들었는지 봉투가 두툼했다.

"팔다 남은 건데 다 식어 빠져 맛은 없소. 거기 부르주아 양반 며칠 새 밥도 못 자시고 그러고 있어서 신경이 쓰이지 않겠소? 마침 장사도 되다 말아서 있는 거 챙겨 왔으니까 잡숴나 보소."

그러면서 중년의 주인장은 타이야끼 하나를 집어 정일에게 내밀었다.

"이게, 이래 봬도 도미요, 도미. 아, 이 쪽바리 놈들이 생선을 그렇게 좋아한단 말이오. 있는 놈들이사 못 먹을 것이 없지만서도 없는 놈들 못 먹는 거야 조선 사람이나 왜놈이나 마찬가지란 말이지. 그러니 진짜배기는 못 먹어도 흉내나 내 보자 한 것이 이거 아니오? 원효대사 해골바가지 물처럼 이것이 도미다 생각하면 그게 바로 도미지. 거 배때지 한번 보소. 팥소를 잔뜩 넣어서 미어터지겠고만."

바닥에 철퍼덕 주저앉은 강가는 철환에게도 타이야끼를 나눠 주더니 자신도 한 입 베어 물었다.

"선생님"

정일의 부름에 마냥 사람 좋아 보이던 강가의 인상이 딱딱하게 굳어졌다. 입안에 남은 타이야끼를 마저 삼킨 그는 한숨을 쉬며 어깨를 축 늘어트렸다. 정일도 철환도 손에는 도미 모양의 밀가루 빵이 그대로 쥐어져 있었다.

"선생은 무슨. 그냥 강가라고 부르라니까. 아니면 아재라고 하든지. 것도 아니면 주인장이라고 하든가."

"키무라 양이 왔다 갔습니까?"

정일이 성마르게 묻자 강가가 고개를 끄덕거렸다.

"내 장사하는데 와서 도미 하나 먹고 갔지."

"경성에서는 뭐라고 한다 합니까?"

"조직에서 뭐 할 말이 있소? 안 된다는 소리뿐이지. 때가 안 좋은 거 동지도 알지 않소? 그쪽 누이 일이야 안 됐지만 오사카 형무소를 폭파시키는 건 너무 위험하오. 그 큰 건물을 혼자 힘으로 뭘 어찌하려고? 사람 손 여럿 타야 된단 말이오. 헌데 즉위식 이후로 이 쪽바리 놈들이 미친 개떼들처럼 사방팔방 으르렁거리고 다닌단 말이지. 몸 사리지 않으면 지난 간토 대지진 때처럼 애먼 조선인들만 다 죽어 나갈 판인데 막무가내로 덤벼들 일이 아니지 않소? 그쪽 누이가 이럴 줄 모르고 한 일도 아니고 알고서 한 일 아니오? 귀한 집 딸내미니 저놈들도 그리 함부로 죽이지는 못할 거고 증거도 없지 않소? 누이 하나 살리자고 동지들과 조선인들을 사지로 몰 셈이오? 그것이 아니면 자중하오."

그럴 줄 알았다는 듯 철환은 별 말이 없으면서도 괜스레 정일의 눈치를 살폈다.

거사의 진행은 조직의 명령으로 이루어졌을지라도 살아남는 것은 개인의 몫이었다. '소탐대실'이나 '읍참마속'은 조직이 자주 하는 말이었다.

조직원 개개인들은 '소탐대실'의 '소'나 '읍참마속'의 '마속'과 다름없었다. 혈맹임을 맹세한 조직원들이야 당연시하게 받아들일 문제였지만 석정은 사정이 달랐다.

그녀는 조직원도 아니었고 스스로 기꺼이 나선 길도 아니었다. 결과적으로 속내의 사정이 어찌 되었든 인정에 호소해 필요한 만큼 쓰고 나서 '토사구팽'하겠다는 것이 조직의 입장인 것이다.

정일은 입도 대지 않은 타이야끼를 다시 노란 봉투에 내려놓고 자리에서 일어났다.

"이보시오, 모 동지?"

방문을 열고나서는 정일을 강가가 서둘러 붙잡았다.

"어디를 가려고 그러는 거요?"

조선인 사회주의 예술 동맹의 일본 지부 책임자인 그의 눈빛이 엄혹해졌다.

"알 만한 양반이 어찌 그러오? 그때 고베 항의 배편을 그대로 보내고 왜놈 땅에 남은 것도 조직에서 곱게 보지 않는다는 것을 알잖소? 사사로운 정에 이끌려 대세를 그르치지 말고 그만 소련으로 건너가오. 모 동지가 여기 있어 봤자 할 수 있는 일은 없소. 블라디보스토크의 수많은 조선인 동지들이 모 동지를 기다리고 있단 말이오. 공연히 여기 얼쩡거리다 히로히토의 개들한테 붙잡히면 그것이야말로 개죽음에 소탐대실이지. 어차피 대의를 위해 희로애락을 포기한 사내가 이리 나약해서야 어떻게 혁명을 이룩한단 말이오?"

잠자코 듣고 있던 정일이 입술을 지그시 깨물며 말했다.

"하지만 혁명도 사람이 하는 일 아닙니까? 결국은 사람을 위하자고 하는 일인데 어떻게 모른 척한단 말입니까? 일이 생각처럼 풀리지 않습니다. 심지어 이치카와 요시히로의 아들이 현장에서 석정이와 함께 있었다고 증언까지 한 마당인데 왜놈들이 꿈쩍을 하지 않고 있어요. 우리가 놈들을 너무 만만하게 본 겁니다. 없는 죄도 만들어 뒤집어씌우는 놈들이 그렇게 쉽게 석정일 내줄 리가 없지 않겠습니까? 지난 대지진 때도 그토록 많은 조선 민중을 학살한 것들이에요. 석정이 하나쯤이야 날파리만도 못하게 볼 것이란 말입니다."

강가는 한숨을 푹 내쉬었다.

"아무튼 경성에서 내려온 지시는 하루빨리 왜놈 땅을 떠나 소련으로 가라는 것이오. 모 동지가 여기 있는다고 석정 양이 석방되는 것도 아니지 않소? 누이를 찾아갈 때 이미 이런 상황을 예측했을 사람이 이리 못나게 굴어서야."

철환이 두 사람 사이를 중재하며 끼어들었다.

"모 동지, 선생님 말씀이 맞습니다. 제가 한번 나가서 살펴 볼 테니 동지는 여기 가만히 계십시오. 헌병 놈들이 동지를 찾으려고 온 사방을 휘젓고 다니니까 말입니다. 동지의 부친께서 경성으로부터 건너오셨다고 하니 일이 어떻게 돌아가나 알아보겠습니다."

정일이 망설이다가 위험하기는 마찬가지 아니겠냐고 말했다. 그러자 철환이 고개를 저으며 거침없이 대답했다.

"조직에서 중추적인 역할을 하는 모 동지가 위험한 것보다는 이편이 훨씬 낫습니다."

정일의 얼굴이 점점 더 어두워졌다.

"미안하게 됐네. 자네라도 떠나야 했어."

"그런 말씀은 접어 두십시오. 뜻이 같은 동지 아닙니까?"

"내 아버님이라고 별수 있을지 모르겠네. 아니다 싶으면 다음 배편을 알아봐서 자네 먼저 떠나게. 나야 내 누이 일이지만 자네는 그보다 더 큰일을 해야지."

"아니, 정말 이 사람이! 철환 군만 보낼 것이 아니라 자네도 가란 말일세! 할 일이 태산인 사람이 언제까지 이리 주저앉아 있으려고!"

꾸짖으며 호통을 치는 강가의 말에 정일이 답답한지 마른세수 하듯 손으로 얼굴을 비벼 댔다. 철환이 나가고 시간이 얼마간 지나자 한풀 누그러진 강가가 슬며시 담배 한 대를 내밀었다. 머뭇거리며 받아 든 정일이 입에 담배를 문 채로 침묵했다.

이치카와 저택으로 이어지는 길목에 차를 세워 놓은 모 백작은 날이 저물어 어둠이 내려앉도록 타이요우를 기다리고 있었다. 외로이 서 있는 가스등 하나가 그의 차를 등대처럼 비추었다.

석정의 소식을 듣자마자 부랴부랴 일본으로 건너온 그는 지난 며칠이 어떻게 흘렀는지조차 모를 만큼 정신이 없었다. 걱정되기는 매한가지인 이 여사가 기어이 쫓아오겠다는 것을 겨우 떼어 놓고 온 참이었다. 가뜩이나 심약한 성품에 과도한 심려로 타지에서 몸이라도 상하면 여식의 구명 활동에 걸림돌이 될까 염려가 되어서였다.

처음에 그는 딸을 쉽게 빼낼 수 있으리라 생각했다. 증거도 없이 황실의 작위를 받은 자신의 딸을 오랫동안 붙잡아 놓을 순 없을 것이라 속단했기 때문이다. 그러나 직접 일본에 와서 보니 일이 생각보다 심각하게 흐르고 있었다.

우선 정일의 이력이 석정의 구명에 방해가 되고 있었다. 더욱이 교토 궁내에 있던 유일한 조선인이라는데 더 말을 해 무엇을 하겠는가.

도움을 청해 볼 만한 곳은 모두 찾아가 봤지만 다들 곤란하다며 거절하기에 바빴다. 총독부에 연줄이 있는 관료들이나 조선에 진출한 기업가와 투자자들, 각계의 유명 인사들 중 그가 가진 금력에 기대지 않은 자들이 거의 없을 정도였지만 하나같이 언제 보았냐는 듯 모 백작을 모른척했다.

"결국 비벼 볼 언덕이라고는 이치카와가 도련님밖에 남지 않았네요, 백작님."

그를 외면하지 않은 유일한 사람인 가스카노 미하로의 말마따나 이제 기댈 만한 데라고는 딸과 염문설이 돌고 있는 이치카와 타이요우밖에 없었다.

평소 같았으면 딸의 불미스러운 소문에 대해 화를 내고 아버지로서 딸의 명예를 우선적으로 걱정해야 했지만 지금은 그럴 여유가 없었다. 애지중지 금지옥엽으로 키운 딸을 하루라도 빨리 다시 보기 위해서라면 타이요우의 두 다리를 붙잡고 통사정이라도 해야 했다. 가랑이 사이를 걸으라면 충분히 그럴 생각이었다.

그러나 막상 이곳에 찾아오니 타이요우는 외출 중이고 집 안에 있는 이치카와 요시히로는 코빼기도 비치지 않은 채 늙은 집사의 입을 통해 그를 문전박대했다.

"저기, 그의 차가 오고 있어요."

멀리서 미끄러져 오는 롤스로이스 한 대가 보였다. 동행한 미하로가 자동차를 향해 턱을 들어 보였다. 초조하게 길목을 서성이던 모 백작이 고개를 홱 들었다.

"아, 이치카와 상!"

그들을 발견한 차가 멈춰 서자 모 백작이 조급한 마음에 미하로를 밀어내고 앞으로 나섰다. 차에서 내린 타이요우가 설명을 요하는 눈길로 미하로를 쳐다보았다.

"모구연 백작님이세요. 석정 양의 아버님이죠."

그녀의 소개에 그가 다소 놀란 표정을 지으며 목례했다.

"알아 뵙지 못했습니다. 죄송합니다."

"아니오, 아니오! 갑자기 찾아온 내가 미안합니다."

한겨울 날씨에 밖에서 얼마나 오랫동안 기다렸던지 말을 하는 모 백작의 입술은 시퍼렇게 색이 죽어 있었다.

"왜 들어와 계시지 않고 밖에 계십니까?"

석정의 부친이라는 생각에 타이요우는 마음이 쓰였다.

"쯧쯧. 그렇게도 자기 아버지를 모르실까? 이봐요, 도련님. 댁네 아버지가 행여나 그러라 하시겠어요? 문전박대지. 도움이 되어 드릴까 해서 백작님과 동행해 드렸지만 역시 한 번 버린 여자는 두 번 돌아보지 않는 분이더군요. 덕분에 우리는 이곳에서 오들오들 떨었답니다."

다른 때 같으면 미하로의 이죽거림을 유연하게 받아들였을 테지만 지금은 그럴 기분이 아니었다. 그녀를 보는 타이요우의 눈길이 날카로워졌다.

"예의가 아닌 줄 알면서도 이렇게 찾아온 것은 내 딸아이를 어떻게 구명할 방법이 없나 해서 염치를 무릅쓰고 온 것이오. 명색이 천황 폐하께서 내려주신 작위를 받은 자라고는 하나 워낙 큰일인지라 내 힘으로는 아이가 어디 있는지조차 알아낼 길이 없소. 하지만 그 아이는 이번 일과 무관하오. 정말이오!"

"지금 석정 양을 면회하고 오는 길입니다."

두서없이 말을 잇던 모 백작의 표정이 타이요우의 말에 희망으로 환해졌다.

"지금 어디에 있소? 아이는 잘 있습니까?"

"몸이 많이 상했습니다."

밝아졌던 모 백작의 안색이 다시 어두워졌다.

"귀하게만 자라서 그런 험한 일은 견디지 못할 거요."

짐작은 하고 있었지만 막상 실제로 이야기를 듣고 보니 충격적인 모양이었다. 그는 비틀거리며 손으로 차를 짚었다.

"오사카 형무소에 있습니다."

타이요우가 석정이 있는 곳을 알려주었다.

"그, 그곳이라면……!"

모 백작은 말을 잇지 못했다. 사상범들이 가장 많이 잡혀간다는 그곳에 대한 악명 높은 소문은 이미 조선인들 사이에서 유명했다. 그는 체면이고 뭐고 다 집어치우고 타이요우의 손을 덥석 잡아 사정했다.

"내 이리 부탁하리다. 그 아이를 좀 구해 주시오. 그 아이가 잘못되면 우리 부부는 살 수가 없소. 제 오라비가 불온한 사상으로 여기저기 들쑤시고 다닌다지만 내 딸은 그런 일들과는 전혀 상관이 없단 말이오. 그저 신무용이라는 것을 하기 위해 혈혈단신 물 건너 이곳까지 온 아이가 대체 무슨 변고인지. 무릎이라도 꿇으라면 꿇을 것이고 전 재산을 다 내놓으라면 그리할 터이니 석정이만 살려 주시오. 간곡히 부탁하리다!"

아비 뜻대로 되어 주지 않은 아들의 빈자리를 오롯이 채워 주던 딸이었다. 똑똑하고 당차서 여느 아들자식 부럽지 않은 그런 자식이었다. 헌데 어쩌다 이런 말도 안 되는 일에 휘말렸는지, 사실은 젊은 혈기만 앞세운 제 오라비의 꼬임에 넘어간 것이 아닐까 불안했다.

"석정 양이 무사히 나올 수 있도록 알아보는 중입니다. 기다리시면 곧 연락을 드리겠습니다."

이리도 고마울 데가!

도와주겠다고 나서는 사람 하나 없는데 마침내 구원의 손길을 만나 목이 메었다.

"내 우리 아이만 빼내 주면 평생 그 은혜는 죽을 때까지 잊지 않겠소. 뭐든 말만 하면 보답을 해 드리리다!"

감정이 울컥 솟아오르는 바람에 목소리가 떨렸다. 주책이다 싶어 믿고 기다리겠다는 말만 남기고 돌아섰다. 멀찌감치 떨어져 있던 기사가 얼른 달려와 차 문을 열어주었다. 모 백작은 할 말이 더 남은 듯 머뭇거리다가 이내 차에 올라탔다.

"후작님께서 가만히 보고만 계실까요? 아무리 이치카와 도련님이래도 쉽게 하실 수 있는 일이 아닐 텐데 말이죠."

거대하게 솟아 있는 저택을 보는 미하로의 눈길이 무감했다.

"석정 양은 천황 폐하의 시해를 도모했다는 혐의를 받고 있어요. 더구나 그녀는 조선인이에요."

냉소적으로 중얼거린 그녀는 시선을 돌려 타이요우를 바라보았다.

"그렇지만 이봐요, 도련님. 아무리 어려워도 석정 양을 꼭 빼내 줘요. 알겠어요?"

"내 아버지를 물 먹이고 싶은 모양이군요."

"풋."

그녀가 가벼운 웃음을 터트렸다.

"물론 그렇긴 하지만…… 꼭 그렇지만도 않답니다. 석정 양은 내가 인정한 첫 번째 제자예요. 춤을 추어야 할 몸이 잔혹한 고문으로 짓이겨지는 걸 원치 않아요. 그런 몸은…… 그러니까 춤을 추기에 안성맞춤인 그런 몸은 그렇게 많지 않답니다. 소중히 다뤄야지요."

미하로는 추운 듯 외투를 여미며 모 백작이 기다리는 차로 걸어갔다. 타이요우가 그녀를 불러 세웠다.

"미하로"

막상 부르긴 했지만 그는 선뜻 입을 열지 못했다.

"나를 불렀나요?"

입안에서 맴도는 여러 구구한 말들을 누군가에게라도 토해 내고 싶은데 그 상대가 주위를 아무리 둘러보아도 미하로밖에 없었다.

불쌍한 인생. 속내를 털어놓을 상대가 고작 아버지의 옛 정부뿐이라니!

그는 한탄했다.

"사랑은 이미…… 시작된 것 같습니다. 마담."

옥중의 그녀가 손가락 사이로 빠져나가 버릴 한 줌의 재가 될까 봐, 이곳 인간의 땅에 그녀가 언제 존재했었냐는 듯 꿈처럼 사라져 버릴까 봐, 미욱한 이 손이 닿지도 못할 곳으로 어느 날 갑자기 떠나 버릴까, 불안하고 두려운 이 마음이 진실로 사랑이라면.

정작 석정에게는 하지도 못할 말이다. 그러나 사랑이라는 단어의 무게가 너무나 커서 무작정 가슴에 담고만 있다가는 언제고 그 가슴이 산산조각이 나도록 터져 버릴 것만 같았다.

"시작하지 말라니까 그러네. 청개구리 같으니⋯⋯."

하기야, 하지 말란다고 하지 않을 것이라면 사랑도 아닐 테지만. 청춘은 왜 늘 위험한 사랑에 목을 매는 걸까?

사랑 앞에 누군들 별수 있겠느냐며 미하로는 어깨를 으쓱거렸다. 세상에는 사랑할 만한, 사랑받아 마땅한 무수히 많은 남자와 여자가 있지만 오직 그 사람이어야만 하는 이유는 저마다 있을 것이다. 무슨 모진 말로 구박하고 만류해도 들리지 않는 귀머거리들이 아니던가.

그래도 시작하지 말지.

청춘은 푸르고 투명하기만 해서 성숙한 이가 알려주는 빛의 이면을 이해하지 못했다. 그저 가스카노 미하로가 그랬고, 세상의 또 다른 이들이 그랬듯이 빛 속으로 뛰어들어야 비로소 어둠을 보게 될 터였다. 제아무리 잘난 척, 이성적인 척 굴며 거부해도 결국엔 뜨거운 본능에 놀아날 수밖에 없는 청춘의 무모함은 절대적이었다.

미하로와 모 백작을 태운 차가 멀어졌다. 타이요우는 막혔던 숨을 토해 내고 두 손으로 얼굴을 가렸다. 멀찍이 저택에서 흘러나오는 노란 불빛이 불행처럼 다가왔다.

지금부터 그는 인간적인 감정을 모두 버리고 이치카와 요시히로, 자신의 아버지와 거래를 할 참이었다.

요시히로는 막 잠자리에 들려던 찰나에 방 안으로 들이닥친 아들을 못마땅하게 바라보았다. 잠자리 시중을 들던 하녀 아이가 놀라서 후다닥 도망을 가 버리자 아쉬운 마음에 입맛을 다셨다. 얼마 전에 새로 들인 하녀로 벌써부터 눈여겨보다가 오늘 밤에서야 불러들였건만 불발로 끝나게 되어 심사가 뒤틀렸다.

"야밤에 예의 없이 대체 무슨 짓이냐?"

"시키시는 일은 무엇이든지 하겠습니다."

훈도시 차림으로 침대에 걸터앉은 요시히로는 유카타를 입다말고 아들을 보았다.

"무슨 말이냐?"

"이제 그만 빼내 주십시오."

"누구를 말이냐?"

"몰라서 물으십니까?"

유카타를 마저 입은 요시히로는 술을 한 잔 따라 푹신한 의자에 앉았다. 그는 황금색 액체를 마시면서 아들의 얼굴을 예리하게 살펴보았다.

무언가를 간절히 원해 본 적이 없는 아들이건만 지금은 몹시도 절박해 보였다.

"제가 어떻게 해야 도와주시겠습니까?"

감정을 내보이지 않기 위해 노력했지만 타이요우는 결국 반응이 없는 요시히로를 향해 초조하게 물었다. 그러나 그와는 반대로 요시히로는 한없이 느긋하기만 했다. 어쩌면 이번을 기회로 늘 겉돌기만 했던 아들을 온전한 이치카와 가문의 사람으로 만들 수 있을 것이란 기대감이 들었다.

그는 부정이나 긍정도 하지 않은 채 술잔을 기울였다. 낚시꾼은 낚싯대만 드리우면 되는 법이다. 물고기는 자연히 떡밥을 물게 되어 있으니까.

요시히로가 타이요우에게 물었다.

"네게 사랑이란 무엇이냐?"

그것은 아편과도 같은 것. 중독, 갈증, 초조, 불안을 동반한다. 어머니 앤이 그랬으며 타이요우 자신이 첫 연정이었던 사치에게 배신감을 느낄 때도 마찬가지였다. 그러다가 결국 가슴을 도려내야 하는 일이었다.

타이요우는 탁하게 갈라진 목소리로 대답했다.

"아무것도 아닙니다."

흡족해하며 자리에서 일어난 요시히로는 그를 가까이 불러 창가로 데려갔다. 비록 캄캄한 밤이라 온전히 볼 수는 없지만 희미하게나마 보이는 드넓은 정원의 사철나무 숲이며 구불구불하게 이어지는 산책로와 서양의 것을 본떠서 만든 조각상들을 손가락으로 일일이 가리켰다.

"보이느냐? 저기 사철나무 숲도, 매혹적인 조각상들도 네 것이며 이 저택의 먼지 하나도 남김없이 모두 네 것이다. 이치카와 가문이 소유하고 있는 광대한 토지와 수많은 건물과 공장과 광산도 모두 네 것이고, 네 아비인 내가 가진 권력 역시 네 것이다."

이 모든 것을 주고자 하였으나 받으려 하지 않았던 아들을 향해 그는 자랑스럽게 하나하나 되새겨 주었다. 조상 대대로 가문의 이름은 더없이 밝은 빛을 발하며 제국 내의 또 다른 왕국으로 군림해 왔건만 유일한 후계자이자 아들인 타이요우가 도통 관심을 보이지 않아 얼마나 애를 태웠던가. 아들이라고는 덜렁 하나뿐인데 말이다.

그는 자신의 생각을 주지시키기 위해 타이요우의 얼굴을 두 손으로 감싸 쥐고 단호하게 말했다.

"너는 누가 뭐래도 내 아들이다. 내가 네 어미의 몸에 씨를 뿌려 받은 거부할 수 없는 내 아들이다. 너는 이치카와 가문의 이름으로 네 눈앞에 보이는 이 모든 것을 받아야 한다. 일본인임을 자랑스러워해라. 그중에서도 이치카와의 성을 받은 것을 더욱 자랑스러워해야 한다."

"그러면 되겠습니까? 그러면 그녀를 구할 수 있습니까?"

요시히로는 타이요우를 풀어주고 다시 창밖을 보았다. 입안에 술을 담아 빙글빙글 돌리다가 꿀꺽 삼켰다.

"황후께서 영광스럽게도 너를 위한 중신을 서주시겠다 하시니 감사한 마음으로 받아들이도록 해라. 또한 더 이상의 무위도식은 안 된다. 네가 이치카와 가문에 걸맞은 사내가 되겠다고 약속을 한다면 너와 나의 거래는 성립이 되는 것이다. 알겠느냐? 사랑이 아무것도 아니라는 네 말을 증명하도록 해라."

타이요우는 요시히로의 조건을 받아들였다. 황후가 내세운 유수 가문의 여인과 혼인을 하고 가문의 사업을 이어받아 일을 한들 하얀 피부와 노란 머리를 가진 자신이 과연 온전한 일본인들과 섞일 수 있을지 회의적이었지만 그는 체념했다.

그것이 석정을 구할 수 있는 유일한 방법이라면 기꺼이 지옥불에라도 뛰어들 준비가 되어 있었다.

* * *

높이 솟아오른 회벽은 그 안에 갇힌 사람들을 바깥세상으로부터 철저히 고립시키는 역할을 했다. 어둡고 칙칙한 담 위의 가시 돋친 철조망이 인간의 두려움을 최대한으로 자극시켰다. 불에 그슬린 것처럼 어두운 잿빛의 건물이다.

오사카 형무소의 벽은 수감자뿐만 아니라 무심히 그 앞을 지나는 이들에게도 공포의 대상으로 다가왔다.

두꺼운 저 벽 안의 사람들은 과연 어떤 삶을 살고 있을까? 햇빛은 볼 수 있을까? 바람 냄새는 맡을 수 있나? 하늘은 보일까?

그렇게 담 옆을 지나는 사람들은 누구나 한 번씩 궁금해 했다.

낡은 철문이 열렸다. 녹슨 경첩에서 쇠 긁는 소리가 났다. 연체 생물처럼 흐느적거리며 밖으로 나온 석정은 얼마 걷지도 못하고 풀썩 주저앉았다.

"석정아! 아가!"

그녀가 나오기만을 기다리던 모 백작의 입에서 비명과도 같은 소리가 터져 나왔다. 엄동설한 차가운 겨울 날씨였지만 걱정과 긴장으로 맞잡은 두 손에 땀이 삐질삐질 날 정도였다.

그는 자신의 외투를 벗어 석정의 어깨에 둘러 주었다. 경성에서 마지막으로 보았던 고운 모습과 달리 만신창이가 된 딸의 모습에 그는 할 말을 잃었다.

"아버지……."

석정은 모 백작의 얼굴을 확인하고 나서야 악명 높은 형무소에서 살아 나온 사실을 실감했다.

"아무 말도 하지 말거라. 아무 말도 하지 마!"

체면 불고하고 모 백작은 눈가에 고이는 눈물을 손등으로 훔쳐 냈다. 만지면 닳아질까 그저 예쁘게만 키운 딸의 참혹한 몰골에 가슴이 미어졌다.

"어서 가자. 어서 가!"

모 백작의 어깨너머 석정의 눈이 어딘가로 닿았다. 그녀의 눈

길은 너무 멀리 떨어져 누구인지 구분도 되지 않는 희미한 인형
(人形)을 향하고 있었다.

인형은 그녀의 시선을 받고서도 당황하거나 피하는 기색이
없었다. 석정은 퉁퉁 부어 자꾸만 감기는 두 눈을 부릅떴다. 망
막에 걸친 인형이 무심히 사라져 버릴 연기처럼 이리저리 흔들
렸다.

그다!

그녀는 모 백작의 손을 뿌리치고 인형을 향해 달려갔다. 사람
의 모습을 확실히 식별할 수 있을 정도의 거리는 아니었지만 본
능적으로 알 수 있었다. 분명 이치카와 타이요우다.

그가 왜 멀리 숨어서 자신을 바라보는지 그녀는 이해되지 않
았다. 비틀거리면서도 이 악물고 달려가다 넘어지기를 반복했
다. 드디어 상대의 빛나는 금빛 머리카락이 완연히 눈에 들어왔
을 때 그녀는 미소 지었다. 동시에 차갑게 돌아서는 그의 모습
에 그녀의 미소는 금방 사그라지고 말았다.

그는 그녀를 향해 다가오지도 않았다. 아팠느냐 물어보지도
않는다. 아니, 예전처럼 이기죽거리고 지분거려 주기만 해도 좋
을 것 같았다.

석정은 나락과도 같은 상실감에 빠졌다.

"석정아, 아가. 왜 그러느냐? 무엇을 보기라도 한 것이야?"

뒤늦게 달려온 모 백작이 걱정스러워 물었다.

"그 사람이에요. 이치카와 타이요우."

석정은 혼란스러워했다. 그녀를 보는 모 백작의 얼굴 위로 근심이 어렸다.

석정이 풀려날 수 있었던 이유는 표면상으로는 증거 불충분이었다. 하지만 그럴 거였으면 애초에 붙잡혀 갈 이유가 없거나 잡혀 갔더라도 바로 풀려 나왔어야 했다.

들리는 소문이 사실이라면 그날 밤 그 시각에 석정은 이치카와 타이요우와 밀회를 즐기고 있었기 때문이다. 헌데 11월 즉위식 때 체포된 석정은 대설(大雪)을 한참 지나 동지(冬至)가 거의 다 되어서야 석방됐다.

헌병대 쪽에서는 석정을 통해 정일까지 잡아들이려고 했던 것이 틀림없을 텐데 이렇게라도 풀어준 것은 이치카와 가문의 보이지 않는 강력한 힘이 있었던 것이 분명했다.

지금 와서 생각하면 모 백작은 지푸라기라도 잡는 심정으로 타이요우에게 석정의 구명을 부탁했지만 그가 나서줄 것인가에 대해서는 반신반의한 상태였다. 천황의 시해를 모의한 범인들을 색출하는 일이라 아무리 이치카와 가문이라도 앞에 나서기가 껄끄러울 테니까 말이다.

그러나 예상과 달리 쉽사리 석정을 구명해 주겠다고 약조하는 타이요우의 모습이 의외였다.

여태 정신이 없어 석정과 타이요우의 관계에 대해 좀 더 깊은 생각을 하지 못했는데 지금 석정의 모습을 보니 도쿄에 돌고 있는 그들에 관한 염문이 영 헛소문만은 아닌 것 같았다. 그렇다면 더더욱 이해 못 할 상황이었다.

하필이면 오늘 저녁에 이치카와 저택에서 타이요우의 약혼 파티가 열릴 예정이라는 소식이 어제 자 신문에 대서특필 된 것을 읽은 모 백작의 가슴이 콱 막혀 왔다.

사람들의 이목을 신경 쓰지 않고 적극적으로 석정을 구명할 만큼 깊은 사이였음에도 불구하고 타이요우가 다른 여인과 약혼을 한다는 소리기 때문이다.

그 말은 조선 최고의 유력가문 출신이면서 총독부를 움직이는 모구연 백작가의 금지옥엽인 모석정이 버림받았음을 뜻했다.

하룻밤이나 이틀 밤, 어쩌면 몇 달이나 길게는 몇 년쯤 데리고 놀다 언제고 버릴 수 있는 화류계의 여인들처럼 가차 없이 말이다.

흔들리는 딸의 눈동자가 요동을 치는 파도와도 같았다.

"그 사람이 여기를 왜 오겠니?"

"그가 저를 구해 주겠다고 약속했어요. 조금 전에 사라진 사람 말이에요."

모 백작은 침통한 마음으로 고개를 저었다.

"아무도 없단다. 네가 잘못 봤겠지."

"그럴 리가요. 제가 봤는걸요."

석정은 환상과 현실 사이에서 길을 잃은 듯 멍하니 중얼거렸다.

하늘이 점점 일그러졌다. 잿빛의 높다란 형무소 역시 일그러졌다. 주변의 모든 시야가 흐릿해지는데 유독 타이요우가 떠난 자리만이 선명했다. 하늘보다도 형무소 건물보다도 더욱 심하게 일그러졌다. 석정의 육체는 영혼이 순식간에 빠져나간 것처럼 스르륵 쓰러졌다.

석정은 한동안 도쿄에 있는 병원에서 입원 치료를 받았다. 그러는 사이 모 백작은 그녀를 위한 집을 한 채 장만했다. 뿐만 아니라 조선에 있는 순옥을 일본으로 불러들이기도 했다. 고문으로 인한 병은 뒤끝이 길었다. 병원에서 퇴원을 한다 해도 요양이 필요한데 석정은 한사코 귀향(歸鄕)하기를 거부했다. 연구소 기숙사에서 다른 이들과 함께 지내면 마음 편히 쉬지 못할까 봐 가스카노 미하로에게 미리 양해를 구한 뒤였다.

작은 마당이 있는 집은 연못과 한 그루의 아름드리나무로 인해 제법 멋들어져 보였다. 마루가 깔린 기다란 복도를 가운데 두고 양쪽으로 다다미방이 있는 깔끔하고 아담한 일본식 목조 건물이었다.

퇴원 후, 석정은 불면의 밤을 보내고 있었다. 밤새 침대에 누워 눈을 감고 있었지만 그뿐이었다. 까무룩 감기던 눈이 한 번씩 뭐에 놀란 듯 화들짝 들춰졌다. 그럴 때면 잠 속으로 빠져들던 정신이 다시 또렷해졌다. 정신적으로나 육체적으로 고문의 후유증은 그녀를 온전히 두지 않고 시커먼 밤을 고통 속에서 뒤채이도록 만들었다. 그러다 보면 어둠이 눈에 익었다.

눈을 깜박이며 어둠 속에 양각된 사물들을 의미 없이 바라보았다. 옷장이나 장식장, 혹은 작은 테이블과 경대 같은 것들이 정물화처럼 정지되어 있다가 어느 순간 갑자기 그녀를 향해 달려들었다. 어린아이처럼 놀라 몸을 모로 뉘이면 이번에는 커다란 창문이 아가리를 벌리고 그녀를 맞이했다.

유리창에 비친 시커먼 나뭇가지가 겨울날 밤바람에 이리저리 흔들렸다. 그 모양이 마치 유령의 길고 날카로운 손톱 같기도 하고 오하시 데루오의 몽둥이처럼 보이기도 했다. 나무 그림자는 점점 더 커져서 곧 석정을 삼켜 버릴 태세였다.

드르륵.

굳게 닫혀 있던 미닫이 방문이 열리면서 적막한 어둠에 균열이 생겼다. 석정은 지레 놀라서 이불을 머리끝까지 뒤집어쓰고 숨을 죽였다. 창밖의 나무귀신이 자신의 얼굴 바로 위까지 다가와 혀를 날름거리는 것 같았다. 동공을 찌르는 환한 불빛이 이불을 투영해 들어왔다. 뚜벅뚜벅 다가오는 투박한 발걸음 소리가 괴물의 그것처럼 들렸다. 어쩌면 몽둥이를 든 오하시 데루오가 이 밤을 침탈해 들어온 것일지도 몰랐다.

석정은 꿈속인지 현실인지 도무지 알 수가 없었다. 폐부를 찔러 들어오는 공포의 바늘 끝이 그저 현실의 감각처럼 아파 왔다. 두툼한 솜이불이 딱딱한 껍데기라도 되는 듯 그녀는 그 안에서 갑각류처럼 몸을 잔뜩 웅크린 채 바들바들 떨었다.

"······정아, 석정아."

조심스레 몸을 흔들며 깨우는 소리에 심연처럼 내려앉던 눈꺼풀이 퍼뜩 떠졌다. 나무귀신과 제멋대로 살아 움직이던 가구들이 모두 사라졌다. 석정은 자신이 겨우 악몽에서 깨어났음을 깨닫고 가쁜 숨을 내쉬었다. 이불이 들춰지면서 불빛이 그녀를 향해 여과 없이 쏟아졌다. 기름 부은 등잔이 얼굴 위에서 달랑달랑 흔들렸다.

"오라······ 버니?"

자리에서 일어나 앉은 석정은 울먹이는 표정으로 정일의 얼굴을 오래도록 바라보았다.

순옥이 문가를 지키며 방 밖의 동정을 살폈다. 곤히 자다 말고 웬 돌멩이가 날아와 창문을 때리는 소리에 경기를 일으킬 정도로 된통 놀란 뒤였다.

숨을 죽인 채 자신의 이름을 불러 대는 목소리가 정일의 것임을 알고 놀란 가슴이 가라앉기는 했으나 여전히 무섭고 두려워 마른침을 자꾸만 삼켰다. 이러다가 순사들이 들이닥치거나 자고 있던 모 백작이 깨어날까 봐 전전긍긍이었다.

정일 역시 석정과 마찬가지로 말이 없었다. 그간에 얼마나 상했는지, 혹시 치유하지 못할 상처라도 남은 것이 아닐까 누이를 꼼꼼히 살핀 그는 본래도 마른 아이가 유독 더 말랐다며 가슴 아픈 표정을 지었다. 죄책감이 짙게 드리워진 그의 얼굴이 죽을 상이었다.

"이 집은 어떻게 아신 거예요?"

석정이 묻자 정일이 쓸쓸한 웃음을 지었다. 답이 빤한 질문이었다. 신문 몇 부만 사서 읽어도 그녀가 언제 출소해서 어느 병원에 입원했는지 자세하게 알 수 있었다. 물론 어디에 새로 집을 얻었는지도.

여러 가지 의미로 도쿄의 유명 인사가 된 석정은 신문기자들의 좋은 먹잇감이었다.

"어떻게 되신 거예요? 왜 안 떠나셨어요? 고베 항에서 배를 타신 것이 아니었나요?"

정일이 조용히 하라며 석정의 말을 막았다.

"그러다 아버님 깨실라. 잠깐 얼굴이나 보고 가려고 들렀다."

"왜 이제 떠나시는 거예요? 사방에서 오라버니 못 잡아 안달인 걸 모르세요? 순사들이 시도 때도 없이 들이닥치는데 이렇게 오시면 어떡해요?"

반갑기도 했지만 그보다 걱정이 앞선 석정이 봇물 터지듯 말이 많아졌다.

"쉿! 진정하고 내 말 좀 들어 봐."

순옥이 지키고 선 방문을 흘긋 쳐다본 정일이 말을 이었다.

"석정아, 너 이 오라비 따라 소련으로 가자."

"소련으로 함께 가자니 그게 무슨 말씀이세요?"

석정은 도통 뜻 모를 소리라며 낯을 찌푸렸다. 악몽을 꾸면서 흘린 식은땀이 아직도 남아 얼굴이 축축했다. 정일이 자신의 소매로 석정의 식은땀을 닦아 주었다.

"블라디보스토크로 갈 거야. 나는 이미 왜놈 땅이든 조선이
든 있을 수가 없으니 떠나야 하는 처지다. 그러니 석정아, 너도
가자. 이번 일로 너도 저들의 감시에서 벗어날 수 없게 되지 않
았니?"

전혀 예상하지 못한 말에 석정은 어리둥절했다.

"도쿄든 경성이든 일제가 망하지 않는 이상 너는 아마 평생
자유롭지 못할 거다. 나라는 존재가 너의 굴레가 될 게야. 그래
서 가자는 거다."

"하지만 오라버니 저는 해야 할 일이 있어요."

"소련에 가면 아주 유명한 발레단이 있어. 너라면 충분히 그
곳에서 춤을 출 수 있을 게야. 상황 좀 봐서 다른 구라파나 미국
으로 건너가 또 다른 춤을 출 수도 있을 거고. 아니면 독일! 그
래, 독일 그뤼네발트에 가면 이사도라 던컨이라는 아주 유명한
무용수가 세운 무용 학교가 있다고 하더라. 거기가면 네가 하고
자 하는 신무용을 더 체계적으로 배울 수 있을 거다. 오라비가
약속하고 보내 주마."

정일은 주머니 속의 회중시계를 꺼내 시간을 확인했다. 그의
말이 전혀 빈말은 아닌 듯했다.

소련. 러시아. 톨스토이의 나라. 나타샤와 안드레이 볼콘스
키의 나라. 그리고 타이요우…… 타이요우…… 멀어지던 그의
등. 빛 속으로 사라져 버리던 그의 금빛 머리카락!

석정은 실소하며 신경질적으로 머리를 흐트러트렸다. 약간의 시간이 흘러 한결 차분해진 목소리로 그녀가 말했다.

"오라버니. 전 괜찮아요. 저를 두고 가시는 것이 걱정되시는 거라면 그러지 마세요. 이렇게 빠져나왔잖아요."

"하지만……."

"제가 지금 떠나면 혐의를 인정하고 도주하는 꼴이 될 거예요. 그럼 아버지 입장도 곤란해지실 거고요. 무엇보다도 이렇게 떠나기 싫어요. 오라버니에게 오라버니만의 신념이 있듯이 저도 저만의 신념이 있어요. 비록 배우기는 일본 땅에 와서 배우지만 저는 세계적인 무용수가 될 거예요. 조선과 일본의 최고 무용수가 되는 것은 물론이고요. 누군가는 무력으로 독립을 하려고 해요. 또 다른 누군가는 계몽으로 사람들을 각성시키려고 하죠. 어떤 이는 아예 세상을 갈아엎으려고 하면서 저마다의 방법으로 독립과 혁명을 하잖아요. 그래서 저도 제가 할 줄 아는 걸로 저들 위에 서기로 했어요."

"석정아."

"이번에 일을 겪으면서 느낀 점이 많아요, 오라버니. 굳이 따지자면 저는 사회주의에 큰 매력을 느끼지 못해요. 하지만 약하고 가난한 자들을 향한 핍박은 없어져야 한다고 생각해요. 그래서 일본의 제국주의가 척결되어야 할 대상이라는 것도, 조선이 마땅히 독립되어야 한다는 것도 알아요. 그동안은 몰랐다기보다 삶이 불편하지 않아서 그러한 문제들에 대해 둔감하고 무심했다고 그렇게 고백할 수 있겠네요. 저에게 조선은 제가 태어나기도 전에 사라져 버린 나라였으니까요. 일본의 녹봉을 받는 친일 화족 집안의 철없는 딸이었던 것까지 부정하고 싶지 않아요."

침대에서 내려온 석정은 방 안을 배회했다. 그러다 정일을 휙 돌아보았다. 얼굴에 쓴웃음이 감돌았다.

"오라버니. 사실은 제가 자존심이 좀 많이 상했어요. 그래서 전 이렇게 도망치듯 못 가요. 저들이 버려지만도 못하게 생각하는 조센징 계집인 제가 한번 해 볼래요. 오라버니는 가세요. 오라버니의 신념대로 사세요. 저는 저대로 싸우겠어요. 저들이 조선과 조선인을 향해 당연하게 가하는 모든 핍박에 대해 여기 이곳에서 제가 아는 방식대로 항거하겠어요."

"순옥이에게 네가 잠을 자지 못한다고 들었다. 매일 밤 악몽을 꾼다면서?"

"오라버니 곁에 있는다고 악몽이 해소되지는 않아요. 제가 저들을 밟고 일어서야 해소될 악몽이에요. 비로소 저들을 이겼다고 느꼈을 때요. 그러니까 제게 죄책감 갖지 마세요. 저는 제 마음이 시키는 대로 했어요. 누구나 자신의 생각과 행동에 책임을 지기 마련이죠. 지금 저는 그 책임을 지는 중이에요."

너는 어째서 그토록 강한 것이냐? 그 의연함이 종당엔 너를 상처 내려 할지도 모르는데.

정일이 탄식과도 같은 웃음을 토해 냈다. 이내 물기 묻은 웃음이 잦아들었다.

"이곳에 남은 것을 후회할지도 모른다."

멍하니 중얼거리는 말끝에 한숨이 진하게 묻어 나왔다. 그가 굳이 석정을 데려가려는 이유는 그녀의 안위가 제일 컸지만 비단 그것뿐만이 아니었다.

이치카와 타이요우와의 추문, 그것은 충분히 추문 소리가 나올 만큼 추잡한 가십거리들이었다. 진실성과 전혀 무관한 너절한 이야기들이 조선과 일본에 가득 퍼졌는데 대체 이 아이는 어쩌려는 것일까? 이 추문으로 인해 석정은 같은 민족에게서조차 환영받지 못할 터였다.

멀리 떠나 버리는 편이 나을 것이다. 본연의 자유로운 영혼을 따라 때마침 더 먼 세상으로, 더 넓은 곳으로 가는 것이 훨씬 좋은 선택이 될 수도 있었다.

소문의 내막이 어찌 되는지 차마 묻지도 못하는 정일이다. 야무지고 바른 아이, 그만한 사정이 있었겠지 나름대로 합리화를 해 보지만 오라비 마음이 어디 그러하던가.

그의 심정을 아는지 모르는지 석정이 재촉했다.

"어서 가세요, 오라버니. 언제 순사들이 들이닥칠지 모른다니까요! 아무 때나 제멋대로들 들어왔다 나갔다 한단 말이에요. 순옥아. 오라버니 배웅해 드려라. 이러다 정말 아버지 깨시면 사달이 날지 모르잖니."

그 말에 순옥의 낯빛이 하얘졌다. 도련님에게 해가 가는 일은 저가 다치는 것보다 더 싫은 그녀였다. 방문을 슬그머니 열고, 아직도 머뭇거리는 정일을 제 손으로 잡아끌었다. 못 이기는 척 따라 나서던 정일이 문턱을 넘기 전에 석정을 돌아보았다.

"나는 내가 살아가는 한 혁명을 위해 내 한목숨 아깝지 않게 바칠 것을 맹세했다. 때로는 그것이 인정을 저버리게 만들기도 했지만 당연하게 생각했어. 세상을 바꾸려면 그 정도의 희생은 아무것도 아니었거든. 인생에 단 하나뿐이라 생각했던 여인을 잃고 나는 남자가 아니었다. 인간도 아니었다. 그저 세상에 혁명의 깃발을 꽂기 위한 사상의 꼭두각시가 되기로 마음먹었으니까. 그런 잔인성이 내가 내 누이를 알면서도 사지로 끌어들였어. 후회하지 않을 생각이었다. 네가 동의해 주고 기꺼이 따라 준다면 나를 이해해 주는 동지가 하나 더 생긴 것이리라 그리 생각하려 했다."

"후회하지 마세요. 오라버니는 하실 일을 하신 거예요."

"헌데 아니야. 아니었다. 넌 그저 내 누이일 뿐이었다. 나는 네 오라비였을 뿐이다."

석정은 더 이상 정일을 마주 보지 못하고 돌아섰다. 눈을 감으며 숨을 깊게 들이쉬었다. 추운 듯 양팔을 꼭 껴안았다.

정일에게 했던 장구한 말들은 진실이면서도 진실이 아니었다. 최고의 무용수가 되는 길은 일본에만 있는 것이 아니었다. 소련에도 있었고 독일에도 있으며 다른 구라파나 미국에도 있었다. 춤을 추는 자의 의지가 문제지 장소는 문제가 아니었다.

떠나지 못하는 진짜 이유는 좀 더 깊은 내면, 그녀 자신도 모르는 어느 곳에 꼭꼭 숨겨져 있었다.

마당으로 나와 남의 집 담벼락을 넘은 도둑고양이처럼 주변을 부산히 두리번거리던 순옥이 대문을 열다 말고 휑하니 돌아섰다. 동그란 두 눈이 정일을 삐쭉 쏘아보았다. 행여나 누가 들을세라 소리를 잔뜩 낮추는 바람에 감기에 걸려 쉰 것처럼 이상한 목소리가 나왔다.

"정말로 도련님하고 아기씨께서 그…… 그것을 던지신 겁니까? 폭탄 말입니다!"

"글쎄다. 그런 일을 무엇 때문에 알려고 하니? 알아서 좋을 것 없으니 석정이나 잘 보살펴 주거라."

정일이 그냥 지나쳐 가려고 하자 순옥이 양팔을 펼치고 서서 그의 앞을 가로막았다.

"약속해 주세요, 도련님."

"무엇을 말이냐?"

"다시는 돌아오지 않으시겠다고 말이에요. 돌아오시지…… 마시라고요."

호기롭게 시작했던 말이 점점 가라앉으면서 종국에는 무슨 말인지도 알아듣지 못할 만큼 웅얼거렸다. 제대로 말을 하라며 정일이 지그시 쳐다보자 순옥의 어깨가 산을 한 채 진 모양으로 축 늘어졌다.

"제가 일자무식이기는 해도 눈치는 있다고요. 도련님이랑 아기씨랑 나누시는 말씀 앞뒤 말만 맞춰 봐도 누구나 다 알겠는걸요. 죄가 없으면 왜 왜놈들을 피해 다니시는데요? 왜 아기씨가 저렇게 불안해하시면서 도련님을 못 보내서 안달이시냐고요!"

"그건 말이다, 순옥아."

때아닌 닦달에 정일이 당황스러운 표정을 지었다.

"조선에서나 여기서나 헌병 놈들한테 붙잡히면 도련님은 다산 목숨이시잖아요. 거기다 아기씨 형무소에 계실 때부터 각하께서 헌병보다 먼저 도련님을 잡아 요절을 내 버리시겠다고 얼마나 난리도 아니셨는데요! 그러니까 멀리 가셔서 하시고 싶은 일 하시라고요. 소련인지 뭔지 거기가시면 할 수 있는 거 아닙니까? 저는 무식이 도가 튼 년이라 도련님께서 맨날 하시는 부르 어쩌고, 사회 어쩌고 하는 말들 전혀 알아듣지도, 알지도 못하지만 엄청, 엄청 무서운 말인 건 압니다. 그렇지 않으면 저렇게 순사들이 도련님을 쫓아다닐 리가 없으니까요. 그래서 드리는 말씀입니다. 가셨다가 해방되면 그때 오세요. 물론 그때가 언제인지는 저도 잘 모르겠지만요."

그러면서 훌쩍이는 순옥이다. 정일은 동경 어린 시선으로 자신을 올려다보던 말갛게 까만 눈을 모르지 않았다. 그는 그녀의 순박성에 희미하게 웃고 말았다.

"그래, 알았다. 다시 오지 않으마. 그러니 너도 약속해 다오. 석정이를 끝까지 잘 살펴 주겠다고 말이다."

당연한 소리를 한다는 듯 순옥이 울다 말고 코웃음을 쳤다.

"그거야 하나 마나 한 소리십니다. 제가 아니면 누가 아기씨를 보살펴 드립니까? 걱정 마시고 도련님이나 몸성히 다니시라고요."

그 마음이 예뻐 정일은 저도 모르게 순옥의 볼을 쓰다듬었다. 마치 막내 누이를 대하기라도 하는 양 퍽 다정스러웠다.

손등으로 축축한 눈가를 열심히 닦다가 말고 갑자기 다가온 손길에 움찔한 순옥이 뒷걸음질을 쳤다. 그녀의 얼굴이 홍시처럼 벌겋게 달아올랐다.

"이제 그만 가세요, 도련님."

뒤꽁무니에 불이라도 붙었는지 고개를 꾸벅 숙인 순옥은 뒤도 돌아보지 않고 후다닥 집안으로 도망치듯 들어가 버렸다.

정일이 대문 밖으로 나오자 어둠 속에 숨어 있던 철환이 곁으로 다가왔다.

"혼자 나오신 겁니까? 왜……."

세 사람 몫의 배편을 어렵사리 마련한 차였다.

"나도 모르겠네. 아니, 본래부터 나는 저 아이의 속을 통 몰랐어. 그건 지금도 마찬가지야. 다만 나는 저 애가 이 시절을 무탈하게 보내기를 바랄 뿐이네."

불 꺼진 석정의 방을 올려다보면서 철환은 언뜻 서운한 기색이었다. 옆에서 정일이 긴 한숨을 쉬었다. 그들은 더 말을 하지 않고 묵묵히 길을 떠났다.

석정이 어느 정도 안정을 되찾고 나자 모 백작은 경성에 돌아가기로 결심했지만 딸을 남겨 두고 귀국해야 하는 발길이 쉽사리 떨어지지 않았다.

기사와 순옥이 짐들을 차에 싣는 사이 모 백작과 석정이 나란히 서서 연못가에 심어진 헐벗은 나무를 올려다보았다.

"나는 네가 나와 함께 돌아갔으면 좋겠구나. 네 어미의 걱정이 이만저만한 것이 아니야."

모 백작은 얼음장 같은 공기를 폐부 깊숙이 들이마시며 말했다.

"아직 가스카노 선생님께서 지난번 경연에 대한 결과를 말씀해 주지 않으셨어요, 아버지."

석정의 목소리가 단호했다. 꽉 다물린 입술이 여간 고집스러운 것이 아니었다.

"황후 폐하께서는 너와 함께 경연을 한 상대의 손을 들어 주셨다고 하지 않았느냐?"

불쾌감으로 석정의 입술이 일그러졌다.

"미치노미야 나가코가 공정했다고 생각하지 않아요. 그녀는 조선인들을 벌레보다도 못한 존재로 생각하는 걸요? 가스카노 선생님께서는 나가코가 아니라 당신을 만족시켜야 한다고 분명하게 말씀하셨어요. 그러니까 기다려 볼 거예요, 아버지."

자신을 똑바로 쳐다보며 힘주어 말하는 석정의 모습에 모 백작이 고개를 내둘렀다.

"그런 소리 함부로 하지 말거라. 천황 폐하 덕분에 우리 조선인들이 이만큼이라도 사는 게야."

히로히토 부부는 잘 먹고 잘살기 위한 충성의 대상이었다. 그들이 모 백작에게 부와 권력을 주는 한 절대 바뀌지 않을 진실이었다.

허울뿐인 양반 신분으로 그 체면에 차마 동냥질도 못해서 하루같이 배를 곯던 어린 시절이 있었다. 일본이라는 나라는 그에게 있어서 기회의 나라였다. 조선이 그에게 주지 못했던 부와 권력, 명예를 아낌없이 내려준 은혜의 나라였다.

친일파라 손가락질을 받아도 상관없었다. 배신자라 욕을 먹어도 쌀을 씹어 먹은 것처럼 배가 불렀다. 나라를 위하느니, 독립을 하느니, 사상이 어쩌고 하는 소리들은 본래부터 잘 먹고 잘 살던 것들이 배 따시고 등 따시니 쓸데없는 생각만 많아져서 지껄이는 헛소리라고 생각했다.

진짜 가진 것이 없는 자들은 그런 걸 생각할 겨를도 없었다. 하루 벌어 하루 먹기도 힘든 세월이니까. 굶어죽기 싫으면 무슨 짓이라도 해야 했던 시절, 그는 개의 심정으로 살았다.

조선이 내게 해 준 것이 무엇이란 말인가. 정치는 힘 있고 돈 있는 것들끼리 해 놓고, 다 망한 나라를 이제 와 누구더러 구해 내고 지켜 내라 하는지.

같잖은 소리라 했다. 씨알도 안 먹힌다 했다. 그는 자신에게 돈을 주고, 쌀을 주고 권력을 주는 이에게 왈왈, 짖어 대며 꼬리를 흔들었다. 히로히토와 나가코는 개가 된 그의 주인이었다. 아비가 개가 되어 물어 온 부귀영화로 곱게 자라 놓고 이제 와서 제 머리 컸다고 잘못됐다, 지적해 대는 자식들이 섭섭하고 야속했다.

석정은 모 백작의 말이 옳지 않다고 생각하면서도 아무런 반박도 하지 않았다. 정일과 모 백작이 늘 똑같은 주제로 언쟁하는 것을 보아 온 그녀다. 누가 뭐라 해도 아버지의 생각이 바뀌지 않을 것을 알았다.

"아직 3년이 다 되지 않았잖아요. 기한을 채우려면 적어도 내년 여름까지는 더 있어야 해요. 그때가 되도 제가 무대의 주인공이 될 수 없다면 누가 말리지 않더라도 제 스스로 돌아갈 거예요."

"꼭 그리 해야겠니?"

"제가 시작한 도전인걸요. 중도에 포기하고 싶지 않아요."

"그렇게 험한 일이 있었는데도 남아 있겠다니 원, 고집도."

모 백작은 딸의 고집을 당해 낼 재간이 없다는 듯 다시금 고개를 내둘렀다.

"지금 일본에 도는 거북한 소문들을 너도 알지 않니?"

타이요우가 다른 여인과 약혼한 뒤로 석정은 버림받은 처량한 조선 여인으로서 일본 사교계의 공공연한 비웃음거리가 됐다. 딸의 명예를 위해 뭐라도 해야 했지만 상대 가문이 자신의 가문과는 비교도 할 수 없을 정도로 세도가이고, 또한 타이요우의 덕으로 석정이 형무소에서 나올 수 있었으니 그가 할 수 있는 일이라고는 딸을 데리고 조용히 조선으로 돌아가는 길밖에 없었다.

병원에서 간호부들이 소곤거리던 이야기들을 듣기도 했고 연일 신문지상에 오르내리던 내용이어서 석정이 모를 리 없었다. 그녀는 애써 무던한 표정을 지었다.

"교토로 가는 기차 안에서 곤란한 일이 있었는데 이치카와 상 도움으로 피할 수 있었다고 말씀드렸잖아요. 그때의 일이 와전되어 소문이 돌았다고 말이에요."

"하지만 기차 안에서의 일만이 아니지 않니? 그간 회복을 위해 내 차마 꺼내어 물어보지 못했다만 이제 어지간하니 한번 물어보자꾸나. 교토 궁에서 너와 이치카와 상이 다소 민망한 모습으로 함께 있었던 것은 어찌 애비에게 설명할 게야? 이치카와 상도 본인이 너와 함께 있었다고 증명하고 직접 두 눈으로 본 군인들이 있으니 이것까지 헛소문이라고 치부할 수 없는 노릇이지 않느냐?"

야단을 치려고 작정한 것은 아니지만 어쩔 수 없이 언성이 높아지는 모 백작이었다. 얌전히만 있었으면 구만리 같은 앞길이 꽃길이었을 텐데 이제 꽃길은 질퍽한 진흙탕길이 되고 말았다.

"그와 함께 있었지만 세간에서 말하는 그런 이야기들이 아니에요."

석정의 말이 모 백작의 심기를 더욱 긁어 댔다.

"애비가 반편이로 보이는 게냐? 나도는 소문들을 다 믿는 것은 아니다만 너와 이치카와 상이 정말 아무런 사이가 아닌 것이 맞는 게야? 정녕 아무 관계도 없는데 그가 어찌 그렇게 나설 수 있단 말이냐. 그 덕에 무사히 나왔다만 네 평판은 어찌할 셈인지 말 좀 해 봐. 얌전하고 야무진 것이 속 썩일 일이 없을 줄 알았더니 애비 뒤통수를 쳐도 유분수지 너 대체 어찌하려는 것이야! 무용을 한대서 그러마 했더니…… 후, 그랬으면 꽉 붙잡기라도 했어야지. 네 처지가 이것이 대체 뭐란 말이냐!"

묵묵히 듣고만 있던 석정이 크게 심호흡을 했다.

"그래도 아버지. 함께 돌아가자는 말씀은 마세요. 저는 제 꿈을 포기하고 도망갈 수 없어요."

제 오라비를 닮아 외곬수다. 모 백작은 한풀 꺾인 목소리로 말했다.

"알 만한 집안의 규수가 돼서 이런 소문이 돌았으니 이젠 어쩔 셈이냐? 본디 남의 소문이란 악의적으로 부풀려질 때가 많단다. 상처를 받을게야."

"조선인들 안 그럴까요. 이미 바람결에, 풍문 따라 해협 너머 멀리 퍼졌을 텐데요. 소문 따위는 저를 두렵게 만들 수 없어요. 제가 두려운 것은 오직 꿈을 이루지 못하는 것뿐이에요. 아버지, 아버지라도 저를 이해해 주셔야 해요."

결국 모 백작은 홀로 조선으로 돌아갈 수밖에 없었다. 일본으로 건너올 때만 해도 석정을 빼내면 무조건 조선으로 데리고 돌아가리라 마음먹었으나 자식 일이라는 것이 뜻대로 되는 것이 아님을 다시 한 번 깨달았을 뿐이다.

*　　*　　*

모 백작이 조선으로 돌아가고 며칠 지나지 않아 그해의 마지막 날이 되었다.

석정은 나무 의자에 앉아 정원의 연못을 들여다보고 있었다. 연잎을 멀건이 바라보던 그녀는 불현듯 해가 바뀌고 봄이 찾아와 날씨가 풀리면 물고기를 몇 마리 길러야겠다고 생각했다. 홀로 물 위에 동동 떠 있는 연잎이 쓸쓸해 보였다.

"추운데 그만 들어오시라니까요, 아기씨."

순옥이 자꾸만 집 안으로 들어오라고 난리다. 퉁퉁 불어 터진 얼굴을 하고서 담요를 들고 나와 무릎에 덮어주었다. 털실로 짠 조끼를 걸치고 있는데도 춥다며 닦달이다.

"방 안에만 있으려니까 답답해서."

"글쎄, 추운 날씨에 이렇게 나와 계시면 안 된다니까 그러시네요."

"이제 다시 춤을 추려면 조금씩 몸을 풀어 놔야 하거든. 몸 사린다고 방 안에만 있어 봐야 도움될 건 없어."

순옥이 씩씩거리며 콧김을 뿜어 댔다.

"아니라니까요, 아기씨. 찬바람이 뼈에라도 들어가 봐요. 고생이라고요. 특히 아기씬 고문까지 받으셨잖아요. 고문은 후유증이 무섭단 소리도 못 들어 보셨어요?"

"그래, 알았어. 조심할게. 순옥이 네 잔소린 어째 날이 갈수록 점점 더 늘어만 가는구나."

귓가에 대고 앵앵거리는 소리를 더 이상 못 참아주겠다며 석정이 핀잔을 주었다. 순옥은 여전히 입술을 내밀고 서서 물러서지 않을 기세로 잔소리를 퍼부어 댔다.

"제가 아기씨 몸 축 나실까 노심초사하면서 살펴드리는 건 생각지도 않으시죠? 여기 오기 전에 본댁의 강 집사 어른께 들은 말인데요, 그분 조카사위 있잖아요. 그 왜 소학교 선생님이라던. 근데 그 사람이 야학 선생님도 했나 봐요. 대번에 잡혀가서 온갖 고문 다 받고 나와서는 몸조리도 제대로 못해 한쪽 발을 영영 못 쓴다잖아요. 밤이면 밤마다 심신이 허해져서는 잠도 못 자고 또 자면 뭐한대요? 악몽에 시달리다 온 동네 사람 잠 다 깨우면서 소리를 바락바락 지르는데……. 어휴, 그건 정말 사람이 겪을 일이 아니라니까요. 그나마 아기씬 사지 멀쩡하신 것이 천행이에요. 그러니까 찬기 안 들어가게 조심하시고 마음을 편하게 다스리시면서……."

"그거 참, 말 많은 아이네."

나불나불 잘도 떠들어 대던 순옥의 입술이 꾹 다물렸다. 갑자기 끼어든 목소리에 화들짝 놀라서 소리가 난 쪽을 홱 돌아봤다. 가자미눈을 뜨고 낯선 사람을 향해 어설픈 일본어로 누구냐고 물었다.

"선생님!"

뜻밖이라는 듯 석정이 앞으로 나서면서 손님을 반겼다. 낮은 울타리 밖에서 마당을 들여다보며 석정과 순옥의 대화를 엿듣던 사람은 미하로였다. 대문을 열어 주자 그녀가 어깨를 으쓱이며 마당으로 들어왔다.

"이쪽으로 들어오세요."

산책 중에 잠시 생각이 나서 들렀다는 그녀를 석정은 창가가 넓은 응접실로 안내했다. 빛이 잘 드는 곳으로 최근 들어 종종 이곳에 앉아서 책을 읽으며 시간을 보내곤 했다.

"예쁜 집이군."

"볕이 잘 들어서 흡족해하고 있습니다. 차를 좀 들어 보세요, 선생님."

차를 마시면서 미하로는 별다른 말이 없었다. 석정이 병원에 있을 때 문병을 한번 온 이후로 처음 만나는 자리였다. 특별한 용건 없이 그냥 찾아올 사람은 아니어서 석정은 조용히 그녀의 말을 기다렸다.

탁.

찻잔을 내려놓으며 미하로가 의미심장하게 웃었다.

이번 일로 나를 연구소에서 내보내시려는 걸까, 아니면 경연에 대한 다른 말씀이라도 하시려는 것일까?

석정은 괜스레 불안한 마음이 들어 차를 한 잔 더 따랐다. 만

약에 연구소에서 나가라면 어쩌나 고민이 되었다. 그러나 석정의 우려와 달리 미하로의 입에서 나온 말은 예상외의 것이었다.

"타이가 약혼했다는 소식은 들었나요? 해가 바뀌어 날씨가 따뜻해지면 길일을 잡아 결혼식을 한다더군요."

"들었습니다. 좋은 집안의 아가씨라고 하더군요."

필요 이상으로 밝은 목소리가 튀어나오는 바람에 도리어 분위기가 냉각되었다. 석정은 차를 마시고 싶은 생각이 싹 달아났다.

"그러고 보니 올해도 벌써 마지막 날이네요. 저녁엔 송년 파티가 있는데 이렇게 조용하게 연말을 보내는 것도 꽤 괜찮은 것 같네."

"선생님께서는 워낙 유명하시니까요. 여기저기서 선생님을 한 번만이라도 뵙고자 하시는 분들이 많은 걸요."

꼭 그런 것만도 아니라며 미하로가 손사래를 쳤다. 그녀는 타이요우의 이야기로 돌아갔다.

"황후께서 타이의 중신을 서셨다더군요. 이상하죠? 두 사람의 관계가 그다지 호의적이지 않다는 건 어지간한 이들 모두가 다 아는 사실일 텐데 말이야. 그러고 보면 정치란 참 모순됐어요. 권력을 위해서라면 못할 게 없거든. 불쌍한 타이!"

"이치카와 상 이야기라면 별로 드릴 말씀이 없습니다, 선생님."

화제가 마음에 들지 않음을 알리기 위해 석정은 미하로의 말을 퉁명스럽게 잘랐다. 형무소에서 나오던 날 멀어지던 그를 본 후로 근원을 알 수 없는 상실감이 점점 더 깊어지고 있었다.

석정의 표정을 내밀하게 살피던 미하로가 가보겠다며 일어났다.

"내가 이곳에 온 이유는 이제 그만 연구소에 나오라는 말을 하기 위해섭니다."

"교토 궁 경연에 대해서 선생님께서는 아직 아무런 말씀도 하지 않으셨어요. 여쭤 봐도 될까요?"

배웅을 하기 위해 현관문까지 따라 나온 석정이 물었다.

"어서 연구소로 돌아오기나 해요. 그래야 공회당 공연의 연습을 시작하지. 주연 무용수가 연습에 자꾸 빠지면 단원들 보기에 좋지 않답니다."

평상시처럼 무심한 말에 무의식적으로 고개를 끄덕이던 석정이 뒤늦게 미하로의 말뜻을 알아듣고 눈을 동그랗게 떴다. 기쁨의 환호성이 터져 나오려는 것을 얼른 두 손으로 입술을 틀어막았다. 벌써 공연이 시작되기라도 한 것처럼 설레기 시작했다. 마음을 심란하게 만들던 몇 가지 요인들 중 하나가 사라지는 느낌이었다.

"저를 선택해 주신 것으로 믿어도 될까요, 선생님?"

발끝에 저도 모르게 힘이 들어갔다. 숨을 한번 크게 들이쉬자 열린 현관문 사이로 겨울의 신선한 공기가 들어와 인후를 통해 체내에 서서히 퍼져 나갔다.

"나야 어떤 무용수라도 선택할 수 있지요. 하지만 또 얼마든지 버릴 수도 있답니다. 까다로운 만큼 변덕 또한 습관처럼 잦은 사람이 바로 나니까요."

미하로가 손을 뻗어 석정의 턱을 들어 올렸다.

"명심하세요. 무대의 주인공은 언제라도 바뀔 수 있다는걸. 석정 양은 무대 위에서 펼쳐지는 내 영역 안에서 궁극적으로 자유로워야 하며 어떤 무용수보다도 아름다워야 할 거예요."

"선생님께서 생각하시는 그 이상의 완벽한 페르소나가 되어 드리겠습니다."

"진실로 그리 되기를."

봄이 되면 아름다워지리라. 햇살이 따사로워지면 몸과 마음을 누르는 무거운 생각들일랑 저 멀리 바람결에 보내 버리고 가벼워진 몸에 투명한 날개를 달아야겠다. 꽃이 피면 무채색의 무대 위를 마음껏 뛰어다니련다.

발끝에서 묻어나는 알록달록한 색색들이 꽃잎이 되어 무대 위를 수놓으면 무채색은 어느덧 선명한 색이 되어 찬란하게 빛날 게다. 분명, 그러할 게다.

대문 밖으로 총총히 사라지던 미하로가 할 말이 남은 듯 되돌아왔다. 울타리를 사이에 두고 석정과 미하로가 마주섰다.

"타이는 내 오랜 친구랍니다."

"물론 잘 알고 있습니다."

미하로의 말이 새삼스럽다. 예민해진 석정이 방어적인 반응을 보였다.

"언젠가 내가 피할 수 있으면 타이를 피하라고 했던 말, 기억하나요?"

"빨간 홍차 속의 비스킷처럼 허우적거릴 거라고 그렇게 말씀하셨습니다. 그 사람만 아니면 사랑을 하라고. 네, 그 말씀도 하셨어요."

미하로는 입안의 말을 뱉어야 할지 삼켜야 할지 갈등했다. 몇 번이나 입술을 열었다 닫았다 반복하다 결심을 하고 한숨을 푹 내쉬었다.

"맞아요. 그랬죠. 그래서 하는 말인데 만일 그대가 아픔을 즐기고 슬픔을 벗 삼아 그리움을 안주로 술을 한 잔 기울일 수 있는 여유가 있다면 그 사랑이라는 거 정말이지 괜찮다니까? 세상에 사랑하지 못할 사람이 누가 있어. 하면 하는 거지. 내가 왜 홍차를 좋아하는 줄 알아요? 붉어서 그래. 정열적이고 강렬하니까. 기억에도 그 잔상이 오래오래 남거든. 혀끝에 다가오는 씁쓸함 뒤의 달콤함은 순간의 찰나. 짧은 건 뭐든 아쉬워. 아쉬우니까 그립고 그리우니까 가슴에 남아. 그래서 난 홍차가 좋아요. 타이는 그런 남자죠. 그 남자, 버거운 상대야. 그 아버지는 더 버겁죠. 이기지 못할 싸움은 하지 말라는 소리였어요. 하지만…… 사랑이 또 싸움은 아니니까. 인생을 그렇게 살아 놓고 나는 늘 허당이야. 피할 수 있는 거였으면 애초에 마음에도 안 들이지."

"선생님께서는 사랑에 대해서 패자처럼 말씀하세요."

허를 찔린 듯 미하로가 실소했다.

"생각을 해 봐요. 아무런 장애도 없이 행복하기만 한 연애에 과연 절절함이 있을까? 사랑은 언제나 절박하죠. 좋은 시절에도, 불행한 시절에도 간장이 끊어질 만큼 절박한 것이 사랑이에요. 새로운 시대를 사는 젊은이들의 자유연애란 그렇게도 거리 낄 게 없어요. 아! 그 가슴 설레는 로맨틱함이란……."

"왜 제게 그런 말씀을 하시나요?"

"나는 아는데 석정 양은 모르는 것 같아서. 내가 말한 그 사랑이 이미 시작된 것 같은데 그대는 눈을 감아 버린 것인지 도통 보지를 못하더군요. 마음이 이미 움직였다면, 타이로 인해 외로움을 느끼거나 상실감을 느낀다면 사랑을 해요. 미치지 않을 만큼 미치도록, 죽지 않을 만큼 죽도록 딱 그 정도로. 마지막에 진액처럼 흘러내리는 감정의 흔적들을 고이 모아 추억해 보는 것도 그다지 나쁘진 않으니까. 그거야말로 젊은이의 특권이지. 사랑하고, 헤어지고, 추억하고. 용기 있다면 홍차 속에 빠진 비스킷이 한번 되어 보란 말이죠."

"이루어질 수 없을 거라 생각하시는군요. 그렇죠?"

"거짓말을 해 줄까요?"

"아니요. 하지 마세요. 어차피 선생님께서 말씀하시는 그런 거, 아닙니다. 그렇지 않아요. 제게 사랑은 무대고 낭만 역시 무대입니다. 그러니 선생님께서 틀리신 겁니다. 지난번에도 그렇

게 말씀드렸어요. 지금 제게 춤은 살아남느냐 그러지 못하느냐
의 문제입니다."

"해서 그에게 시작하지 말라고 충고해 줬지. 하지만 이미 시
작해 버린 걸 누가 말리나? 아무도 못 말리지. 허니 새까만 재가
될 때까지 불태워 보라 말할 수밖에요. 미련 없이 태우고, 원 없
이 쓸쓸한 낭만에 빠져 허우적거리다 보면, 어느 날 평온해질지
도 모르잖아요? 생각해 봐요. 그대는 정말 아닌가요?"

그것은 풀어야 할 숙제와도 같았다.

미하로가 다녀간 일은 석정이 잠을 이루지 못하는 또 하나의
이유를 만들어 주었다. 해가 바뀌어 시간이 흐를수록 마음의 상
실감은 회생되지 못할 만큼 깊어졌다. 독서를 하거나 산책을 할
때 식사를 하는 도중에도 이유를 알 수 없는 화가 치밀어 올랐
다. 어쩌다 어렵게 잠이 들어도 어김없이 악몽을 꾸었다. 그럴
때마나 깨어나면 떠오르는 얼굴이 기이하게도 타이요우였다.

그는 그날 왜 형무소 앞에서 내게 다가오지 않았을까? 어째
서 신기루처럼 사라지고 말았나?

역시 잠을 잘 수 없었던 어느 날 밤, 술을 따라 응접실로 나온
석정은 그를 생각했다. 원래 입에도 대지 못하던 술인데 주량이
야금야금 늘었다. 잠 못 드는 밤에는 술을 마시거나 독서를 하
는 것 외에 딱히 할 일도 없었다.

응접실 벽면에 난 커다란 창문으로 달빛이 제법 운치 있게 들

어왔다. 석정은 달을 좀 더 가까이 보기 위해 창문을 활짝 열었다. 술잔을 빙글빙글 돌리며 창문 난간에 기대어 하늘을 올려다보았다. 그녀는 다시 타이요우를 떠올렸다.

그가 그날 그렇게 도망치듯 사라져 버린 이유를 아무리 생각해 봐도 모르겠다. 형무소로 면회를 왔을 때만 해도 진심으로 걱정하고 도와주겠다고 말한 사람이었다. 실제로 그가 애써 준 덕분에 빨리 풀려날 수 있었던 터라 더욱 궁금했다.

석방되어 나오던 날 데루오가 비릿한 미소를 흘리며 이기죽거렸다.

―역시 이치카와 가문이더군. 잘 들어 둬라. 네년이 그 자식을 어떻게 홀렸는지 모르지만, 지금은 두 발로 걸어 나가도 다음에 다시 내게 걸리면 송장이 되어 나갈 테니 빈틈을 보이지 말아야 할 거다. 그리고 고명하신 이치카와 도련님께도 전해. 그 대단하신 희생정신에 감히 경의를 표한다고 말이야.

―희생정신이라니, 무슨 말이에요?

―직접 물어보지 그러나?

잊어버리고 있었던 그의 말이 새삼 신경에 거슬렸다. 비위짱이 뒤틀려 그냥 하는 소린 줄로만 알았는데 뭔가 알고서 하는 소리였나 싶었다. 그가 한 말이 타이요우의 이상한 행동과 상관이 있는 것 같아 의문은 커져만 갔다.

그가 반겨줄 줄 알았다. 잘 나왔다고, 고생했다고 다정하게 말해 줄 것 같았다. 그런데 그렇게 외면해 버릴 줄은 꿈에도 몰랐다.

하지만 이제 와 그것이 궁금한들 무슨 상관이겠는가. 애초에 상관이 없는 남자였다. 그는 단순히 가스카노 미하로의 친구, 그 이상도 이하도 아닌 남자다. 연구소를 제집 드나들 듯이 드나들다 보니 몇 번 마주쳤을 뿐. 교토 궁으로 가는 기차간에서 도움 좀 받았기로서니 그의 손을 붙잡고 왈츠를 추었다고 둘 사이에 뭐라도 있었던 것처럼 착각할 필요는 없었다.

그가 덜컥 약혼을 해 버려 지저분한 소문 속에 그녀만 홀로 두었다고 탓할 필요도 없었다. 그 덕에 목숨을 구했으면 오히려 감사할 일이다. 은근한 목소리로 하룻밤을 내어 달라며 희롱 아닌 희롱을 한 것도 평소 여자 좋아하고 술 좋아하는 그가 음탕하게 치근댔던 것으로 무시해 버리면 그만이다. 그렇게 하나하나 꼬집어 생각하니 이제는 그가 정말로 주색잡기나 하는 방탕한 사내로 느껴졌다.

석정은 그를 형편없이 깎아 내리는 즐거움을 만끽하며 술을 입에 털어 넣었다.

어서 빨리 봄이 오면 좋으련만. 그러면 초심으로 돌아가 무대를 사랑하리라. 그 열렬하고 뜨거운 짝사랑에 온몸을 불사르리라. 한 점 남김없이 불태워 다른 어떤 것이 끼어들어 마음을 휘

젓지 못하도록 오로지 무대만을 바라볼 것이다. 그것만이 이유 모를 허함에 대한 위로요, 치유인 것처럼.

문득 하늘을 보던 시선을 내려 어두운 골목을 보았다. 야심한 시각, 인적이 드물어 적막한 곳을 지키는 것은 외로운 가스등이 전부였다. '휘이잉' 북풍이 괴괴한 거리를 쓸며 지나갔다. 그리고…… 그가 있었다.

당신 왜 거기 있나요?
그녀가 물었고,

지나던 길이에요, 주정뱅이 아가씨.
그가 짓궂게 대답했다.

내 추한 주정을 몰래 훔쳐보았나요?
샐쭉해진 그녀가 핀잔을 주었다.

추하다니요. 천만에요. 당신의 달콤하기만 하던걸요.
그는 앵돌아진 정인을 달래는 한량처럼 대답했다.

그들의 대화는 소리 없이 한동안 이어졌다. 석정은 그를 뚫어 질 것처럼 바라보았다. 결국 서로를 옭아매는 강렬한 시선을 감 당할 수 없게 되었다. 그녀가 먼저 고개를 돌리고 창문에서 비껴 서고 말았다.

'진정해. 모석정. 바보처럼 떨지 마.'

심하게 방망이질 해 대는 심장을 가까스로 진정시키고 그가 서 있던 자리를 다시 보았다.

그러나 외로운 가스등 아래에는 허무함만이 남아 있을 뿐 그의 혼적은 이미 사라지고 없었다.

순간이나마 사라졌던 상실감이 또다시 그녀를 찾아왔다. 가슴속이 텅 비어 버렸다.

2장
상실의 나날

겨울이 가고 초봄이 오고 있었다. 아직 아침저녁으로 쌀쌀한 기운이 남아 있어 멋모르고 가벼운 차림으로 외출한 사람들을 부르르 떨게 만들었지만 낮이면 겨울 내내 숨어 있던 따사로운 햇살이 슬그머니 기지개를 켜는 시기였다.

오늘은 히비야 공원으로 소풍을 가는 날이다. 연구소의 제일 어린 연습생부터 무용단 정식 단원들까지 각자 간식거리가 들어 있는 소풍 바구니를 들고 제각기 짝을 이루었다. 찾아오는 봄을 놓칠세라 모두들 봄볕에 도취되었다.

석정은 동료들 사이에 섞이지 못하고 따로 떨어져 걸었다.

"아직도 저들과 소원한 상태인가요?"

미하로가 소리 없이 다가왔다.

"선생님께서도 같이 가시나요?"

잡다한 생각들을 하면서 걷던 석정은 어느새 나란히 걷고 있는 미하로를 보고 의외라는 듯 물었다.

그녀는 중요한 무대를 준비하는 중이었고, 한가롭게 제자들의 소풍을 따라다닐 틈도 없는 데다 그럴 성격도 아니었기 때문이다. 그러나 싱그러운 봄날의 유혹은 미하로도 뿌리치기 힘들었던 모양이었다.

"산책하기 좋은 날씨야. 이러한 날씨를 외면하는 건 멍청한 짓이죠."

"이제 정말 봄이 올려나 봅니다."

"동료들에게 먼저 다가가 보는 건 어때요?"

주변의 제자들을 쭉 둘러본 미하로가 말했다. 심상한 투지만은 근히 뼈가 있었다.

"늘 이런 상태인걸요. 새삼스럽지도 않습니다."

그렇지 않아도 조선인이라는 이유로 석정을 보는 눈들이 곱지만은 않았는데 최근에 들끓었던 소문과 즉위식 사건에 연루되어 형무소를 다녀온 일이 연구소 동료들 사이에서 그녀의 입지를 더욱 악화시키고 말았다.

뿐만 아니라 교토 궁의 독무 경연은 나가코가 손을 들어주어 히토미의 승리로 결론이 났음에도 불구하고 미하로가 이를 무시하며 석정을 도쿄 공회당의 주인공으로 내세우자 그녀에 대한 연습생과 단원들의 위화감은 날로 커져가기만 했다.

미하로는 석정을 따돌리는 무리의 중심인물이 히토미라는 사실을 잘 알고 있었다. 그녀는 공회당 무대의 주인공이 자신이 아니라는 사실을 알았을 때 미하로의 선택에 순종할 수 없음을 분명하게 전했다.

　─제가 모석정보다 못한 것이 무엇인가요? 황후 폐하께서는 분명히 제 손을 들어 주셨습니다. 선생님께서 다시 고려해 주지 않으시겠다면 저는 이번 공회당 무대에 서지 않겠습니다.

그녀는 자신의 데뷔를 경쟁자인 석정이 주인공으로 활약하게 될 무대에서 초라하게 맞고 싶지 않았다.

　─그러면 그렇게 하든지. 내가 분명히 말하지 않았나요? 황후 폐하 이전에 나를 먼저 만족시켜야 한다고 말이에요. 허나 내 의견에 따를 수 없다면 어쩔 수 없지요. 정무대에 오르기 싫다면 오르지 말아요. 사적인 불만을 품고 무대에 오르는 건 있을 수 없는 일입니다. 그건 자신의 모든 열정을 마지막처럼 불태워야 할 무대를 모독하는 일이 될 테니까요. 데뷔가 조금 늦어진다고 큰일이 나지는 않으니 뜻대로 하도록 하세요.

미하로는 히토미의 항의를 단 몇 마디의 말로 일축해 버렸다. 자신을 납득시키기 위해 이번 지젤 공연에 대한 몇 마디 충고 정도는 해 줄 줄 알았던 히토미는 미하로가 매몰차게 나오자 당황하고 말았다.

그녀의 얼굴 위로 상처받은 자존심이 고스란히 드러났다. 긴 말 하지 않는 스승의 성정에 그녀는 더 이상의 항의가 아무런 도움이 되지 못할 것을 알고 하는 수 없이 물러나야 했다.

그렇게 물러난 히토미가 앞장서서 석정을 따돌림 시키는 것이야 누구라도 알 수 있었다. 평소 석정에게 경쟁의식이 심했고 조선인이라 하여 깔보는 마음도 있었으니 그 상한 마음을 풀자면 하루 이틀 따돌린다고 될 일도 아닐 것이다.

그녀는 근래 들어 어떻게 하면 석정을 연구소에서 아예 쫓아내 버릴 수 있을까 오직 그것만 연구하는 것처럼 보였다.

1903년에 개원한 히비야 공원은 황거(皇居) 남쪽에 붙어 있는 일본 최초의 서양식 공원이었다.

능장을 부리며 오전 내내 침실에서만 지내던 귀부인들은 오후가 되어서야 양산을 들고 밖으로 나왔다. 그녀들은 삼삼오오 모여서 공원의 서양식 화단 사이를 거닐었고, 구애하는 남자의 에스코트를 받으면서 직경 30m의 대분수를 구경하는 여인들도 있었다.

사륜마차에 우아하게 올라탄 이들은 거만한 표정으로 공원을 한 바퀴 돌기도 했다. 그러다가 아는 사람을 만나면 고개를 조금 숙이면서 눈짓을 보내거나 마차에 함께 탄 일행과 속닥거리며 공원에 모인 사람들을 구경했다.

이처럼 히비야 공원은 사람들의 사교장 노릇을 톡톡히 해내고 있었다. 지위나 신분이 높은 이들에게 청탁을 할 일이 생기면 가장 먼저 이곳에 대기하고 있다가 우연처럼 부딪치는 일들도 있었고 돈 많은 상속녀나 혹은 미망인을 유혹하기 위한 남자들도 많았다.

반대로 신분 상승을 꿈꾸며 화족 신분의 남자를 찾아 공원을 배회하는 여인들도 심심치 않게 볼 수 있었다. 이렇게 다양한 사람들이 모여들다 보니 온갖 가십들이 가장 빠르게 전달되는 곳이기도 했다.

"내가 이번에 무대에 세우려고 하는 작품은 결코 석정 양만을 위한 것이 아닌데 말이죠."

공원에 도착하자 저마다 마음 맞는 동무들끼리 테니스장이며 분수대를 향해 신나게 달려갔다. 그녀들이 까르륵 웃음을 터트리며 사방으로 흩어져 놀이에 빠지는 것을 바라보던 미하로는 어디에도 끼지 못하고 홀로 서 있는 석정에게 따끔한 투로 충고했다.

"왜 저들과 어울리지 않죠? 함께 무대 위에서 호흡을 맞추어야 할 동무이자 동료들입니다. 마음의 벽을 쌓은 채 무대 위에 올라 봐야 그건 가식일 뿐이에요."

"죄송합니다."

"내게 죄송하라는 말이 아니잖아요? 예술이란 소통이에요. 아무도 알아주지 않는다면 그리고 누구도 동조해 주지 않는다면 아무짝에도 소용이 없다는 말이죠. 함께 무대를 누빌 동료들하고조차 소통이 되지 않는데 관객과의 소통은 가능할까요?"

"하지만 선생님, 저는 제 마음의 문을 닫아 건 적이 없습니다. 저들이 저를 받아주지 않아요."

석정이 항변했으나 미하로는 틀렸다는 듯 고개를 저었다.

"사람들이 석정 양에 대해 오해하는 것이 있다면 당연히 풀어야지. 하지만 내 눈엔 오히려 그런 오해들을 담담하게 받아들이고 있으니 어찌 된 일일까? 상대가 나를 어찌 생각하는지 관심도 없고 그럴 가치도 없다는 건가요?"

"제게서 보고 싶은 것만 보려는 이들에게 애써 저 자신을 구걸해 보여 주고 싶지 않다고 말씀드리면요?"

"대담한 척 굴지만 기실은 노력하기 싫은 거지. 도대체 노력조차 하지 않는 건 무슨 오만일까? 당신은 무대, 함께할 동료, 그리고 그대의 춤을 보아 줄 관객들에게 진심을 보여야 할 거예요. 동료들을 깔보지 말아요. 깔보기 때문에 오해를 풀 필요를 느끼지 못하는 것이죠. 과연 동료들을 깔보면서 무대 위에서 원활한 소통을 할 수 있을까요? 소통에 실패한 예술은 가치가 없답니다."

미하로의 말은 틀림이 없었다. 언제부터인가 석정은 조선인과 일본인은 융화될 수 없다는 생각을 하고 있었다. 하지만 시대 상황과 달리 함께 호흡을 맞추어야 할 동료에 대한 존중은 있어야 했다.

이념과 사상, 정치적 상황에 의해 예술조차 편이 갈린다 하여도 무대 위해서만큼은 조선인도, 일본인도 아니어야 한다. 비록 무대 밖으로 나오는 순간 또다시 평행선을 달린다 해도 말이다. 무대는 또 다른 세계였다. 예술인의 혼을 가진 자라면 그 세계 안에서만큼은 진실되어야 했다. 그것이 바로 소통을 하는 방법이었다.

"지난번에 내가 경고했을 텐데요? 석정 양의 춤이 마음에 들지 않으면 연습 중에라도 언제든지 주인공을 바꿔 버리겠다고 말입니다. 저들이 그대에게 마음을 여는 건 그다지 중요한 일이 아니에요. 그들을 대하는 그대의 마음가짐이 중요한 거죠. 오만해지지 말아요. 나, 가스카노 미하로는 가식이 보이는 춤은 원하지 않으니까요. 그대가 진실로 그들을 대할 때 그만한 진실성을 가진 또 다른 동무들이 그대의 진정을 알아주겠지요. 모두가 진실하진 않겠지만 또 모두가 거짓은 아닐 테니까 말입니다."

마침 중요한 후원자가 산책 나온 것을 발견한 미하로가 석정을 남겨 두고 발길을 옮겼다.

"선생님!"

석정의 부름에 비단부채를 팔랑이며 미하로가 돌아보았다.

"어째서 시노자키가 아닌 저를 선택하신 거죠?"

별걸 다 물어본다는 듯 그녀가 피식 웃었다.

"시노자키는 춤을 추는 기계 같다고나 할까요? 한 치의 실수도 없습니다."

"실수를 하지 않는 춤이 틀리다 말씀하시는 건가요? 누구든 실수를 하지 않길 원합니다."

"틀렸습니다. 춤을 추는 기계는 예술가가 아니죠. 시노자키의 경우는 실수를 두려워한 나머지 온통 어떻게 하면 좀 더 정확한 동작과 완벽한 기교를 선보일까 그 생각뿐입니다."

그래도 석정은 이해가 되지 않았다.

"춤은 몸으로 표현하는 음악이나 혹은 언어라고 알고 있습니다. 동작의 중요성은 그 무엇보다 필요한 미덕이라 생각합니다."

"물론 실수 없이 정확한 동작을 하는 것은 중요하죠. 허나 그것에 사로잡혀 연연하다 보니 시노자키의 춤에는 표정이 없습니다. 무표정해요. 내 생각에 그녀는 마음이 조금 느긋해질 필요가 있더군요. 관객들은 뛰어난 기교의 무감한 춤보다는 풍부한 표정의 춤을 더 보고 싶어 할 테니 말이죠. 아, 또 한 가지 말하자면 춤의 기교가 완전히 자기의 것이 되었을 때 춤의 표정이 한층 성숙해진답니다. 시노자키가 기교에 연연하느라 내면의 감성을 드러내지 못한다는 것은 그만큼 춤의 기술적인 부분을 자신의 것으로 만들지 못했다는 소리도 되겠죠."

시노자키에 대한 미하로의 평은 신랄했다. 석정은 자신의 춤에 대해서도 미하로의 의견이 듣고 싶어졌다.

"제 춤에 대해서도 여쭤 봐도 될까요?"

"아! 더 이상의 대화는 무리라니까요. 저기 보이는 거만한 후원자 나리에게 가 봐야 한단 말이지요. 그래야 연구소에 떨어지는 후원금이 조금이라도 더 많아질 테니 말이에요."

한쪽 눈을 찡긋거리며 미하로가 거금을 내놓을 후원자를 찾아 사라지고 나자 석정은 일본식 정원 쪽으로 향했다. 아직은 초봄인지라 겨우 녹아내리기 시작한 동토를 뚫고 삐죽 올라오는 새싹들의 향기가 은근했다.

겨울의 마지막 끄트머리까지 남아 있던 냉기가 그녀의 얼굴을 스치고 지나갔다. 이런 날씨에 홀로 산책을 한다는 것은 사념이 많아질 수밖에 없었다.

블라디보스토크 어딘가에서 혁명을 위해 자신이 가진 정열을 모두 쏟아 붓고 있을 정일에 대한 걱정이나 조선에서 노심초사하고 계실 부모님에 대한 염려, 혹은 가장 당면한 문제인 연구소 동료들과의 관계 개선 등 그녀의 머릿속을 채우는 고민들은 얼마든지 많았다.

아니면 나날이 커져만 가는 상실감과 가슴속 텅 빈 구멍에 대한 심도 깊은 고찰이라든지······.

고개를 숙인 채 정원을 천천히 걷던 그녀는 문득 이상한 느낌이 들었다. 어깨에 두른 숄을 바짝 잡아당기며 고개를 들자 그가 그녀를 바라보고 서 있었다.

"히비야 공원으로 산책을 나가지 않으시겠어요?"

익힌 고기를 썰던 손이 움찔했다. 타이요우는 고개를 들어 맞은편 자리에 앉은 여인의 얼굴을 보았다. 무라카미 히미코는 나이프와 포크를 내려놓고 쑥스러운 듯 냅킨으로 입술을 닦았다.

그들은 제국호텔 양식당에서 점심 식사를 하던 중이었다. 정혼한 사이라고는 하지만 실상은 약혼 후 몇 달이 지나도록 둘만의 시간을 가진 일이 손에 꼽을 정도였다. 보다 못한 요시히로의 명령이 아니었다면 오늘의 점심 식사도 타이요우의 계획에는 없었을 것이다. 그래서인지 식사를 하는 내내 어색한 분위기만 흐르고 있었다. 육질 좋은 고기가 목구멍에 걸리지 않은 것이 그나마 다행일 지경이었다.

히미코는 자신을 심드렁하게 대하는 그의 마음을 모르지 않았지만 오랜만에 찾아온 기회를 불편한 점심 식사로만 끝내고 싶지 않았다.

"날이 풀리기 시작하면서 히비야 공원의 꽃밭들이 서서히 물들기 시작했다더군요."

"근래 들어 집안에서 운영하는 공장에 나가 일을 배우는 중입니다. 한가하게 공원을 거닐 여유가 없습니다."

그의 거절에 실망한 마음이 들었지만 그녀는 좀 더 밝은 표정을 지었다.

"일을 열심히 하신다니 마음이 놓이네요. 사실은 이치카와 상에 관해 들리는 소문들이 하나같이……. 아, 죄송합니다. 하지만 정말로 걱정스러웠거든요. 여자란 본래 걱정이 많은 법이니까요. 더구나 혼인을 앞두고 있는 여인이라면 더더욱 그렇죠."

백포도주를 마시던 타이요우의 눈이 가늘어졌다.

"하지만 오랜만에 찾아온 화창한 날씨에 너무 일에만 빠져 계시는 것도 그다지 좋은 일은 아니랍니다. 식사가 끝나면 우리 함께 산책을 하도록 해요. 부디 거절하지 말아주세요."

"말씀 드렸다시피……."

"거절하시면 많이 속상할 거예요. 단지 공원을 산책하는 것뿐이잖아요?"

히미코의 표정이 우울해졌다. 그녀는 정말 상처라도 받은 것처럼 굴고 있었다. 만일 그녀의 청을 들어주지 않는다면 육군 대신인 자신의 아버지에게 달려가 하소연할지도 모르는 일이었다.

그렇게 되면 그녀의 아버지는 요시히로에게 항의를 할 것이고 결국 피곤해지는 것은 타이요우였다.

히미코의 고집대로 점심 식사 후에 공원에 산책을 나오긴 했지만 심히 지루했다. 침묵이 길어졌다. 멍하니 걷고만 있었다. 참다못한 히미코가 앞서 걷던 타이요우의 소매를 붙잡았다.

"제게 궁금한 점이 없으신가요?"

"무슨 말씀인지?"

"들으신 그대로입니다. 왜 저에 대해 아무것도 알려고 하지 않으시죠?"

관심이 가지 않으니 당연히 궁금한 것도 없었다. 그녀는 자기에게 관심이 있느냐 완곡하게 물어보고 있었다. 타이요우는 집안과 그녀의 개인 신상에 대해서는 이미 알 건 다 알고 있다고 대답했다.

성의 없는 대답에 히미코는 자기가 무엇을 좋아하는지 또는 무엇을 싫어하는지 전혀 모르지 않느냐며 따지고 싶은 마음을 눌러 참았다.

그는 꽤 오래전부터 그녀의 우상이었다. 파티에서 여러 번 보아 온 그의 모습은 눈이 부실 정도로 아름다웠다.

금사(金絲)처럼 보이는 아름다운 머리카락이 부드럽게 굽이치는 것이 그녀의 마음을 거센 파도처럼 뒤흔들었다. 그의 눈동자가 자신을 한 번만이라도 진지하게 바라봐 주었으면 하고 바랐다.

하지만 그는 단 한 번도 그녀를 향해 바라봐 주지 않았다. 약혼 전이야 그렇다 치더라도 약혼 후에도 그에게 그녀는 존재감이 없는 듯했다.

화도 나고 자존심도 상하는 일이지만 먼저 그를 마음에 둔 자신이 감내할 부분이라 여기며 이해하기로 했다. 어차피 얼마 후

면 결혼할 사이였다. 살다 보면 자신이 그의 눈에 들 날이 분명
있으리라 마음을 다잡았다.

"어머, 무라카미 가의 아가씨가 아닌가요?"

딸로 보이는 젊은 두 여성을 이끈 땅딸막한 부인이 아는 체를
해 왔다.

"무라카미 히미코양 맞지요? 옆에 계시는 신사 분은 딸을 가
진 모든 이들이 탐을 냈다던 이치카와 타이요우 상이로군요! 어
머나! 이런 귀한 분들을 이곳에서 만나 뵙게 되다니 오늘은 운
이 정말 좋은 날이네요."

평소 연회장에서 그들을 보게 되면 너무나 차이 나는 신분 때
문에 멀리 떨어져서 수군거리기에 바빴던 여인이지만 기분 좋
은 날씨에 용기가 생긴 탓인지 적극적인 태도로 그들에게 다가
섰다.

"안녕하세요, 부인."

타이요우가 귀찮은 듯 고개만 까딱이는 것과 달리 히미코는
친근하게 구는 중년의 부인에게 환한 미소를 지으며 인사를 건
넸다. 누구인지 기억나지 않지만 전혀 그런 태를 내지 않고 상
냥하게 굴었다. 언제 어디서도 흐트러지지 않을 그녀의 예의 바
른 태도였다.

"아버님이신 무라카미 육군 대신께서도 잘 계시나요? 우리
집 어른께서도 이번에 육군 소좌로 진급을 하셨답니다. 일간 감
사의 마음을 표하러 댁에 한번 방문을 해도 괜찮을는지요?"

수다스러운 부인은 히미코에게 말을 하면서도 시선은 타이요우에게 가 있었다. 사교계 사람이라면 그와 히미코의 약혼 관계를 모르는 바도 아닐 텐데 자신의 딸들을 은근히 앞으로 밀어내며 눈빛을 탐욕스럽게 반짝거렸다. 남편이 소좌로 진급되었다는 사실이 그녀에게 자신감을 북돋워 주는 모양이었다.

"언제든지 환영합니다. 부인."

타이요우를 바라보는 부인의 노골적인 눈빛에 불쾌감을 느끼면서도 히미코는 친절한 태도를 잃지 않았다.

"이치카와 상, 얼마 전에 공원 내에 테니스장이 새로 생겼다고 하더군요. 괜찮으시면 함께 하지 않으시겠어요?"

분위기 전환을 목적으로 제안했지만 타이요우는 여전히 무심한 표정으로 일관했다.

"운동에는 소질이 없어서 말입니다."

대신에 눈치 없이 아직도 옆에 남아 있던 중년 부인이 냉큼 끼어들었다.

"아휴, 정말이지 잘됐지 뭐예요. 마침 저희도 테니스장으로 향하던 길이랍니다. 제 두 딸이 워낙 운동을 좋아해서요. 같이 가서서 함께해 주신다면 더없는 영광이겠습니다. 세상에, 무라카미 가의 아가씨와 테니스라니요!"

남편의 입신양명을 위해서라면 못 할 것이 없는 듯 부인은 우연히 얻은 인맥을 놓치지 않기 위해 주책도 마다하지 않았다.

먼저 말을 꺼낸 터라 다시 무를 수도 없었다. 내키지 않은 마음으로 히미코가 중년 부인과 함께 테니스장으로 떠나자 그제야 숨을 조이는 억압에서 풀려나기라도 한 듯, 산책 내내 굳어 있던 타이요우의 표정이 조금이나마 풀어졌다.

무라카미 히미코는 육군 대신인 무라카미 히사토의 외동딸로 나가코의 총애를 받는 아가씨였다. 야스히토의 부인인 세쓰코와 더불어 사교계에서 가장 인기 있었고 여러 집안에서 며느리로 삼기 위해 줄을 댈 만큼 집안과 인물이며, 품행에 이르기까지 뭐 하나 빠지는 구석이 없었다.

나가코가 히미코를 타이요우와 혼인시키려는 이유는 오로지 육군을 통솔하는 무라카미와의 관계를 돈독히 하기 위해서였다. 오래전부터 차근차근 준비되어 온 대동아 전쟁을 머지않아 일으키자면 군부 세력은 나가코와 히로이토에게 꼭 필요한 존재였기 때문이다. 아무리 마음에 들지 않는 피가 섞인 잡종이라도 이용할 수만 있다면 철저히 이용하고 보는 이가 바로 나가코였다.

'이건 뭐, 무대 위에 올려진 꼭두각시 인형 신세로군.'

자신의 처지에 염증이 난 듯 타이요우는 두 손으로 이마를 문질렀다. 도무지 히미코에게는 마음이 동하지 않았다. 석정을 보지 못한 날이 하루하루 쌓여 갈수록 정신이 점점 피폐해져 가는 것을 느낄 수 있었다. 공장에 나가 과로로 쓰러질 지경까지 일을 해 보아도 그녀에 대한 생각만큼은 뇌리에 또렷이 남아서 그를 괴롭혔다.

'이러다가 정말 돌아 버릴지도 모르지.'

억지로 먹은 점심이 꼭 체한 것만 같았다. 히미코와 함께한 시간이 몹시도 피로했다. 혼자서 조용히 쉴 만한 곳을 찾아 막 걸음을 옮기기 시작했을 때 그는 저 멀리 걸어오는 그녀를 볼 수 있었다.

그런 날이 있었다. 예전에, 그러니까 호랑이 담배 피우던 시절만큼이나 아주 오래전처럼 느껴지는 어느 날이다. 아직은 여섯 살밖에 되지 않은 어린 꼬마였던 석정은 동구 밖까지 나가 오후 내내 쭈그려 앉아서 덕우 아범을 기다리고 있었다.

덕우 아범은 그녀가 기억하기도 전부터 집안에서 이것저것 잡다한 일을 보던 사람으로 얼마 전에 늦장가를 가서 작은 사내아기를 하나 낳았는데 손가락도 발가락도 콩알보다 작은 귀여운 아기였다. 문제는 덕우 아범이 그 아기를 너무 예뻐한다는 것이다.

평소에 대외활동으로 바쁜 모구연 백작에게서 부정을 충분히 느낄 수 없었던 석정은, 순박하고 무식하지만 사람이 좋아 밤낮으로 허허실실 웃으며 콧노래를 흥얼거리는 덕우 아범을 졸졸 따라다니곤 했다. 그는 덩치도 커서 무등도 태워 주고 아는 옛날이야기도 많아 얼마나 재미나고 실감나게 이야기를 해 주는지 그의 이야기를 듣고 있노라면 긴 시간이 꼬박 지나도 모를 지경이었다.

그랬던 덕우 아범이 언제부터인가 조금씩 멀어지는 느낌이 드는 것은 순전히 덕우 아범이 늦게 본 자식인 그 사내아기 때문일 것이다. 볼 적마다 안고, 빨고, 핥고 얼마나 예뻐하는지 모른다. 고 앙증맞은 두 주먹을 허공에 대고 허우적거리며 옹알거리는 아기 얼굴을 보노라면 괜스레 심술이 나 떼를 쓰곤 했다.

"덕우 아범은 꽃네가 좋아, 내가 좋아?"

꽃네는 기력이 쇠잔해져 언제 돌아가실지 모르는 할아버지를 위해 아버지가 가난한 집에서 돈 몇 푼 쥐어 주고 데려온 윗방아기였다.

"그야 애기씨가 좋지라. 울 애기씨처럼 이쁘고 착한 선녀님이 또 어디 있데요? 읍지라."

꽃네는 애교도 많고 싹싹해서 집안 어른들이나 하인들에게도 귀염을 받는 아이였다. 그런 아이보다 저가 더 예쁘다 칭송해 주니 으쓱해진 석정이 또다시 물었다.

"그러면 덕우 어멈은 어때? 덕우 어멈보다도 내가 더 좋아?"

"그렇다니께요. 거참, 애기씨 이상도 허네. 이리 봐도 저리 봐도 금이요 옥이건만 뭘 자꾸 물으신데요?"

장작을 패다 말고 이마에 흐르는 땀을 벗어 버린 저고리로 쓱 닦은 덕우 아범이 반 장난 식으로 귀찮은 표정을 지었다. 툇마루에 앉아서 그가 장작을 패는 모습을 구경하던 석정이 이번에는 쪼르르 달려와 덕우 아범의 바지자락을 잡고 매달렸다.

"정말이야? 정말 내가 꽃네보다도 덕우 어멈보다도 좋아?"

"그러믄요!"

"그럼 덕우는? 덕우 아범네 아기보다도 내가 더 좋아?"

석정이 실상 묻고 싶은 것은 이것이었다. 이 말을 묻고자 애꿎은 꽃네나 덕우 어멈을 갖다 붙였다. 그렇게 이리저리 눈치보다 겨우 물었건만 이상스럽게도 덕우 아범은 쉽게 대답해 주지 않고 싱글벙글 웃기만 했다.

"아따, 애기씨. 거기서 좀 비키셔라. 장작 파편이 애기씨한테 튀기라도 하믄 큰일인께요."

잠깐 숨을 돌린 덕우 아범은 대답을 듣지 못해 애가 타는 석정을 옆으로 밀어내고 다시 장작을 패기 시작했다. 그러자 석정의 심술보가 터져 버렸다. 다른 질문에는 덥석덥석 대답도 잘해 주더니 이번에는 모른 척 무시한다.

이것은 필시 제 자식이 더 예쁘다는 소리는 차마 하지 못하고 얼버무리는 것이리라 생각하고 어린 마음에 강샘이 들기 시작했다.

"어! 애기씨 어디 가신데요?"

등 뒤에서 부르는 덕우 아범의 소리를 못 들은 척하고 덕우 아범네가 사는 행랑채로 달려갔다. 마침 덕우 어멈은 어디로 갔는지 보이지 않고 툇마루에 아기만 강보에 쌓여 버둥거리는 것을 보고 입술을 심통 맞게 삐죽 내밀었다.

"너는 못생긴 새끼 돼지야. 말도 못 하는 바보 같은 놈. 머저리 같은 놈. 반 푼이 같으니!"

집안 하인들이 쓰는 말들을 주워듣고 고스란히 아기한테 내퍼부은 석정은 그래도 분이 안 풀리는지 아기를 감싼 강보를 헤집었다. 아기의 뽀얗고 불그스레한 통통한 발이 드러나자 두 번생각할 것도 없이 콩알만큼이나 작은 엄지발가락을 세게 꼬집어 비틀었다.

"응애! 응애!"

아기의 울음보가 터졌다. 목청껏 우는 소리를 들으면서 석정은 한 번 더 꼬집었다.

"아이구! 애기씨! 어째 그러신데요?!"

장작을 다 패고 몸에 묻은 먼지를 옷으로 탈탈 털며 행랑채로 들어오던 덕우 아범이 황급히 달려와 석정을 확 밀쳤다. 우악스러운 손길에 옆으로 나자빠진 석정의 눈이 황당함으로 커다래지더니 곧 하얀 얼굴이 붉게 달아오르고 우는 아기보다도 더 커다란 울음소리가 입에서 터져 나왔다.

어찌나 크고 요란하게 울던지 온 집안이 들썩거릴 정도였다. 덕우 어멈이 달려오고 다른 하인들도 달려와 절절매며 달래도 쉽게 그치지 않았다.

결국 어찌 이리도 소란스럽냐고 묻는 이 여사 앞까지 불려 온 덕우 아범만 곤욕을 당하고 말았다. 감히 귀하디 귀한 애기씨를 밀쳤으니 어디 그냥 넘어갈 일인가.

멍석말이를 시켜도 모자랄 것이 없었으나 석정의 심술궂은 행동이 참작되어 온 집안 하인들이 다 지켜보는 가운데 이 여사에게 심히 민망할 정도로 꾸지람을 듣는 선에서 일단락되었음이 참으로 다행스러웠다.

그러고 나서 이튿날 오전에 일찍 집을 나선 덕우 아범은 해질녘 땅거미가 지도록 돌아오지 않았다.

혹여 나한테 서운하여 이대로 집을 나가 버린 것일까? 돌아온다면 다시는 샘을 내지 않을 테야. 돌아와, 덕우 아범. 내가 미안해. 이제는 정말 덕우 아범네 아기를 괴롭히지 않을 테야.

그가 돌아오지 않을까 봐 지레 겁을 먹은 석정은 순옥이 잡아끄는 것도 마다하고 동구 밖에서 꼼짝도 하지 않고 기다렸다. 이젠 그가 무등도 태워주지 않을 테고 이야기도 들려주지 않을 것이라 생각하니 한없이 서글퍼졌다.

귀이 여겨 주시기는 하지만 워낙 바쁘신 분이라 아버지와는 따뜻한 정 한 번 제대로 느껴 볼 새가 없었다. 그렇다 보니 항상 함께 있는 덕우 아범이 석정에게는 아버지와 같은 의미였다.

마침내 저 멀리서 터벅터벅 걸어오는 덕우 아범의 모습이 보이자 석정은 반가운 마음에 치맛자락을 휘날리며 숨이 차도록 달려갔다.

"아니, 애기씨. 벌써 깜깜해졌구만 왜 아직도 여기 계신데요? 순옥아, 니는 애기씨 모시고 들어가지 않고 이 시간까지 밖에서 뭐했다냐?"

덕우 아범이 애먼 순옥을 힐난하는 소리를 듣고 있자니 눈물이 한 방울씩 툭툭 떨어지기 시작했다. 그의 목소리는 전과 같이 정겨웠다.

"으아앙!"

결국 이유 모를 설움과 그가 여전히 정답다는 사실에 안도가 되어 울음보가 또 터져 나왔다.

"애기씨. 그만 그치세라. 지가 무등 태워 드릴랑께요."

그의 넓은 어깨에 두 발을 걸쳐 앉고 나서야 석정의 울음이 조금씩 잦아들었다. 그는 모 백작의 심부름으로 어디 멀리 다녀오는 길이라고 했다. 애기씨를 버리고 저가 어디를 가느냐며 화들짝 놀라는 척을 했다.

"애기씨."

"응?"

"저는 애기씨가 참말로 좋아라."

"……."

"지 자식은 자식인게 이쁘고 애기씨는 애기씬게로 이뻐라."

그 말 한마디에 어린 석정의 강샘하던 마음이 봄눈처럼 녹아들면서 잦아들었던 울음이 다시 나왔다. 눈물은 왜 그렇게도 시도 때도 없이 흘러나오는지.

그 일이 갑자기 왜 떠올랐을까? 다시는 마주칠 일이 없을 것 같았던 사람을 만나 반갑기라도 한 것일까? 아니면 어린아이처럼 설움이라도 복받쳐 오르는 것일까. 무엇이 됐건 이런 감정기복은 웃기는 일이다.

아무래도 그가 그녀에게 다가오기를 기대하는 것은 포기해야 할 것 같았다. 석정 역시 이대로 돌아서서 그를 보지 못한 것처럼 도망쳐 버릴까 잠시간 고민해 보았지만 굳이 그럴 필요가 없었다. 만약 허둥지둥 사라져 버린다면 그거야말로 꼴사나운 모습이라 여겼다.

"오랜만에 뵙는군요."

석고상처럼 멍하니 서 있던 타이요우는 그녀가 다가오자 당혹스러운 표정을 지었다가 짧게 목례했다.

"말랐군요."

바보!

석정의 입에서 저도 모르게 엉뚱한 소리가 툭 튀어나왔다. 서둘러 입을 꽉 다물었다. 민망함에 그를 똑바로 쳐다보기가 힘들어지자 몸을 옆으로 틀어 그의 시선을 피했다. 하지만 그랬다가도 다시 눈치를 살피며 그를 내밀하게 관찰했다. 그는 아닌 게 아니라 정말 마지막으로 보았을 때보다 훨씬 말라 있었다.

"연구소 사람들끼리 소풍을 나온 참이에요. 이치카와 상께서는 혼자 나오셨나요?"

부러 쾌활한 투로 대화를 이어 보려고 했으나 그는 그럴 생각이 없는지 한참 동안 말없이 그녀를 바라봤다. 사실 그는 지금 석정을 앞에 두고 어쩔 줄 몰라 하고 있었다.

'하필이면 이곳에서 석정을 만나다니!'

그녀를 만나기에 이곳은 좋은 장소도 아니고 적당한 시간도 아니었다. 몇 발자국만 걸어가면 테니스장에서 명색이 약혼녀라 불리는 여자가 해맑게 테니스를 치고 있었다.

당장이라도 자리를 피하고 싶었으나 발길이 떨어지지 않았다. 은은하게 바라보는 그녀의 눈길이 그를 죄스럽게 만들고 얼어붙게 하였다. 그러나 따지고 들자면 그가 죄스러워야 할 이유도 없었다.

사실 그녀에게는 이미 사내가 있지 않던가!

그러니 그가 약혼했다는 사실에 그녀는 그다지 신경 쓰지도 않을 것이다.

"건강하십니까?"

그가 물었다. 못 본 사이에 왜 그렇게 말랐느냐며 그녀가 묻고 싶은 말이건만 도리어 그가 먼저 석정에게 물어 왔다.

"그럼요. 건강하답니다."

"아프지는 않습니까?"

그가 또다시 물었다.

"아프긴요. 멀쩡한 걸요."

"괜찮습니까?"

그는 계속해서 물었다. 그때서야 그녀는 그가 고문 후유증에 대해 걱정하고 있음을 깨달았다.

"괜찮습니다. 정말이에요."

밤이면 지독한 악몽을 꾼다거나 경무국 사람이나 제복을 입은 군인들만 보아도 자연히 온몸에 긴장감이 돈다는 이야기는 하지 않았다.

그들은 나란히 서서 일본식 정원을 거닐었다. 무심하게 지나치던 사람들이 그들을 발견하고 힐끗거리며 쳐다보았다.

"양산을 쓰시는 것이 어떻습니까?"

그는 그녀더러 얼굴을 가리는 것이 어떻겠냐고 물었다. 그의 시선이 그녀의 손에 들린 하얀 레이스 양산에 가 있었다. 입맛 당기는 소문거리가 없나 눈을 번득이는 이들이 많은 곳이고 그렇지 않아도 이미 추문에 휩싸인 그들이기에 나름대로 그녀를 배려하느라 해 준 말일 터였다. 그러나 석정은 고집스럽게도 고개를 더욱 빳빳이 들었다.

"혼인…… 하신다고요?"

"소식을 들으셨습니까?"

"듣지 않을 수가 없지요. 이치카와 가문의 후계자께서 성혼을 하시는 일이니까요."

타이요우는 석정의 말에서 가시를 느꼈다.

"뭐랄까, 정략결혼 같은 건 하지 않으실 거라 생각했습니다."

그는 걸음을 멈추고 그녀를 돌아보았다. 그러자 너무 속내를 보였나 싶어 석정이 얼른 덧붙였다.

"왜, 그런 것들 있잖아요. 상류사회만의 법도 말이에요. 그 틀을 지겨워하시는 것처럼 보였거든요. 제가 틀리게 보았나요?"

"인간은 결국 자신이 속한 곳으로 돌아가기 마련인 줄 압니다."

타이요우가 체념하듯 말하며 그녀를 정원의 외진 숲길로 인도했다. 기다란 나무 의자가 보이자 그들은 그곳에 나란히 앉았다. 그곳으로는 다니는 사람이 많지 않은 탓에 호기심 어린 눈길에서 잠시나마 자유로울 수 있었다.

"그곳이 자신을 속박하는 곳이라면 누구나 도망칠 기회가 있다고 생각해요."

석정은 타이요우의 말을 정면으로 반박했다. 그들은 잠시 눈을 맞추었다. 서로의 동공에 담긴 자신의 모습을 보면서 숨겨져 있는 무언의 감정을 찾아보려 했다. 허나 억제되어 있는 욕망인지 감금당해 버린 열정인지 실체는 보이지 않았다.

"제가 속박을 느낀다고 말씀하시는 겁니까?"

타이요우의 물음에 석정은 황망히 눈을 내리깔았다. 그와 더이상 눈을 마주치고 있다가는 금방이라도 속내를 들킬 것만 같았다. 오늘따라 입안의 혀가 통제를 벗어나고 있었다.

"그분은 어떤 분이시죠? 아내 되실 분이요. 좋은 분이신가요?"

그녀가 화제를 돌렸으나 오히려 분위기가 더욱 싸해졌다. 타이요우는 그녀의 질문에 대답하기가 곤란했다. 히미코에 대해 아는 것이 아무것도 없었다. 따라서 그녀가 어떤 성향을 가지고 있는지 좋은 여자인지 그렇지 못한 여자인지 대답해 줄 것이 하나도 없었다.

"재물이 많은 여자입니다. 권력도 가진 여자고 부끄럽지 않은 미모도 가진 여자죠. 괜찮은 혼처지 않습니까?"

그것은 아버지를 향한 비꼼이었다. 결국 꼭두각시처럼 그가 시키는 대로 얌전히 따라야 할 자신의 처지를 향한 한탄이었다. 그러나 석정은 저보고 들으라는 소린 줄로 알고 입술을 꽉 깨물었다. 의기소침 해진 그녀의 옆얼굴을 가만히 바라보던 타이요우의 얼굴에도 그늘이 내려앉았다.

그녀의 알 수 없는 표정을 바라보며 물어보고 싶은 것이 생겼다. 그녀의 말에서 느껴지는 가시가 무엇 때문에 생긴 것이냐고, 그것이 혹 나와 관련된 것이냐고 물어보고 싶었다.

그러나 그들 사이에는 아무것도 없었다. 진정 아무것도 존재하지 않았다. 약간의 교감 따위가 눈빛을 통해 이루어졌다고 대수겠는가. 짜릿한 전류가 손끝과 손끝을 통해 흘러들었다 하더라도 특별할 것이 무엇이라고.

혹은 그녀가 쳐 놓은 매혹의 덫에 그가 걸려들어 미쳐 버릴 정도가 되었다 하더라도 진정 그들 사이에는 어떠한 확인도 언약도 없었다.

무엇을 근거로 상처 받았느냐 물어볼 것이며 또는 질투 따위를 말할 것인가.

"더없이 어울리는 분이군요. 축하드립니다."

석정의 말에 고개를 짧게 끄덕였다.

"참, 저도 축하해 주시겠어요? 가스카노 선생님께서 안무하시는 공회당 무대에서 제가 주연을 맡았거든요."

좀 전의 알 수 없었던 표정은 싹 지우고 석정은 밝은 표정을 지었다.

"들어 알고 있습니다."

"선생님한테서 들으셨나요? 연구소 쪽으론 발길을 뚝 끊으셔서 선생님과의 사이가 소원해지신 줄 알았습니다."

그녀에 관한 이야기라면 타이요우는 뭐든 알고 있었다. 그녀가 어디에 있든 혹은 자신이 어디에 있든 둘 사이의 거리가 이역만리보다 멀다 하더라도 머나 먼 우주 밖, 어느 지점에서 먼지 한 톨보다 작은 존재로 서로가 꽁꽁 숨어 있대도 모를 것이 없었다. 어찌 아느냐고 되묻는 석정의 말이 야속했다.

"물론 공연은 보러 오시겠지요? 선생님의 작품이니까요."

대답 없이 묵묵히 앉아만 있는 그를 보고 석정이 얼른 뒷말을 붙였다.

"약혼녀 되시는 분과 함께 오세요. 좋은 무대가 될 겁니다."

그녀의 입에서 흘러나오는 약혼녀 소리가 듣기 싫었다. 타이요우가 그녀의 시선을 외면하고 자리에서 일어서자 석정도 입을 다물었다.

분명 그는 지금의 이 모습이 아니었다.

그는 다소 껄렁하고 오만했으며 때로는 방탕하고 퇴폐적이었다. 은근한 유혹을 받고 있다는 야릇한 짐작에 그를 향한 음전치 못한 자극을 느끼도록 만들었다. 남모르는 환상 속에서 희열과 수치심 사이를 방황하도록 만든 장본인이 아니던가.

묻고 싶다.

그날 춥고 시리던 날, 내가 형무소에서 나오던 그때, 그곳에 오지 않았느냐고 물어볼까? 달빛이 휘황하던 밤, 구석진 골목에 홀로 서서 창에 비치는 나의 그림자를 오래도록 지켜보지 않았느냐 물어볼까? 숨소리 한 번 제대로 들려주지 않고 그냥 가버린 이유를 물어보면 대답해 줄까?

"여기 계셨군요!"

갑자기 끼어든 목소리에 타이요우와 석정이 흠칫 놀라서 뒤를 돌아보았다. 조금 전까지 운동을 하고 온 것을 증명이라도 하듯 얼굴이 붉게 상기된 히미코가 경쾌한 걸음으로 다가오고 있었다.

"계시던 자리에 안 계셔서 한참을 찾았더니 이런 외진 곳에 계셨네요."

"미안합니다. 잠시 걷는다는 것이 그만……."

사죄를 하는 타이요우의 목소리가 경직됐다. 그는 자신도 모르게 석정의 눈치부터 살폈다.

"괜찮습니다. 그럴 수도 있지요. 헌데 이분은?"

히미코는 직감적으로 석정이 누구인지 알아챘지만 자신이 그녀에 대해 알고 있다는 사실을 굳이 드러내지 않았다. 조선인 무희와 타이요우의 소문은 히미코의 귀에도 들렸기 때문에 그녀는 너무 노골적으로 보이지 않도록 주의하면서도 그들을 유심히 살폈다. 특히 그녀의 시선은 석정을 바라볼 때 더욱 날카로워졌다.

"그녀는 유망한 무용수랍니다. 안녕하세요, 무라카미 상!"

가스카노 미하로는 약간의 거드름을 피우며 가까이 걸어왔다. 그녀는 타이요우를 본체만체하고 석정을 자기 쪽으로 끌어당겼다. 미하로는 마치 새끼를 보호하는 어미 닭이라도 된 것처럼 굴었다.

"아, 가스카노 상? 정말 오랜만에 뵙는군요."

예술인으로서의 명성이 높기도 하지만 워낙 사교계에 발이 넓은지라 미하로를 모르는 사람은 별로 없었다. 히미코 역시 예전 어느 파티에선가 그녀를 만난 기억을 되살리면서 인사를 건넸다.

"고명하신 예술가를 이곳에서 뵈다니 오늘은 정말 운이 좋은 날이군요. 산책 중이신가요?"

"이제 완연한 봄이 올 테니까요. 아직은 좀 쌀쌀한 기가 남아 있기는 하지만 저 젊고 발랄한 숙녀들에게 화사한 햇살을 선사하기에 제법 괜찮은 날씨죠. 저와 우리 단원들은 소풍 중이랍니다."

평소보다 다정한 시선으로 미하로가 석정의 손을 토닥거렸다. 그때까지도 입술을 꽉 다문 채 그림자처럼 서 있던 석정은 미하로가 자신의 기분을 살핀다는 것을 깨닫고 괜찮다는 뜻으로 약간의 미소를 지어 보였다.

"유망한 무용수라 함은 혹, 가스카노 상의 무용 연구소에 계시는 겁니까?"

무라카미라 불리는 이 여자, 태도가 자신만만하다.

상대가 본능적으로 석정을 알아보았듯이 그녀 역시 상대를 알아보았다. 아니, 알아볼 수밖에 없었다. 입술은 미소를 짓고 있지만 눈빛은 결코 호의적이지 않았기 때문이다.

석정은 그녀에게서 타이요우에 대한 소유욕을 읽을 수 있었다. 순간이나마 자기소개를 어떻게 해야 하나 고민이 되었다. 그녀는 이내 당당해지기로 결정을 내렸다.

그러지 못할 이유가 없었다. 소문이란 말 그대로 소문일 뿐이었으니까.

"모석정이라고 합니다."

"어머나? 소문의 그분이시군요! 어떤 분이신지 정말로 뵙고 싶었답니다."

히미코는 오랜 친구라도 대하듯 자연스럽게 석정의 팔에 자신의 팔을 끼워 넣었다.

"무라카미 히미코예요. 이치카와 상께서 이미 말씀드렸을지 모르겠네요. 저는 그의 약혼녀랍니다. 어떤 아가씨인지 무척 궁금했는데 이렇게 만나게 되다니 대단한 행운이로군요."

미처 그녀를 떨쳐 낼 기회를 포착하지 못하고 그대로 그녀의 팔에 잡혀 버린 석정은 히미코를 따라 걷는 수밖에 없었다. 가벼운 담소라도 나누듯 다정스럽게 걷던 히미코는 타이요우와의 거리가 어느 정도 떨어졌다고 판단이 되자 붙잡고 있던 석정의 팔을 놓아주었다.

"길고 질척거리는 대화 별로 좋아하지 않아요. 우리 간단하게 할까요?"

조금 전까지의 상냥한 어투는 싹 치워 버린 싸늘한 목소리였다.

"우리 같은 부류들, 소위 모든 것을 가진 남자의 부인들이 하는 일이란 늘 한결같지요. 남자들은 자신이 가진 힘과 돈을 낭비하기 위해 매일 여자들을 품 안으로 끌어들인답니다. 대부분 과부나 바람난 유부녀, 배우, 어쩌면 길거리 창녀까지도 말이에요."

"무슨 말씀을 하고 싶으신 거죠?"

침착한 투로 석정이 물었다.

"남자들이란 단순해서 자신의 욕정을 채워 줄 예쁘장한 여인이면 그저 옆에 두려고 한다니까요. 그래서 부인이 필요한 거죠. 품위와 격을 지켜주기 위한 영리하고 조신한 현모양처 말이에요. 강물처럼 흘러야 할 여자들이 주제도 모르고 고여 있으려 하면 안 되니까요. 흘러야 할 강물이 흐르지 않고 고여 있으면 그 물이 썩기밖에 더하겠어요? 그게 바로 제가 처리해야 할 문제죠."

어차피 사내란 평생 여자를 끼고 사는 존재였다. 히미코는 애초 타이요우에게 일생을 아내만 바라보고 살라는 촌스러운 주문 같은 건 할 생각이 없었다. 그의 여성 편력은 이미 일본의 모든 사람이 알만큼 유명했고 자신이 단속을 한다고 해서 그가 그 단속을 받아들여 줄 것도 아니란 사실을 잘 알고 있었다.

"해서 저는 남편의 곁에 그냥 두어도 될 여자와 그렇지 않은 여자. 이렇게 두 부류의 여자만 판단합니다. 당신은 그와 함께 할 자격이 있나요?"

그녀의 입술에 상대를 얕잡아 보는 미소가 걸렸다. 눈썹이 오만하게 휘어지고 그 아래에 반짝이는 눈동자는 상대를 향한 무시가 가득 들어찼다.

"이치카와 상께 당신이 과연 무엇을 해 줄 수 있느냐 묻고 있는 겁니다. 당신 아버지가 세도가인 것도, 재력가인 것도 전부 조선에서나 통하는 것이지 이곳 일본에서는 하찮은 것들이라 말씀드리는 거죠. 이치카와 상의 빛나는 앞길에 대체 당신이 무엇을 해 줄 수 있을까요? 안타깝게도 당신은 그에게 너무나도 하찮은 존재입니다."

석정은 무어라 반박할 말이 떠오르지 않았다. 당신이 생각하는 그런 사이가 아니라고, 그와 나 사이에는 아무것도 존재하지 않는다고 말하면 끝날 일이지만 어쩐지 그러고 싶지 않았다. 그녀는 잘난 척하는 히미코의 코를 납작하게 해 주고픈 욕망에 시달렸다.

"그렇게 하찮은 존재를 이토록 신경 쓰시는 건 불안함 때문인가요?"

석정은 얼음 같은 눈길로 히미코를 바라보았다. 나직하게 묻는 그녀의 말에 히미코는 불의의 일격을 당하기라도 한 것처럼 얼른 대답하지 못했다.

어른들이 이어준 혼사라는 사실 외에 그와의 끈이 전혀 이어져 있지 않다는 약점을 석정이 건드린 셈이었다. 히미코는 한참 후에 대답했다.

"말하지 않았습니까. 저는 제 남편 곁에 그냥 두어도 될 여자와 그렇지 않은 여자 이렇게 두 부류만 봅니다. 석정 양은 지난 겨울에 오사카 형무소에 있지 않았나요? 당신은 하찮은 조선인이고 불령선인이라는 낙인이 찍혔다는 이유만으로도 제 남편이 될 남자 곁에 머무를 수 없는 여자입니다. 그를 사랑한다면 무엇이 그를 위하는 것인지 잘 생각해 보시기 바랍니다."

맙소사! 사랑이라니. 이 여자는 지금 무슨 소리를 하는 걸까.

석정은 생각지도 못한 단어로 인해 충격에 휩싸였다. 히미코의 조소가 이어졌다.

"잠시나마 그의 약혼녀 위치에 있을 수 있었다는 사실에 만족을 하시기 바랍니다. 그 이상은 이미 자격상실이니까요."

그러니까 이건 뭘까? 내가 임자 있는 남자를 탐내는 염치없는 여자쯤 되는 것일까? 어머니의 남편인 아버지를 꿰차고 들어앉았던 수많은 기생들처럼?

우스운 일이었다. 석정이 어머니의 자리를 호시탐탐 노리는 여자들을 경멸했듯이 이번에는 히미코가 그녀를 그렇게 바라보고 있었다.

한편의 통속소설에서나 나올 법한 장면처럼 히미코는 자신의 남편이 될 남자에 대해 소유권을 주장하고 있었다. 우월감을 드러내며 상대를 노골적으로 깔아뭉갰다. 그러면서도 타이요우를 향해 다정한 미소 지어 보이는 것을 잊지 않았다.

"댁네 속담에 그런 말이 있다지요? 올라가지 못할 나무는 쳐다보지도 말라고. 확실히 당신이 올라가기에 그는 너무 높은 나무가 아닌가요?"

실소가 터져 나올 것만 같았다. 웃을 듯 말 듯 선홍빛 입술을 꿈틀거리던 석정의 표정이 차갑게 굳어졌다.

그들이 멀찍이 떨어져서 이야기 나누는 모습을 지켜보던 미하로의 입술이 심술궂게 일그러졌다. 잠시 후 여유로운 걸음으로 되돌아오는 히미코를 보고 옆에 있던 타이요우의 팔뚝을 툭 쳤다.

"조심해요, 타이. 날카로운 이에 물리면 깨나 아플 테니까요."

무슨 말이냐며 타이요우가 눈썹 사이를 찌푸렸다.

"뭐, 그냥 그렇다는 말이랍니다. 나의 꼬마 도련님."

그는 항상 뭐든지 꿰뚫고 있는 것처럼 보이는 미하로가 때때로 불편했다. 기실 타이요우, 자신을 가장 많이 알고 있는 존재이기도 한 그녀이기에 이런 식으로 아무렇지도 않게 내던지는 말들이 그의 신경을 몹시 거슬리게 만들었다.

"석정 양은 정말 재기 발랄한 아가씨인걸요? 친구가 될 수 있다면 좋을 것 같아요."

명랑하게 말하던 히미코는 전혀 웃지 않은 타이요우와 미하로를 향해 고개를 갸우뚱거렸다.

"무슨 일이 있으셨나요?"

신경 쓰지 말라며 미하로가 억지웃음과 함께 부채를 활짝 펼쳤다.

"얼마 후에 가스카노 선생님께서 안무하시는 공연이 도쿄 공회당에서 있을 예정입니다."

고개를 홱 돌린 히미코가 바로 뒤에 서 있는 석정을 경계하는 눈초리로 바라보았다.

"와 주시겠습니까?"

석정의 시선이 타이요우를 향했다.

"이치카와 상과 함께 다정히 제 공연을 보아주신다면 영광이겠습니다. 무라카미 히미코 상."

*　　*　　*

가스카노 미하로가 올해 공회당에 올리는 창작무용의 주제는 설녀로 일본 민간에서 오래도록 내려오던 설화 중의 하나였다.

1920년대에 들어서면서 독일은 고전발레의 특성을 유지하되 새로운 시대에 부합할 수 있는 창조적 개념의 스타일을 찾기 시

작했다. 일종의 무용 운동으로 신무용의 시발점이라 볼 수 있었
다.

일본의 신무용계는 그들의 전통문화와 무용 기법을 발레와
같은 외국 무용에 가미한 형태로 자신들만의 신무용을 개척해
냈는데 설녀는 그런 관점에서 아주 적절한 주제였다.

매년마다 내리는 폭설이 북부 지방의 농작물과 거주지를 망
가트리기 때문에 눈을 두려워한 옛 일본인들은 눈 내리는 밤에
설녀가 하늘로부터 내려와 재앙을 퍼트린다고 생각했다.

원래 달에서 살던 공주인 설녀가 눈과 함께 지상으로 내려왔
다가 다시 돌아갈 수 없게 되어 눈 내리는 달밤에 사람들 앞에
나타난다는 것이 주된 이야기였다.

석정은 자신의 부탁을 거절한 인간을 눈 골짜기 밑으로 떨어
트리는 설녀의 한 장면을 연습하는 중이었다.

설녀는 사람들이 두려워하는 악녀이기도 했지만 반면에 그
악을 상쇄시킬 만큼 현실과 동떨어진 신비한 미를 지닌 역할이
었다.

악행을 저지르는 순간에도 고상함을 잃지 않아야 했고, 고향
인 달로 돌아가지 못해 울부짖다 결국에 눈보라가 되어 사라질
때는 관객들의 동정심을 자극해야 했다. 절제된 악과 처량함을
미하로는 동시에 요구했고, 그것이 더욱 효과적으로 관객들의
감성을 자극할 수 있을 것이라 했다.

야음을 틈탄 연습실은 석정을 위한 무대였다. 같은 장면을 추

고 또 추고 무한히 반복해도 질리지 않았다.

"시간이 벌써 이렇게 됐나?"

합동 연습이 끝나고도 밤이 깊어질 때까지 연습실에 홀로 남아 연습에 몰두해 있던 석정은 시각이 너무 늦었음을 확인하고 이마에 맺힌 땀방울을 닦아 냈다.

연습생 신분을 벗어나려면 아직 얼마의 시간이 더 남았지만 그녀는 설녀의 주연으로 발탁이 되면서 동시에 무용 연구소의 정식 단원으로 승급되었다.

무용단원으로 뽑히고 나면 하숙집을 얻어서 출퇴근들을 했기 때문에 석정도 기숙사로 돌아가지 않고 지난번에 요양을 위해 모 백작이 마련해 준 집에서 여전히 따로 지내는 중이었다.

창밖을 내다보니 순옥이 어두운 골목을 서성이며 그녀가 나오기를 기다리고 있었다. 오지 말라는 대도 밤이 되면 종종 연구소 앞을 지키고 있다가 석정과 함께 집으로 돌아가기를 마다하지 않았다.

제 깜냥에는 밤늦게 혼자 다니는 아기씨가 걱정되어 그런다 하지만 매번 저리 시커먼 골목에 서 있는 그녀 역시 안전하다 할 수 없어서 석정은 서둘러 연습실을 나왔다.

"오지 말라는데 왜 자꾸 오니?"

춘야(春夜)의 기운이 제법 매서웠다. 바르르 떨며 서 있는 순옥을 눈을 흘기며 나무랐다.

"밤늦게 홀로 다니시면 큰일 난다니까 그러세요."

"걱정도 사서 한다니까."

"그러니까 집에 일찍 좀 들어오시면 좋잖아요. 아휴. 생각 같아서는 아기씨께서 날마다 야심한 시각에 다니신다고 각하께 전부 말씀드리고 싶다니까요."

"너는 내가 뭘 어쨌다고 그러니?"

"각하께서 제게 얼마나 신신당부 하셨게요. 아기씨 입고 드시는 거, 밖에 다니시는 거 하나하나 모난 소리 안 나오게 보살펴 드리라고 입이 아프게 당부하셨는데 신무용인가 머시깽인가 연습한다고 이렇게 늦게 다니시는 거 아시면 아마 불호령이 떨어지실 겁니다."

"네 말마따나 연습한다고 늦는 거잖아. 사실은 더해야 하는 걸 너 때문에 일찍 나온 거라고."

"어쨌든 자꾸 이렇게 늦게 다니시면 제가 다 말씀드려 버릴 거라고요!"

"그런 건 입 가벼운 가납사니들이나 하는 짓이야. 어서 가자."

석정이 길을 재촉했다.

"진짜예요. 진짜 정말로 전부 다 각하께 말씀드린다니까요?"

순옥은 연신 종알거리면서도 종종 걸음으로 석정의 뒤를 따라나섰다.

석정의 집은 연구소에서 그리 멀리 떨어져 있지 않은 곳으로 같은 아카사카 지역 내에 있었다. 신사나 불각, 고풍스러운 옛 집들이 즐비한 거리를 지나면서 석정은 걸음 속도를 점점 더 높였다.

이 주변이 본래 사람이 잘 다니지 않은 조용한 거리기는 하지만 다른 날에는 순옥과 둘이서 잘만 다녔던 것이 오늘 밤은 어째 등골이 오싹했다. 조금만 걸으면 바로 집인데 유독 멀게만 생각되었다.

설상가상으로 뒤를 쫓는 수상한 기척까지 느껴지자 다리가 후들거려 제대로 걷기조차 힘들었다.

'헌병에서 미행을 붙인 것일까?'

어쩌면 단순히 지나가는 행인일지도 몰랐다. 그러나 곧 그럴 가능성이 거의 없다는 결론을 내렸다. 행인 치고는 뒤에 따르는 인기척이 지나치게 신중했다. 헌병과 순사 나부랭이들이 무시로 집안을 수색하더니 이제는 아예 가는 곳마다 따라다닐 모양이었다.

"누가 따라오는 것 같아."

"예?"

"쉿."

깜짝 놀라는 순옥의 손목을 꽉 잡고 조용히 하라는 눈치를 주었다. 걷는 속도를 조금씩 늦추다가 나중에는 뚝 멈춰 서서 뒤를 홱 돌아보았다. 휑한 골목길은 어둠만 내려앉은 채 미물의 움직임하나 잡히지 않았다. 주의 깊은 눈길로 주변을 살펴보았지만 아무것도 찾을 수 없었다.

"아무도 없는데요?"

순옥이 숨을 죽이며 속삭였다. 어둠 속을 노려보던 석정도 이내 가던 길로 되돌아섰다.

"내가 지나치게 신경이 날카로워졌나 봐."

"공연 준비 하신다고 예민해지신 거겠죠."

"아무래도 그런 모양이야."

그때였다. 석정의 말이 끝나기가 무섭게 등 뒤에서 둔탁한 마찰음이 '퍽!' 하고 들렸다. 화들짝 놀라서 다시 뒤를 돌아본 그녀는 그만 아연실색하고 말았다.

어디서 나타났는지 타이요우가 자신만큼이나 덩치가 큰 남자를 골목 벽으로 밀어붙인 채 주먹을 날리고 있었다. 남자는 갑자기 당한 공격에 두 팔로 겨우 얼굴이나 방어하고 있었다. 그러다가 타이요우가 빈틈을 보인 사이 그의 복부를 발로 힘껏 걷어찼다. 비틀거리며 뒤로 밀려난 타이요우가 배를 움켜쥐고 상대를 노려보았다.

남자는 바닥에 모자가 떨어진 것도 모르고 다시 공격할 틈을 찾고 있었다. 마치 우리에 갇힌 두 마리의 사자가 기 싸움을 하는 것처럼 보였다. 금방이라도 끊어질 듯 팽팽한 긴장감에 숨도 못 쉴 지경이었다.

석정은 말리는 순옥을 뿌리치고 앞으로 나서서 가로등 불빛을 받고 서 있는 남자의 얼굴을 확인했다.

"당신은!"

그녀가 놀라면서 뒤로 물러나자 타이요우의 눈빛이 더욱 날카로워졌다. 그는 상대의 얼굴을 다시 가격하기 위해 주먹을 쭉 뻗었다.

"안 돼요!"

석정이 몸을 던져 남자의 앞을 가로막는 바람에 타이요우의 주먹이 허공에서 굳어버렸다. 두 눈을 질끈 감고 온몸으로 그의 주먹을 막은 석정은 벽에 기댄 남자를 돌아보았다.

"어디 좀 보세요."

"아니, 괜찮습니다."

하얗게 질려서 자신의 얼굴을 이리저리 살피는 석정을 철환이 진정시켰다.

타이요우의 시선이 석정의 뒤통수에 화살처럼 꽂혔다. 그제야 그를 인식한 석정이 그에게 시선을 주었다. 타이요우는 시선을 받아 황송하다는 듯 과장되게 고개를 숙여 보였다. 하지만 눈빛은 바짝 갈아 놓은 칼날만큼이나 날카로운 상태였다.

"대체 무슨 일이죠? 다짜고짜 주먹부터⋯⋯."

"저 사람 누굽니까?"

대뜸 제 궁금한 것만 묻는 타이요우를 석정은 말문이 막힌 듯 노려보았다.

"애인이에요?"

"이보세요!"

"어디 하나 잘못 되지 않았을까 이리저리 살피는 모습이 영락
없이 연인을 살피는 모양새라서 말이죠."

석정은 철환과 타이요우를 번갈아 보고는 한숨을 내쉬었다.
타이요우에게 철환을 무어라 설명할지 난감하기만 했다. 저렇
게 버티고 서서 막무가내로 캐묻는데 상관없으니 이만 가 달라
고 요청해 봤자 꿈쩍도 하지 않을 것 같았다. 혹시 철환에 대해
서 뭔가를 알고서 그런 것이라면 큰일이었다.

"옳게 보셨네요. 이분은 저와 교제중인 분이세요."

타이요우와 철환 둘 다 표정이 경직되었다. 일단 철환의 신분
부터 숨겨야겠다는 생각에 그렇게 말했지만 석정도 당황스럽
기는 마찬가지였다.

철환의 신분이 드러나게 된다면 그로 인해 미치는 여파가 두
렵기도 하지만 그보다 타이요우의 눈빛이 그녀를 더욱 난처하
게 만들었다.

그는 마치 무언가 잃어버린 것처럼 공허한 표정을 지었다. 그
의 표정은 홀로 있을 때면 석정이 저도 모르게 짓게 되는 표정
과 비슷했다.

상실감!

굳어 버린 그의 얼굴 위로 상실감이 서서히 번졌다.

석정이 목소리를 높였다.

"보다보다 이렇게 거칠고 예의 없는 경우는 처음 당하는군
요. 대체 이분을 언제 보셨다고 갑자기 나타나서 주먹질을 하는

거죠? 당장 사과하세요."

그녀의 목소리가 골목 안을 카랑카랑하게 울렸다.

한마디 변명도 없이 타이요우는 묵묵히 석정의 냉갈령을 받아내었다.

"송철우라고 합니다."

지켜보던 철환이 중간에 끼어들어 가명으로 자신을 소개했다. 악수를 청하기 위해 손을 내밀었지만 곧 민망해진 손을 어색하게 내려야 했다.

타이요우는 철환을 보며 즉위식 전 늦은 밤에 석정과 함께 무용 연구소 안으로 들어간 남자를 기억해 냈다.

모자를 눌러쓴 뒷모습만 봤기 때문에 얼굴을 알지 못하지만 석정의 말과 태도로 보아 아마도 그가 맞을 것 같았다. 석정이 결코 보여줄 수 없다던 손가방 안의 사적인 물건, 정표라는 것을 준 사내 역시 바로 그일 것이라는 생각에 심연 속 해구처럼 마음 깊은 곳에서부터 쓴 물이 올라왔다.

따지자면 석정의 일방적인 비난은 부당했다.

연구소 앞 골목에 숨어서 그녀가 나오기를 기다린 타이요우는 그렇게 해서라도 석정의 얼굴을 보고 싶었다. 얼마 전에 히비야 공원에서 그녀와 히미코가 마주친 것이 아무래도 마음에 걸렸었다. 그녀에게 못할 짓이라도 한 것처럼 괜히 미안한 마음이 들어 가만히 있을 수가 없었다.

얼굴을 마주한다고 딱히 할 말도 없었지만 어느 순간 정신 차

상실의 나날 101

리고 보니 연구소 앞이었다. 그러던 중에 철환을 발견했다. 다행히도 사잇골목 안쪽에 숨어 있어서 자신의 모습을 들키지 않은 타이요우는 그를 유심히 살필 수 있었다.

그는 사뭇 수상한 꼴이었다. 코트 깃으로 얼굴의 하관을 최대한 가리고 중절모를 깊숙이 눌러쓴 모양새는 누가 봐도 수상하다 여길 것이 분명했다. 거기다 마침 석정이 연구소에서 나와 제 하녀와 총총히 걸어가는 것을 그가 뒤를 살피며 쫓아가는 것이 아닌가.

그러니 헌병 특수 수사대 소위란 놈이 미행을 붙인 자거나 오다가다 길목에서 석정을 눈여겨 본 불량배가 기회를 틈 타 그녀에게 해코지하려는 줄로 착각할 수밖에. 그러다 그가 점점 석정의 뒤를 빠른 속도로 따라잡으려고 하자 위험을 감지하고 먼저 달려들었던 것이다.

그런 사정도 몰라주고 철환만 감싸는 석정의 모습에 배알이 뒤틀렸다. 뭐 그리 대단하게 비밀스러운 연애를 한다고 이 밤중에 그런 수상한 행태로 여자의 뒤를 밟는단 말인가. 오해를 살 만한 행동을 해 놓고서 도리어 사람을 무뢰한 취급을 하니 억울한 심정이 들었다.

그대로 돌아서서 멀어지는 타이요우를 석정은 기가 막힌 표정으로 한참이나 쳐다보았다. 사과를 해야 할 사람이 누구인데 왜 자기가 화를 내는지 도무지 이해할 수가 없었다.

금일 밤의 어처구니없는 상황은 다분히 그의 잘못이었다. 다짜고짜 이유도 없이 철환을 공격했으니 당연히 화를 낼 만한 일이었다. 그래 놓고서 왜 상처를 받은 것처럼 돌아선단 말인가.

"그만 자리를 옮겨야 할 것 같습니다."

타이요우가 사라진 자리만 노려보던 석정을 향해 철환이 말했다. 그녀는 그를 잊고 있었던 듯 생소하게 바라보았다.

석정이 앞장을 서고 그 뒤로 놀라 얼어붙어 있던 순옥이 바짝 따라붙었다. 철환은 혹시 부딪힐지 모르는 시선들을 피해 멀찌감치 떨어져서 조심스럽게 그들을 따라갔다.

"오라버니의 소식을 가져 오셨나요?"

집 안으로 들어서기가 무섭게 석정이 물었다. 예의 차린답시고 느긋하게 굴기에는 정일의 안부가 몹시도 걱정스러웠다.

순옥이 신경 쓰이는지 철환이 자꾸 부엌 쪽을 흘깃거리며 동태를 살폈다. 석정이 성마르게 정일의 안부를 물었지만 역시 조심하지 않을 수 없었다. 무용 연구소에서부터 그녀의 뒤를 밟았던 것도 하녀를 믿어야 할지 몰라서였다. 그 바람에 미처 또 한 명의 인기척을 감지하지 못한 건 엄청나게 큰 실수였다.

자칫하면 자신의 신분을 노출시키고 간신히 지난 거사의 혐의에서 벗어난 석정이 다시 엮일지도 모르는 위기였다. 만일 그가 헌병대나 경무국 수사과에서 심어 놓은 프락치였다면 분명 피를 보고야 말았으리라.

"저 애에 대해서라면 걱정하지 않으셔도 됩니다. 어릴 때부터 함께 자라온 아이니 마음 놓으세요."

석정이 안심시키자 철환의 말이 빠르게 흘러나왔다.

"모 동지는 무탈하게 잘 있습니다. 해야 할 일이 있어 일본에 들어온 김에 소식을 전해 드리러 잠시 들렀습니다."

"정말로 아무 일 없이 잘 계신 건가요?"

그녀는 정일이 무사하다는 소리에 긴장이 풀렸는지 의자에 스르륵 주저앉았다.

"오라버니를 마지막으로 뵌 후로 소식 한 자 받아 볼 수가 없었어요. 소련으로 가신다고 말씀은 하셨지만 걱정되는 건 어쩔 수가 없네요."

"소련이 아니라 만주에서 여러 동지들과 혁명 과업을 이루기 위해 노력하는 중입니다."

"만주요? 그럴 리가요. 오라버니가 소련으로 가신다고 했어요."

철환의 설명이 이어졌다.

"소련으로 떠나기 직전에 행선지가 만주로 급하게 바뀌었습니다. 작년에 조선에서 있었던 공산당 검거 사건을 아실 겁니다."

"잘은 모르지만 그 일로 2백 명이나 되는 분들이 검거됐다고 들었습니다."

"대규모 탄압이었죠. 결국 작년을 마지막으로 조선공산당이 종당엔 무너지게 됐습니다. 몇 년에 걸쳐서 와해되고 재건하기를 반복했지만 뿌리내리기를 실패했죠. 게다가 일국일당 주의를 골자로 한 코민테른(Comintern 레닌의 주도로 1919년에 모스크바에서 창립된 국제적인 공산주의 조직)의 12월 태제에 따라 조선공산당의 만주총국 역시 해체되고 말았습니다. 중국공산당 만주성 위원회의 지도 아래로 들어가 조직을 재개편하게 된 겁니다. 그에 따라 모 동지와 저도 만주로 떠나 조직의 재정비에 힘을 보태게 된 상황입니다."

"만주는 관동군이 그곳 일대를 강점하는 데다 마적이 들끓고 각종 지하 단체가 관동군의 프락치 역할을 자처하는 위험한 곳이라고 들었습니다."

석정의 말에 철환이 고개를 끄덕였다. 그는 계속해서 말했다.

"맞습니다. 관동군과 프락치 때문에 그동안 우리 동지들의 활동이 쉽지 않았습니다. 그 탓에 조직의 재정비가 꼭 필요했던 겁니다."

잘 있다고는 하지만 복잡하게 돌아가는 만주 정세에 혹시 무슨 일이 있는 것은 아닐까, 석정은 염려스러웠다. 더구나 조선공산당 만주총국이 중국공산당 아래로 들어가게 됐다면 조선의 사회주의 운동가들이 조선의 혁명은 물론 중국의 혁명도 함께 이루어야 한다는 것을 뜻했다. 그러니 위험부담은 그만큼 더 커졌을 것이다.

"교토 궁 거사로 인해 관동군 역시 촉각을 곤두세우고 있을 텐데요, 정말 안전한가요?"

"세상의 모든 혁명가들은 목숨을 걸고 싸웁니다. 목숨을 걸지 않으면 혁명은 그저 불평불만으로 끝나고 말 테니 말입니다. 제가 안전하다고 하면 믿으시겠습니까? 그저…… 지금은 안전합니다. 다음의 일은 저도 모르겠습니다."

"소련이면 좀 더 안전하실 것 같은데 오라버니께서 그쪽으로 가시면 안 되는 건가요? 소련에도 조선인 사회주의자들이 많이 있잖아요. 뭐라고 하실지 모르겠지만 저는 오라버니 걱정뿐인 걸요."

철환은 더 이상 알려줄 것이 없었다. 석정의 집요한 눈길에도 불구하고 그는 침묵했다. 하는 수 없이 석정은 이쯤해서 만족하기로 했다. 적어도 정일이 무사하다는 사실만이라도 확인했으니 그나마 다행이었다.

"일본엔 무슨 일로? 아니, 말씀하지 않으시겠지요."

잠시 말을 고르던 철환이 입을 열었다.

"우리는 생사고락을 함께하는 동지들조차 믿지 않습니다. 서로가 서로를 끊임없이 의심하며 경계해야 살아남을 수 있습니다."

비장함이 흐르는 말에 석정은 숙연해졌다.

"안됐군요. 목숨을 걸고 함께하시는 분들인데 서로 믿을 수도 없다니요."

철환의 미소가 어두웠다.

"사람을 못 믿는 것이 아니라 사람의 본능을 믿지 못하는 것이 아니겠습니까? 끊임없이 다가오는 외부적 갈등과 고통 속에서 어느 순간 무엇을 위한 신념이고 투쟁이며 희생이냐 하는 생각, 누구라도 언제든지 할 수 있으니 말입니다."

철환은 코트 주머니에 손을 깊숙이 찔러 넣었다.

"우리는 우리의 동지들이 체포되어 육체적 고통을 이기지 못하고 원치 않은 배신을 할 경우를 항상 생각해야만 합니다. 이 모든 것을 그만 내려놓고 편하게 살고자 하는 어느 나약한 동지의 인간적인 욕망도 염두해 두고 늘 관찰하고 감시하지 않으면 안 되죠. 그들이 나빠서가 아니라 생존 본능이나 보호 본능 때문입니다. 그러나 이러한 시대에 사람의 본능이 얼마나 보호받을 수 있겠습니까. 친일파나 그렇지 않은 자. 뜨거운 피가, 양심이 시키는 대로 투쟁하는 자. 또 그렇지 못한 자. 오직 그렇게만 나뉘는 거지요. 이런 암울한 시대엔 사람의 본능이란 사치스럽다 여겨질 뿐입니다."

"우리가 사는 시대는 흑백의 시대군요."

석정의 목소리가 씁쓸했다.

"안타깝게도 이런 시대에 본능과 개성은 어울리지 않습니다. 대신 훗날, 그것들은 우리가 우리 후손들에게 물려주어야 할 귀중한 자산이요, 선물이 될 겁니다."

'정말 그럴까? 내가 사는 이 시대는 본능과 개성이 진정 허락되지 않은 그러한 시대인 걸까?'

석정은 자신이 참으로 무서운 시대를 살고 있다는 생각이 들었다. 본능과 개성이 허락되지 않은 삭막하기 그지없는 시대였다.

창밖을 내다보며 석정은 타이요우를 생각했다.

'시대는 그에게도 본능과 개성을 억압할까?'

"좀 전의 그 남자, 이치카와 타이요우 맞습니까?"

석정이 철환을 돌아보았다.

"그날 밤 교토 궁에서의 행적에 대해 그가 증언했다고 들었습니다."

알 수 없는 웃음을 지으며 석정은 다시 창밖을 보았다.

"이상하죠? 언제 어디서 누구를 만나도 사람들은 한눈에 그를 알아봐요. 처음 만나는 사람들인데도 그들은 언제나 그가 누구인지 알아보더군요. 그에게는 사람의 눈길을 끄는 그러한 것이 있나 봐요."

"신문지상에 그만큼 자주 오르내리는 인물이지 않습니까?"

철환이 무뚝뚝하게 말했다. 그가 묻고 싶은 것은 왜 그날 밤, 지시대로 미하로를 찾지 않고 타이요우와 함께 있었느냐 하는 것이지만 입안에서만 맴돌 뿐 실제가 되어 나오지 않았다.

"아니요, 단지 그것뿐이라고 하기엔 너무 부족해요. 사람들은 그에게 경외심을 느끼는 것 같아요. 왜 그럴까요?"

그녀는 철환에게 묻는다기보다 스스로에게 묻고 있었다. 타이요우를 향한 끊임없는 생각에서 헤어 나오지 못하는 근원이 무엇인지, 풀리지 않은 수수께끼를 앞에 둔 사람처럼 그녀의 표정은 심각했다.

"권력과 재력을 가진 사내는 어디를 가도 눈길을 받기 마련입니다. 힘 있는 자를 향한 인간의 속물적 근성이죠."

신랄한 투로 말하던 철환은 이내 입을 다물었다. 마치 홀로 다른 세상에 있는 것처럼 보이는 석정을 그는 잠자코 바라보았다.

그녀는 골똘한 생각에 빠져 있었다. 두 팔을 감싼 채 고개를 기우뚱한 모습이 이 세상 사람이 아닌 듯 가녀리고 아름다워 보였다.

'무슨 생각을 하는 거야!'

철환은 고개를 내저었다. 머릿속을 파고드는 엉뚱한 생각들을 지워 냈다.

"그만 가 봐야겠습니다."

철환이 길을 나서기 위해 서둘렀다. 그때까지도 골똘해 있던 석정은 자신이 그를 너무 소홀하게 대했다는 사실을 깨달았다.

"그러지 마시고 잠시만 기다리세요. 뭐라도 좀 드시고 가셔야지, 먼 길 오신 분인데요. 애, 순옥⋯⋯!"

급하게 순옥을 부르는 석정의 팔을 붙잡으며 철환이 만류했다.

"아니, 괜찮습니다."

"하지만⋯⋯."

"지체할 시간이 없습니다. 석정 양이 모 동지 소식을 기다리고 계실 것 같아 잠시 들른 길입니다. 이제는 가야 합니다."

'진작 따뜻한 차라도 대접할걸.'

일본 땅에서의 걸음 하나하나가 조심스러울 텐데 위험을 무릅쓰고 일부러 찾아와 정일의 소식을 전해 준 그가 고마웠다. 그런 사람을 앞에 두고 너무 제 생각에만 빠져 있었던 것이 석정은 겸연쩍었다.

"이치카와 타이요우 말입니다."

대문 밖을 나서기 전에 철환이 타이요우에 대해 다시 입을 열었다.

"그가 왜요?"

"석정 양이 그의 도움을 받은 것은 분명해 보이지만……."

"믿지 말라는 말씀이신가요?"

선인장 가시처럼 날선 투로 석정이 말을 가로챘다. 철환이 고개를 끄덕였다.

그는 석정이 언제부터 어떻게 이치카와 타이요우와 알고 지냈는지 궁금했다. 가즈에는 그자가 가스카노 미하로와 각별한 사이라 그편으로 알게 되지 않았을까 하지만 단지 그렇다고 해서 열도를 온통 들썩이게 만든 소문의 주인공이 될 수는 없었다. 아니 땐 굴뚝에 연기도 난다지만 분명 그 이상의 무언가가 그들 사이에 있었던 것이 틀림없었다.

더구나 석정을 해코지하려는 줄 알고 무지막지하게 달려들던 타이요우의 눈빛을 본 후라 철환은 더욱 의심스러웠다. 그가 제 입으로 직접 말하진 않았지만 충분히 알 수 있었다. 그것은 암컷을 지키는 짐승 같은 눈빛이었다.

자신의 짐작이 맞을 거라 생각하면서 철환은 길게 호흡했다.

어찌 되었든 그자 덕에 석정이 손쉽게 풀려난 것은 사실이지만 무턱대고 믿을 수도 없는 상대였다.

"그 아비 되는 자가 이치카와 요시히로입니다. 나가코의 비호를 받으면서 조선에서 수탈한 물자로 군수용품과 무기를 생산하는 자이고 자신이 만들어 낸 것들을 소비하기 위해 누구보다 일본의 대동아 식민정책에 앞장서는 인물입니다. 언젠가는 우리 손으로 단죄해야 할 자입니다."

"……."

"약혼설과 더불어 온갖 너저분한 소문들이 석정 양의 이름을 더럽히고 있습니다."

"제 일은 제가 알아서 하겠습니다."

석정은 철환을 냉담하게 바라보았다. 얼굴이 화끈 달아오르는 것이 느껴졌다. 그가 은근히 자신을 비난하고 있음을 알았다. 그녀가 혀끝을 차며 실소했다.

"소문이 모두 진실은 아니랍니다. 물론 모두 거짓인 것도 아니겠지만요."

석정의 말이 모호했다.

"그 남자에게는 약혼녀가 있어요. 제가 아닌 진짜 약혼녀 말입니다. 그러니 그와 제가 마주할 일도 거의 없을 테지요. 그래도 불안하시다면 그에게 오라버니와 조직에 관한 이야기를 무심결에라도 하지 않도록 주의하겠습니다. 그러나 그 외의 일은 제 사생활이에요. 걱정이 지나치시면 월권입니다."

철환은 자신의 혀를 깨물고만 싶었다. 그녀의 말대로 걱정이 지나치면 월권이다. 그에겐 그녀의 사생활에 간섭할 아무런 권한도 없었다. 그는 당황스러운 기색으로 변명했다.

"전 단지 모 동지가 걱정을 하고 있어서 말입니다. 당신을 그렇게 방패막이로 앞세운 것도 모자라 저런 소문까지 돌고 있으니 오라비로서의 걱정은 당연하지 않겠습니까?"

그가 겨우 생각한 것이라고는 정일을 핑계 대는 것뿐이었다.

"저는 잘 지내고 있다고 오라버니께 전해 주세요. 꽤 잘 버티고, 잘 지내고 있습니다. 또한 이루고자 하는 꿈을 위해 한 발짝씩 내딛고 있다고 그렇게 전해 주세요. 허니 걱정 마시라고. 뒷소리 좋아하는 자들의 입방정 따위는 제게 아무것도 아니라고 말입니다."

철환은 무안하여 알았다는 대답만 짧게 했다. 쓸데없는 소리를 한 자신의 혀가 원망스러웠다. 그녀에게 싱거운 인물로 인식되는 것은 그가 원하는 일이 아니었다.

본심이라 할 것 같으면 조선 여인이 어디 사내가 없어 내 나라, 내 민족을 핍박하는 섬나라 왜놈과 추문이냐고 한바탕 퍼붓고 싶었다.

나라가 독립되고 무산자가 해방이 되어야 조선인 개개인의 삶도 진정한 자유를 누리는데 그런 대의를 뇌두고 어찌 자신의 감정놀음을 앞세울 수 있느냐 호통을 치고 싶었지만 단지 생각에서 그칠 뿐, 여전히 자신을 냉담하게 바라보는 석정의 하얀 얼굴을 보고 있자니 자연히 기가 죽었다.

철환은 코트 깃을 세우며 돌아섰다.

"헌병대가 이번에는 하는 수 없이 놓아 주었으나 결코 이대로 물러설 자들이 아닙니다. 아마 작은 꼬투리만 걸려들어도 석정 양을 다시 잡아들이려고 할 테니 조심하시기 바랍니다."

철환은 가로등 불빛이 들지 않은 어두운 길을 따라 점점 멀어졌다.

멀어지는 철환을 보면서 낮은 담장에 힘없이 기대선 석정은 그와 나눈 대화를 떠올렸다.

— ……이러한 시대에 사람의 본능이 얼마나 보호받을 수 있겠습니까. 친일파나 그렇지 않은 자. 뜨거운 피가, 양심이 시키는 대로 투쟁하는 자, 또 그렇지 못한 자. 이런 암울한 시대엔 사람의 본능이란 사치스러운 거지요.

본능에 충실한 것이 사치스러운 짓이라면 그것이 당연하게 받아들여질 수 있는 시대를 그저 기다려야 하는 것일까? 조선

땅의 수많은 젊은이들이 빼앗긴 나라를 되찾기 위해 고군분투하는 동안 평생 제자리일 것 같던 세월도 결국 흐를 것이다.

그때쯤이면 독립이 되었든 그렇지 못하든 상관없이 젊은이들은 어느새 청춘을 세월에 헌납하고 생기 없는 늙은이가 되어 버리겠지.

기약 없는 독립과 후손들을 위해 지금을 사는 우리의 젊음이 꽃을 한번 피워 보지도 못한 채 시들어도 그것으로 족한 것일까?

철환의 조용한 비난이 머리를 떠나지 않는다.

잔학한 일본인들은 자신들의 배를 채우기 위해 조선 민중을 핍박하고 우리의 땅에서 나는 모든 것들을 수탈해가고 있습니다. 헌데 당신은 일본 남자를 상대로 무엇을 하고 있습니까?

노골적으로 드러내지는 않았지만 철환이 하고자 하는 말은 명확했다.

"그분은 벌써 가셨나 봐요?"

현관문 사이로 순옥이 고개를 내밀었다.

"자지 않고?"

"잠이야 뭐. 그건 그렇고 정일 도련님은 정말 잘 계신데요?"

석정이 바라보자 순옥의 얼굴이 사과처럼 붉어졌다. 그녀가 말을 더듬었다.

"부, 부엌에 있으니까 들려서 말이에요. 도련님 하시는 일이 워낙 위험하잖아요. 걱정이 돼서 그러죠."

"들었다면서 뭘 물어. 잘 계신다니까 그럴 거야."

멋쩍은 마음에 배시시 웃는 순옥이다.

"그런데 아기씨. 아까 그 남자 말이에요. 좀 전에 계시던 남자
분의 잘난 얼굴을 한방에 때려눕힌 노란 머리 남자. 그분이 그
분이에요?"

석정이 부엌으로 들어가는 것을 따라 들어오면서 순옥이 계
속해서 물었다.

"그분이라니?"

"왜 아기씨랑 약혼했다고 소문났던 그분이요."

"약혼은 무슨! 전부 다 헛소문이야."

석정이 별안간 큰 소리를 내며 화를 내자 순옥이 찔끔해서 입
술을 쭉 내밀었다.

"아기씨도 참. 간 떨어지는 줄 알았잖아요. 술 드시게요? 그
냥 주무시지. 술이 갈수록 느세요."

"조금만 마실 거야."

섬세하게 세공된 유리잔에 석정이 얼음을 떨어트렸다. 순옥
이 눈을 밉지 않게 흘겨 떴다가 금세 눈초리를 풀고 한숨을 폭
내쉬었다.

"그럼 딱 한 잔만 드세요. 그러다 코 빨개지시면 안 되잖아요.
그나저나 노랑머리 남자 분은 왜 쫓아왔을까요? 이유도 없이
사람부터 치다니 정말 이상한 분이에요."

석정은 말없이 돌아서던 타이요우의 뒷모습을 떠올렸다. 그가 왜 그곳에 있었는지 뒤늦게 궁금해졌다.

'어쩌면 지나는 길이었을지도 모르지.'

아침에 쓸 국거리로 시레기를 찾던 순옥이 손뼉을 탁 치면서 돌아보았다.

"아! 아기씨, 그게 말이에요. 만주에서 오신 분을 나쁜 사람으로 본 것은 아닐까요? 부녀자들을 노리는 소매치기나 아니면 단순히 아기씨를 희롱해 볼 심산의 불량배로 봤을 수도 있잖아요? 그렇지 않고서야 일면식도 없는 사람을 미치지 않은 이상 그렇게 패겠어요? 그다지 정의로워 보이진 않지만요. 그나저나 아기씨 버리고 딴 년 찾아서 약혼할 때는 언제고 질투하는 남정네처럼 씩씩거리는 거 보셨어요? 아기씨가 만주분 편만 드니까 눈에서 아주 불을 뿜더라고요."

순옥의 말에 석정은 찬물을 뒤집어쓴 것처럼 얼어붙었다. 미하로가 했던 말들이 머릿속에서 산발적으로 튀어나왔다.

　　―……내가 말한 그 사랑이 이미 시작된 것 같은데 그대는 눈을 감아 버린 것인지 도통 보지를 못하더군요.

　　―……사랑하고 헤어지고 추억하고. 용기 있다면 홍차 속에 빠진 비스킷이 한번 되어 보란 말이죠.

　　―그에게 시작하지 말라고 충고해 줬지. 하지만 이미 시작해 버린 걸 누가 말리나? 아무도 못 말리지.

미하로는 사랑을 하라고 하고 철환은 본능과 개성이 시대에
어울리지 않는 사치라고 말했다. 동시대를 관통하면서 두 사람
은 전혀 다른 세계를 살고 있었다.

석정은 창밖의 가스등에 대해서 생각했다. 그 아래 갈 곳을
잃고 서성이던 타이요우의 모습을 그려 보았다. 그가 했던 말
들. 그가 했던 행동들. 형무소에서 나왔을 때 보았던 그의 형상
을.

멀어지던 그의 등. 빛 속으로 사라져 버리던 그의 금빛 머리
카락!

그 모호함들을 하나하나 꺼내어 곱씹어 보았으나 알 수 없는
것투성이다.

'정작 나는 아무것도 모르겠는데 사람들은 무엇을 말하는 걸
까? 그들이 본 것은 무엇이고 무엇을 아는 걸까?

알 수 없음에 홀로 바보가 되어 버리고 만 것일까.

방정맞은 입이 또 실수를 했다 싶은지 순옥이 자신의 입술을
쥐어박으며 석정의 눈치를 살폈다.

찬장을 뒤져 지난번에 마시다 만 술병을 꺼내 들면서 석정이
차가운 목소리로 말했다.

"쓸데없는 소리 그만하고 혼자 있고 싶으니까 그만 네 방으로
들어가 쉬어."

술병의 마개를 따고, 보리빛 액체를 얼음이 들어가 있는 술
잔에 따르자 독한 주향(酒香)이 벌써부터 정신을 취하게 만들었

다. 양손에 술병과 술잔을 나눠 들고 석정이 거실로 나가는 것을 보며 순옥은 울상이 되었다. 형무소에서 나온 뒤로 더 이상 소녀 시절처럼 까르륵 웃지 않은 아기씨가 걱정스러웠다.

'형무소라는 곳은 참말 사람이 들어갈 곳이 못 돼.'

예전의 생기발랄하던 아기씨는 더 이상 존재하지 않았다. 하루라도 술을 마시지 않으면 잠을 이루지 못해 어두운 방안을 배회하는 아기씨만 남아 있을 뿐이었다.

"그렇게 본댁에 얌전히 계시다 시집이나 가셨으면 오죽이나 좋아. 난다 긴다 하는 집안의 도련님들 죄 마다하고 이제 어떡하시려고…… 형무소 들어가 몸 고생 마음고생에 소문도 고약스럽게 나서 이젠 누가 선이나 보려고 하겠느냔 말이야."

답답하다는 듯 순옥은 연방 한숨을 내쉬었다.

*　　*　　*

클럽의 빅밴드가 연주하는 루이 암스트롱과 핫 파이브의 히비 지비스(Heebie Jeebies)가 안개 속처럼 흐릿한 실내를 부유하며 사람들의 귓속으로 파고들었다. 병 안에 반쯤 남은 양주가 잔 속을 채우며 리듬에 맞춰 출렁거렸다.

음악에 따라 손가락으로 테이블을 두드리며 박자를 맞추던 미하로가 얕은 신음 소리를 냈다. 매끈한 이마에 약간의 주름이 잡혔다.

"말을 하지 그래요? 그렇게 잔뜩 심각하게 폼만 잡고 있어 봐야 누가 그 속을 알아준다고."

손가락 사이에 끼인 시가를 이리저리 돌리는 타이요우의 표정이 시큰둥했다.

미하로가 술잔을 들다 말고 그를 흡뜬 눈으로 쳐다보았다. 음악 소리가 시끄러운지 그녀의 목소리가 조금 커졌다.

"왜 그렇게 답답하게 구는지 몰라. 지키자고 하는 게 약속이기는 하지만 깨라고 있는 것도 약속이거든. 깰 용기가 없으면 그쯤해서 그만 두든지 말이에요. 아무것도 못 할 거면서 왜 찾아가서는. 쯧쯧."

미하로의 목소리가 카랑카랑했다. 동정해 줄 생각이 전혀 없다는 듯 그녀는 입술을 비틀며 코웃음까지 쳤다. 탁자 위에 두 팔을 얹고 턱을 괸 그녀의 표정 위로 비웃음이 가득했다.

"길은 들어섰는데 갈 곳을 모르네. 이봐요, 도련님. 당신이 스스로의 연민과 방황에 빠져 생의 방랑자 역할에 충실하는 동안 석정 양은 미로 끝에 서서 당신의 처분만 기다리고 있다는 생각 안 들어요?"

한 무리의 군인들이 시끌벅적하게 떠들며 홀 안으로 들어왔다. 벌써 거나하게 취한 모습들이었다. 그중에는 오하시 데루오도 있었다. 무심히 고개를 돌리다 그를 발견한 타이요우에게서 냉기가 흘렀다.

서빙 중이던 클럽의 여급을 확 낚아채 무릎에 앉히고 지분거리던 데루오가 타이요우를 보고 건배하듯 술잔을 높이 들었다.

"양단간에 결정을 내려요. 대단하신 아버지가 무서워 이도저도 못하는 우유부단함이 곱게 자란 도련님들의 공통점이래도 그렇지. 적당히 좀 하라고. 사랑을 버리든지 실리를 버리든지. 양쪽에 발 하나씩 걸치고 혼자 로맨티스트인 양 고뇌하지 말라고요. 둘 중에 하나는 버려요. 버렸으면 뒤돌아보지 말고. 그래야 인생이 앞을 향해 나가지."

타이요우의 손에서 시가를 쏙 빼간 미하로가 자신의 입에 물고 불을 붙였다.

"원, 아버지가 그렇게도 무서울까. 그러니 말릴 때 들었어야죠. 그럼에도 불구하고 시작을 했으면 작정하고 달려들어야지 여기저기 냄새만 풍기고 말이야. 타이, 당신이 그렇게 하면 피해는 고스란히 석정 양에게 간다는 걸 알고나 있어요? 세상은 넓어요. 발 딛고 살 데가 어디 일본하고 조선뿐이던가."

그녀의 말이 의미심장했다.

데루오에게서 시선을 거둔 타이요우가 몸을 의자에 깊숙이 기대고 다리를 꼬았다. 의미 없이 피식거리는 꼴이 나른했다.

"이치카와 상을 이곳에서 뵙다니, 이런 우연이 다 있습니까?"

무리에서 빠져나온 데루오가 비틀거리는 걸음으로 다가와 말을 걸었다. 미하로 쪽으로 고개를 돌린 그의 입이 헤벌쭉 벌어졌다. 싸구려 술 냄새가 진동을 했다.

얼굴을 삐딱하게 젖힌 미하로가 시가 연기를 뿜어내며 입술을 조금만 벌린 채 웃어 주었다.

단순히 대외용 미소일 뿐이지만 가스카노 미하로가 웃어줬다는 생각에 고무된 데루오는 벌어진 입을 다물지 못했다.

"그만 나갈까요, 미하로?"

의자를 밀치고 일어난 타이요우가 벗어 놓은 코트와 모자를 챙겼다. 미하로가 턱으로 데루오를 가리켰다.

"아시는 분이 아닌가요?"

"그다지 말을 섞을 만한 상대가 아니라서요. 먼저 갈까요, 같이 나갈까요?"

데루오의 얼굴이 확 구겨졌다. 타이요우는 그를 투명 인간 취급 하면서 아예 시선조차 주지 않았다. 그들을 흥미로운 듯 번갈아 보던 미하로가 느릿하게 일어섰다.

"타이, 당신의 몸에 흐르는 피의 절반이 영국 신사의 것이라면 숙녀를 끝까지 에스코트 하는 매너 정도는 지켜 줘야죠. 꼭 이럴 때만 냉정하더라."

지나쳐 가는 타이요우의 등 뒤로 데루오의 쇳소리 박힌 목소리가 날아들었다.

"소문이 나도 참 더럽게 났습니다. 이치카와 상."

움찔하며 멈춰 선 타이요우가 아랫입술을 지그시 깨물었다. 참으라는 듯 미하로가 그의 팔을 잡았다.

"그러니까 그런 되먹지 못한 조센징하고는 어울리는 법이 아닙니다. 불장난도 상대를 봐 가면서 해야지요. 천황 폐하의 충성스러운 신하이신 아버님의 명성에 누가 되면 안 되지 않습니까? 항간에서는 즉위식에서의 일로 이치카와 상의 충심까지 의심하던데 말입니다."

살살 긁어 대며 이죽거리는 데루오다. 가까이 다가온 그가 타이요우의 어깨에 손을 걸쳤다.

"그렇지 않습니까? 거부하던 정략혼을 감행하면서까지 가장 유력한 용의자를 빼내려 했으니 말입니다."

귓가에 대고 속삭이는 그에게서 역겨운 냄새가 났다. 더러운 벌레를 떼어 내듯 타이요우는 자신의 어깨 위에 놓인 데루오의 손을 툭 털어 냈다.

"무슨 말입니까? 증거 불충분으로 놓아준 건 그쪽입니다. 그녀와 함께 있었다던 내 증언이 결국엔 채택된 것이 아닙니까? 당신들의 무능력으로 아직까지도 진범을 잡지 못하는 주제에 괜한 사람 붙잡고 시비 걸어서야 되겠습니까? 정략혼이야 위쪽 동네에서는 항시 일어나는 일입니다. 어려서 한때 철없이 피했던 것을 철들어 수긍한다고 이상할 일이 뭐 있습니까? 물론 소위 같은 아랫동네 사람들이야 이해하지 못할 일이지만 말입니다."

뒤로 물러난 데루오가 가래침을 '캬악' 뱉었다. 손가락으로 코밑을 문지르며 훌쩍거렸다.

"내게도 나름 정보라는 게 들어온다는 말입니다. 당신이 무라카미 집안의 영애와 결혼하는 조건으로 이치카와 후작께서 황후 폐하와 담판을 지었다는 걸 모르는 줄 아십니까?"

"황후 폐하께서 내 혼인을 중매하신 걸 모르는 사람이 있습니까?"

"뭐 아무튼 간에 찬찬히 두고 보십시다. 인생을 저당 잡혀서라도 모석정을 빼내야 했던 이유, 그 이유가 뭘까 궁금해서 말이지요. 그저 불장난이라고 보기에 너무 절절한 모양새가 아닙니까? 사랑일까, 아니면 다른 무엇일까."

정색하는 데루오의 두 눈이 실처럼 가늘어졌다.

"내 감은 틀린 적이 없어. 모석정, 그리고 당신. 뭐 있단 말이지. 조만간에 파헤쳐 줄 테니까 기다리란 말입니다."

비릿하게 벌어지는 입속의 이가 누렇다. 기분이 좋은 듯 데루오는 알 수 없는 노래를 흥얼거리며 제자리로 돌아갔다.

부들거리며 주먹을 움켜쥔 타이요우의 모습이 심상치 않다 느꼈는지 미하로가 서둘러 클럽 밖으로 그를 잡아끌었다.

방 안은 사람의 온기가 느껴지지 않았다. 하인들도 식사를 나르거나 앤이 특별히 부를 때를 제외하고는 거의 들어오지 않았다. 사람이 지내고 있는 방이지만 으스스한 것이 마치 유령이 사는 곳처럼 보였다.

"오래 있었니?"

"그냥, 조금."

클럽에서 돌아온 타이요우는 곧장 앤을 찾았다. 잠들어 있던 그녀가 깨어날 때까지 그는 혼돈 속을 해매는 듯 멍한 상태를 유지하고 있었다.

몸을 일으킨 앤은 하루 종일 누워 있던 탓에 부스스해진 머리카락을 손으로 빗어 보았다. 아들에게 조금이라도 단정한 모습을 보이고 싶어 하는 눈치였지만 퀭한 눈과 화장기 하나 없이 푸석푸석한 피부, 말라비틀어진 몸을 어떻게 해 볼 도리가 없었다.

"종일 나가 있어서 피곤할 텐데 뭐 하러."

뼈가 드러날 만큼 마른 손으로 정성스레 다듬었음에도 머리카락은 여전히 부스스했다. 타이요우가 상아 빗을 찾아와 그녀의 구불거리는 머리카락을 조심스럽게 빗어 주었다. 아들의 손길에 편안함을 느낀 앤이 눈을 감았다.

"타이"

"말씀하세요."

"결혼식이 언제랬지?"

묻는 앤의 목소리가 남의 일처럼 데면데면했다. 빗질을 멈춘 타이요우는 점점 퇴색되어 가는 앤의 머리카락을 멀건이 바라보았다.

아들의 약혼식인데도 그녀는 예식에 참석하지 않았다. 아마 결혼식도 마찬가지일 것이다. 요시히로는 오히려 그녀의 불참을 반갑게 여겼다.

생기발랄하던 아름다운 백인 여자를 아내로 맞아 온갖 사교

모임이란 모임에는 무슨 일이 있어도 동반 참석을 할 정도로 그녀를 자랑스러워하던 때도 있었지만 벌써 옛말이었다. 만성 빈혈과 우울증을 호소하며 자신의 방에서 꼼짝도 하지 않은 채 점점 나이만 들어가는 아내를 요시히로는 이해하지 못했다. 무엇이 그녀를 그토록 피폐하게 만드는지 이제는 별로 궁금하지도 않았다. 그를 비롯한 사람들은 그녀가 서서히 미쳐 가는 중이라고 생각했다.

그러던 차에 앤이 스스로 타이요우의 약혼식 참석을 거부하자 요시히로는 차라리 다행으로 여겼다. 그녀는 완벽한 가문에 더 이상 어울리지 않았다. 지금은 단지 숨기고 싶은 치부가 되어 버렸다.

여자.

요시히로를 거쳐 간 수없이 많은 여자. 그들이 문제였다. 앤은 언제나 사랑받기를 원하고 그 사랑을 독차지하기를 바랐다. 남편의 방에서 시도 때도 없이 나오던 여자들. 그녀는 그 여인들을 증오하고 그들에게 사랑을 나눠 준 남편을 증오했다.

   ─그들은 아무것도 아니야. 사내에게 여자가 따르는 것
   이야 당연한 이치지. 앤, 당신은 내 아내고 그것으로 만족
   하면 되는 거야.

지나가는 여자. 그는 새로운 여자들을 데려올 때마다 당당하

게 말했다. 고례로 힘 있는 일본의 사내들에게 인정되어 왔던 첫 번째, 두 번째 여자들. 그리고 세 번째, 네 번째…….

"사랑하니?"

"누구를 말씀하시는 겁니까?"

"그 여자. 네 아내가 될 여자."

타이요우를 향해 돌아앉은 앤은 자신의 아들이 아직도 코흘리개 어린아이라도 되는 것처럼 그의 볼을 쓰다듬었다.

깃털처럼 가벼운 손길로 타이요우의 머리카락과 볼을 번갈아 쓰다듬던 그녀의 눈빛이 일순 광인(狂人)의 것처럼 사나워졌다. 그녀는 갈라지고 메마른 목소리로 음산하게 경고했다.

"타이, 넌 사랑이 가벼우면서도 잔인하다는 걸 알아야 해. 진한 술에 탄 독이요, 바람 부는 날이면 날아가 버릴 나뭇잎처럼 가볍기 그지없는 것이 사랑이라는 걸 말이야."

타이요우는 사로잡힌 것처럼 그녀의 말에 귀를 기울였다.

"사랑은 너를 순간이나마 낭만적으로 만들어 주고 행복감을 느끼도록 하지만 그것은 곧 시들어 버릴 사랑이 네게 주는 얄팍한 선물일 뿐이야. 그래서 추억이라는 이름의 선물이 무섭도록 잔인한 법이지. 내 손에서 모래처럼 빠져나가 버린 옛 사랑을 잊지도 못하고 집착하게 만드니까."

앤의 시선이 흔들렸다. 초점 없이 수렁 같은 눈을 바라보던 타이요우는 그 속에 빨려 들 것 같은 두려움을 느끼고 주춤주춤 뒤로 물러섰다. 앤은 이내 피곤해졌는지 몸을 누이며 이불 속으로 파고들었다.

차가운 공기가 도는 방 안을 타이요우는 배회했다.

'그래, 사랑 따윈 아무것도 아니야. 한순간에 시들어 버리는 것이 사랑이야. 어머니를 봐! 사랑이란 그런 거야. 허무한 거지. 내가 시들든 상대가 시들든 결국 사랑이란 영원할 수 없어. 영원한 건 사랑의 대가로 받은 고통이겠지. 그따위 사랑! 내게는 아무것도 아니야!'

"타이"

앤의 부름에 배회하던 것을 멈추고 고개를 홱 돌렸다.

"사랑하는 여자를 구속하지 마. 아내란 이름으로 곁에 두지 마. 어차피 시들어 버릴 사랑이야. 가둬 두면 너도 상대도 고통스럽지. 사랑은 변덕스러워. 한곳에 머물러 있기를 원하지 않아. 흘러가도록 내버려 두어야 해. 그렇지 않으면…… 그 사랑을 포기하지 못하면 나처럼 곪아. 흘러가 버린 사랑을 끝내 놓지 못하면 내 품속에서 모두 곪아 버리는 거야."

"아내가 될 여자를 사랑하지 않아요. 다행스럽게도."

탁한 음성이 그의 입술을 타고 흘러나왔다. 앤은 아들의 대답을 들으며 스르르 눈을 감았다. 타이요우는 비척거리는 걸음으로 다가와 무릎을 꿇고 침대에 머리를 파묻었다. 사랑 따위 아무것도 아니라며 스스로에게 최면을 걸었지만 소용이 없었다.

'하지만 어머니. 저는 제가 사랑하는 여인이 제 것이었으면 합니다. 사랑이 시들어 버릴지라도 그 끈을 끝끝내 놓지 못해 품속에서 곪아 터지더라도 그녀를 구속하고 싶습니다. 이미 사랑하게 되었으니까요. 이미 마음으로는 그녀를 구속해 버렸습니다. 그래서 저는 벌써 곪고 있어요. 제 마음은 어머니처럼 메마르고 시들어 갈 뿐입니다. 그럼에도 불구하고 그 사랑을 가지고 싶어요. 곁에 두고 싶습니다. 그러나 가질 수 없어요. 이토록 바라건만 가질 수 없어요. 그녀를 놓아주고 다른 여인과 결혼해야 합니다. 그것만이 그녀를 고통과 위험 속에서 구해 내는 방법이라 생각했습니다. 허나 이제는 제가 고통 속에 있어요!'

그의 하소연은 소리가 되어 나오지 못했다. 꼭 다문 입안에서 답답하게 맴돌 뿐이다.

질투에 몸이 달았다. 다른 남자를 걱정하는 그녀의 모습을 보고 있자니 불같은 소유욕이 일어났다. 그것은 그를 힘들게 만들었다. 앞에 나서서 감정을 고스란히 내보이지도 못할 거면서 그녀에게 화가 났다.

그를 보지 말라고. 나를 보라고. 나만 봐 달라고!

그러나 그녀는 그가 보내는 무언의 신호를 알아채지 못했다. 한겨울 칼바람보다 매서운 그녀의 냉대에 그는 처량하게 뒤돌아설 수밖에 없었다.

서운한 감정을 가득 끌어안고서, 어두운 골목길에 사랑하는 여인을 또 다른 사내와 함께 남겨 두고 혼자서 떠나와야 했다.

타이요우는 고개를 들어 잠든 앤의 핏기 없는 얼굴을 가만히 내려다보았다.

자신의 외로움이 그녀의 눈에 선연히 비쳤으면 하고 바랐다. 철도 들기 전부터 그녀가 전염시킨 외로움이 석정으로 인해 더 이상 커질 수 없을 만큼 극대화되어 그를 잠식하고 있었다.

앤이 요시히로에 대한 사랑을 포기하지 못하고 갈구하듯 그역시 석정의 사랑을 갈구했다.

어차피 얻을 수 없는 사랑.

도무지 걷어지지 않는 쓸쓸함과 허전함에 대하여 조금만 돌아봐 달라고 소리 없이 구원 요청을 했지만 앤은 언제나 상실해버린 자신의 사랑과 아픔이 우선이었다.

"쉬세요."

늘 그렇듯이 다정한 음성으로 말했다. 때로는 넋을 놓고 있는 앤이 밉고, 아들인 자신에게조차 무정한 것이 서운하지만 그는 결국 충실하도록 친절한 아들이었다.

앤의 방에서 나온 타이요우는 잠시 방문에 기대어 섰다. 석정과 함께 있던 송철우라는 남자의 모습이 머릿속을 떠나지 않고 그를 괴롭히고 있었다. 복도에 난 창밖으로 보이는 밤하늘이 먹물을 끼얹은 것처럼 새까맣다.

'그들은 아직도 함께 있을까? 그녀는 그와 함께 무엇을 하며 시간을 보낼까? 무슨 대화를 나누지?'

온갖 너저분한 상상들이 우후죽순처럼 들고 일어났다. 당장이라도 그녀의 집으로 달려가 확인하고 싶었다.

차라리 밀폐된 방 안에 함께 있는 그들을 확인한다면, 실오라기 하나 걸치지 않은 모습으로 뒤엉켜 있는 그들을 두 눈으로 똑똑히 본다면 가망 없는 사랑이 포기가 될까?

차갑고 무심한 표정. 매정한 말투. 그사이로 언뜻 보이는 더없이 부드러운 여성스러움을 떠올리며 그는 온몸이 열에 달뜬 듯 뜨거움을 느꼈다.

석정에 대한 생각만으로도 정신이 혼미해지자 그녀를 대신할 여자가 필요해졌다. 이 밤 내내 그녀와 그녀의 남자를 향한 온갖 추한 상상들을 하며 스스로를 괴롭히고 싶지 않았다. 밤을 지새우며 내재되어 있는 석정에 대한 욕망을 미련 없이 쏟아버릴 만큼 뜨겁고도 뜨거운 여자를 찾아야 했다.

몸 안의 세포 하나하나가 괴로울 정도로 촉각을 세우는 것을 고스란히 느끼며 타이요우는 긴자에서 가장 유명한 게이샤의 집으로 가기 위해 몸을 움직였다.

"밤이 깊었는데 어디를 또 나가시려는 모양이죠?"

계단을 타고 아래층으로 내려오던 그는 사치를 발견하고 미간을 찌푸렸다. 뜨거운 초콜릿 차가 담긴 주전자와 잔을 받친 은쟁반이 샹들리에의 빛을 받아 반짝이며 그녀의 손에 들려져 있었다.

"이런 시간에 불을 밝히는 곳이라고는 긴자의 환락가밖에 없을 텐데 우리 도련님은 어디를 가시려나?"

그녀는 꼭 무언가를 아는 것처럼 유혹적인 목소리로 물었다.

코앞에서 느껴지는 초콜릿 향이 달콤한 미약처럼 타이요우의 정신을 어지럽혔다. 슬쩍 벌어진 기모노 옷깃 사이로 그녀의 가슴골이 눈에 들어왔다.

"저는 마님께 초콜릿 차를 가져다 드리러 올라가는 중이었답니다. 그런 연후에……."

잠시 뜸을 들이며 짙어진 눈길로 그를 올려다본 사치는 색정적인 미소를 지었다.

"잠자리에 들어야겠지요."

닿을 듯 말 듯 그를 스치며 2층으로 올라가는 그녀의 뒤태를 바라보던 타이요우가 곧 그녀를 쫓아 올라가기 시작했다.

"악!"

앤의 방에 초콜릿 차를 두고 나오던 사치는 몸이 갑자기 우악스럽게 당겨지자 단발의 비명을 질렀다. 불식간에 당한 일로 와락 겁이 나 버둥거리다가 자신을 잡아끌고 가는 이가 타이요우임을 알고서 순순해졌다.

계단에서 타이요우와 마주쳤던 사치는 그에게서 분출되고 있는 욕정의 냄새를 맡을 수 있었다. 그녀는 남성의 욕구에 본능적으로 반응하는 민감한 몸을 가진 여자였다. 때문에 굳이 상대가 제 입으로 말하지 않아도 알 수 있었다. 타이요우는 오늘 밤 아주 살짝만 자극을 주어도 그녀의 발밑에서 헐떡거릴 만큼 달아 있었다.

무엇이, 누가 그를 그렇게 만들었는지는 중요하지 않았다. 확실한 것은 그가 쌓일 대로 쌓인 욕정을 토해 낼 상대를 찾고 있다는 것이고 그 상대는 그녀 자신이 될 것이란 사실이었다.

사치를 방으로 끌고 들어온 타이요우는 자신의 침대 위로 그녀를 거칠게 내던지고 찢어 내듯 옷을 벗었다.

근육이 적당하게 발달된 탄탄한 상체가 어둠 속에서 검푸르게 빛나는 것을 황홀한 듯 지켜보던 사치는 곧 다가올 희열에 몸을 부르르 떨었다. 그녀는 허리선보다 높게 맨 오비를 천천히 풀었다. 기모노는 너무나도 손쉽게 그를 향해 벌어졌다.

"오세요. 도련님."

사치의 두 다리가 미국에서 들여온 야한 잡지의 한 장면처럼 노골적으로 벌어졌다. 지난번에 당한 거절로 자존심에 상처를 입었던 그녀는 그때의 자존심을 회복하려는 심산인지 오만한 눈길로 그를 바라보았다.

타이요우는 예고 없이 그녀의 가슴을 움켜쥐었다. 사치의 입에서 자지러지는 교성(嬌聲)이 여과 없이 흘러나왔다. 그녀는 타이요우의 머리를 끌어당겨 자신의 가슴에 더욱 가까이 밀착시켰다. 그는 성난 짐승과도 같았다. 평소의 절제된 모습은 어디에도 없었다. 상대에 대한 어떠한 배려도 없었다. 그런 그의 손길도 좋다고 몸을 뱀처럼 꼬며 흐느적거리는 사치의 모습이 기가 막혔다.

방 안은 그녀의 낯부끄러운 교성들로 가득 들어차고 두 사람이 뒤엉켜 만들어 내는 비릿한 육체의 냄새가 공기 중을 둥둥 떠다녔다.

"도대체 누가 도련님을 이렇게 만들었나요? 이렇게 뜨겁고…… 흐윽! 이렇게 간절하게 만든 그 여자가 대체 누구인거죠?"

타이요우는 매섭게 몰아치던 움직임을 멈췄다.

"멈추지 말아요. 좀 더, 좀 더 나를 자극시켜 줘요. 하아악. 정말 궁금해. 누가 도련님을 이렇게 격정적으로 만들었는지 말해 봐요. 장차 이곳의 안주인이 되실 무라카미 가의 아가씨? 아니면 도쿄의 호사가들을 바쁘게 만들었던 조선인 무용수?"

요동을 치던 남녀의 숨소리가 차츰 잦아들었다. 타이요우는 결국 사치를 밀어내고 몸을 일으켰다. 급속도록 싸해진 분위기를 감지한 사치가 다급하게 그의 팔을 붙잡았다.

그녀는 그의 등에 자신의 가슴을 문지르며 예전에 어린 그를 달랬던 것처럼 살살 어르는 소리를 했다.

"무엇이 두려운 거죠? 더 이상 어찌할 수 없을 만큼 잔뜩 쌓인 욕정을 풀기엔 적합한 밤이 아닌가요? 사내가 여자를 품고 땀을 쏟아 내는 것이야말로 당연한 일일 텐데요."

"입 다물어."

타이요우가 음울하게 경고했지만 사치는 포기하지 않았다.

"쉿. 고집 피우지 말아요. 도련님은 오늘 밤 여자가 필요하잖아요. 아무도 모를 거랍니다. 무슨 짓을 한다 해도 말이지요. 밤이 이렇게 깊었으니까요. 밤이란 그런 거랍니다. 거친 숨소리와 일렁이는 육체의 요동을 완벽하게 가려 주죠. 나의 도련님."

그녀는 그가 다시 자신을 볼 수 있도록 돌려 앉히려고 했다. 그렇지만 뜻대로 되지 않았다.

타이요우는 침대에서 일어나 벗어 놓았던 하얀 셔츠만 한 장 벌거벗은 몸 위로 걸쳐 입었다.

"그만 나가."

언제 불같이 타올랐었냐는 듯 순식간에 식어버린 그의 태도가 사치는 믿을 수 없었다. 또다시 거절당했다. 그녀의 눈에 시푸른 독기가 서렸다. 그의 손길에 달궈질 대로 달궈진 몸뚱이가 끝을 보지 못해 안달을 하고 매번 이런 식으로 내쳐지는 것도 짜증스러웠다.

어린 날, 동경의 빛을 가득 담고 나를 쳐다보던 그는 어디로 간 거지? 내 미소 한 번에 하늘의 별이라도 따다 줄 것처럼 굴던 순진한 소년은 대체 어디로 사라져 버린 거야?

언제부터인가 그는 거짓말처럼 차가워졌다. 눈부신 금발의 서양 인형은 더 이상 그녀를 졸졸 쫓아다니며 귀찮게 굴지도 않고 애정을 달라고 보채지도 않았다.

사치는 조각처럼 잘 다듬어진 그의 몸을 탐욕스럽게 바라보았다. 달빛을 온전히 받으며 창가에 서 있는 그의 모습은 한 폭의 그림 같았다. 그녀는 전라의 상태로 침대에서 내려와 그의 뒤에 섰다.

"원한다면 도련님은 언제든지 저를 가질 수 있어요. 뭐가 문제인 거죠? 무라카미 아가씨가 문제인가요? 도련님쯤 되는 남자가 아내만 바라보고 살 거란 순진한 생각은 그녀도 하지 않을 거랍니다."

타이요우는 아무런 말이 없었다. 자신의 말을 듣고 있기는 한 건가 의심이 든 사치가 언성을 더 높였다.

"설마하니 그 조센징 여자가 문제는 아닐 거예요. 그렇죠? 이미 끝난 사이가 아니던가요? 아니라 해도 그녀가 문제일 리가 없잖아요? 겨우 조선인일 뿐인데."

"닥치고 나가!"

자꾸만 질척거리는 사치의 말을 더 이상 못 들어 주겠다는 듯 타이요우가 소리를 질렀다.

느닷없이 터져 나온 고성에 놀란 그녀의 표정이 점점 일그러졌다.

여성 고유의 감각으로 사치는 타이요우와 조선인 여자의 사이가 한때의 가벼움이 아님을 알아챘다. 그녀는 부러움과 시기로 제정신을 유지할 수가 없었다. 무라카미 가의 여자라면 자신이 어찌해 볼 수 없는 상대라 여겼지만 만일 그의 마음속에 들어앉은 여자가 조선인 여자라면 이야기가 달라졌다. 나라를 빼앗긴 식민지의 여자와 유모 출신인 자신이 무엇이 다르단 말인가.

오히려 일본에서는 천한 신분일지라도 조선으로 건너가면

내지인이라는 이유만으로 대접받는 신분이 될 수 있으니 자신이 조선인 여자보다 더 나았으면 나았지 못하다는 생각은 들지 않았다.

타이요우는 집요하게 따라붙는 그녀의 시선을 모른 체 하고 시종을 부르는 용도의 작은 종을 미친 듯이 흔들었다.

부름을 받은 시종이 달려오자 사치는 옷가지를 들고 타이요우의 방을 떠났다. 비록 도도한 걸음이기는 하지만 그녀는 또 다시 발가벗겨진 몸과, 마음으로 그에게서 내쳐졌다. 대충 걸친 기모노를 제대로 여밀 생각도 하지 않고 오비를 질질 끌며 자신의 방으로 돌아가다 말고 몸을 돌려 타이요우의 방문을 노려보았다. 그녀의 오기 찬 눈에는 그를 반드시 자신의 사내로 만들고 말리라는 집착과도 같은 의지가 담겨져 있었다.

시종이 지시에 따라 욕조에 목욕물을 받아 놓은 것이 한참 전의 일이었다. 타이요우는 목욕 시중들겠다는 시종을 그냥 내보내고 실성한 사람처럼 욕조에 멍하니 걸터앉아서 자조(自嘲)했다.

"훗. 대단한 여자야, 모석정."

도쿄의 여자들이 홀딱 벗고 달려들어도 눈 하나 깜짝 하지 않을 만큼 고자세를 유지하던 타이요우를 발정 난 수캐쯤으로 만들어 놓았으니 석정이 대단하기는 대단했다.

"명성 높은 이치카와 가문의 도련님이 망가져도 너무 망가지는군."

흡사 삼류 가십지에 나온 추문 기사에 대한 촌평을 하듯 그는 자신을 신랄하게 비웃었다. 헛웃음이 자꾸만 실실 나오는 것을 어찌해 볼 도리가 없었다.

사치의 입에서 '조선인 무용수' 라는 소리를 들었을 때 그리고 그것이 석정을 지칭한다는 것을 깨닫는 동시에 그의 몸 안에 있던 거대한 욕망의 불구덩이는 허탈하게도 푸시시 꺼져 들고 말았다.

계획대로 긴자로 나가 그곳 유곽 중에 가장 소문난 게이샤의 집을 찾아갔더라면 이런 더러운 기분은 들지 않았을 것이다. 적어도 게이샤들은 손님을 비웃는 법이 없었다.

그녀들은 교태를 부리고 술을 따르며 부드럽게 애무하는 중에도 '선' 을 넘지 않았다. 절을 하고 사미센을 연주하며 외설적인 노래를 부르지만 품위를 지킬 줄 아는 존재들이었다. 붉은 체리를 입에 물고 남자를 유혹적인 시선으로 바라보지만 자신의 성적 매력을 천박하게 소비하지도 않았다.

게이샤들은 침실에서 말이 없었다. 자신이 맡은 임무에만 충실할 뿐이다. 최대한의 쾌락을 '손님' 에게 선사하는 것이다. 하여 그들에게 지불되는 화대는 여자의 하룻밤을 산 대가가 아니라 그들 덕에 편안하고 만족한 밤을 보낸 남자가 감사의 뜻으로 선의에서 주는 경우라고 보아야 마땅했다. 배려의 의미를 가졌다고나 할까.

그런 게이샤들보다도 품위를 지킬 줄도 모르고 배려하는 방법도 모르며 자신의 성적 매력만을 질질 흘리기에 바쁜 천박하기 짝이 없는 사치의 품안에서 놀아나려고 했다니. 지나던 개가 웃을 일이었다.

사실 그때 그가 제정신이 아니기는 했었다. 어차피 석정이 아니라면 그녀를 대신하여 누구를 품든 상관이 없었다. 오랜 수련으로 몸에 밴 예의와 품격을 갖춘 게이샤들이나 그것이 설혹 추하더라도 자신의 성욕에 충실한 사치나 벗겨놓으면 별거 없는 몸뚱이들이었다.

아내가 될 히미코도, 본분을 망각하고 그를 호릴 생각만 하는 사치도, 비싼 돈을 받으면 받은 만큼 그 값어치를 한다는 꽃 중의 꽃 게이샤도 모두 똑같았다.

그러니 석정을 안지 못할 바에야 이 여자 저 여자 잴 이유가 없었다. 사치가 원하는 대로 그녀의 싸구려 몸뚱이를 이용해 얽매여 놓은 욕정들을 쏟아 버리면 되는 일이었다. 아마 그녀가 눈치 없이 석정을 입에 올리지만 않았어도 서로 필요한 일을 마무리 할 수 있었을 것이다.

타이요우는 수치스럽기도 하고 화가 나기도 했다. 석정에 대한 과도한 소유욕으로 제 몸과 욕구 하나 다스리지 못하고 이성을 잃었다는 사실이 화가 났다.

정작 필요한 여인에게는 손 한번 내밀어 볼 처지도 못 되면

서, 평소 경멸해 마지않던 나이든 몸뚱이 위에 올라타 자신이
지배자라도 된 듯 굴었던 행위가 역겨웠다.

　―누가 도련님을 이렇게 격정적으로 만들었는지 말해
봐요. 장차 이곳의 안주인이 되실 무라카미 가의 아가씨?
아니면 도쿄의 호사가들을 바쁘게 만들었던 조선인 무용
수?

　정신이 번뜩 들었다. 사치의 가르릉거리는 소리가 비웃는 소
리처럼 느껴졌다. 자신의 몸뚱이 위에서 헐떡거리며 다른 여자
를 생각하는 그의 꼴을 참으로 우습다 여기는 것처럼 보였다.
아니, 틀림이 없었다.
　"크큭!"
　기괴한 웃음소리를 내며 그는 셔츠를 걸친 채로 욕조 속으로
들어갔다. 이미 차게 식어 버린 물이 그의 심장을 얼려버리기라
도 할 것처럼 달려들었다. 그는 정신이 좀 들었으면 하고 바랐
다.
　예전에 무미건조했던 시절이 차라리 편안했다. 아무 여자나
심사 꼴리는 대로 안고 희롱했던 그 싸구려 시절이 훨씬 나았
다.
　새로운 봄에, 사랑은 벌써 곪아가고 있었다.

＊　　　＊　　　＊

　석정은 벌써 1시간째 없어진 연습복을 찾아 헤매고 있었다. 전날에 분명히 깨끗하게 빨아 두었는데 오늘 아침 연습에 참여하기 위해 개인 사물함을 열어 보니 감쪽같이 없어졌다. 여분의 연습복을 챙겨오지 않은 그녀로서는 난감한 일이었다.

　전체 리허설을 앞두고 주인공인 자신이 연습에 참여를 하지 못하자 단원들에게 눈치가 보였다. 구석구석 눈에 보이는 곳은 샅샅이 뒤져 보았지만 어디에도 연습복은 보이지 않았다.

　"너 때문에 우리까지 연습 못하고 이게 뭐니?"

　보다 못한 단원 한 명이 짜증 섞인 목소리로 면박을 주었다.

　"죄송합니다. 4인 군무를 먼저 연습하고 계시면 제가 연습복을 찾아오겠습니다."

　석정이 사과를 하며 이해를 구했으나 이미 심술이 날 대로 난 단원들이 저마다 한마디씩 하며 비아냥거렸다.

　"연습복하나 제대로 못 챙기고. 칠칠치 못하게."

　"내버려 둬. 조센징이 뭐 하나 제대로 하는 거 봤어?"

　"선생님은 대체 저런 애를 뭘 믿고 주인공을 맡기신 건지. 히토미가 불쌍하다니까."

　청소 도구를 모아두는 선반 아래를 뒤지면서 석정은 그들의 수군거림을 모두 들었다. 평소 같으면 저런 소리들을 들어도 못 들은 척 무시해 버릴 텐데 오늘은 그러기가 힘들었다. 그중 기코라는 이름의 한 단원이 유독 타박이었다.

"너 하나를 위해서 우리가 리허설 일정을 바꿀 수는 없어. 우리는 우리대로 할 거니까 입던 옷 그대로 입고 연습에 참여 하든지 빠지든지 알아서 해!"

선반 아래에서는 아무것도 나오지 않았다. 그곳을 뒤지는 것을 포기하고 일어선 석정이 조금 전에 쏘아붙인 기코를 쳐다보았다. 없어진 연습복 때문에 기분이 별로인 데다 돌아가면서 단원들에게 한 소리씩 듣고 있으려니까 그들을 기다리게 했다는 미안함보다는 이제는 화가 먼저 나기 시작했다.

"선배님은 이런 옷을 입고서 춤을 추실 수 있나요?"

단원들 중에서는 석정이 제일 후배였지만 그녀가 두 눈을 똑바로 치켜뜨고 따지자 기코는 그 기에 눌려서 뒷걸음질 치고 말았다.

석정이 입은 원피스는 몸에 딱 맞게 재단된 것으로 춤을 추기엔 전혀 실용적이지 않다는 것을 말을 꺼낸 그녀도 알았지만 기어코 어깃장을 놓았다.

"그거야 네 사정이지. 어쨌든 우리는 지금 전체 리허설을 해야 하니까, 넌 네가 알아서 하렴."

"공연이 얼마 남지 않았는데 주인공을 빼면 다른 무용수들과의 호흡을 어떻게 맞춰 보라는 거죠?"

"꼬우면 하지 말든가."

본심이 드러나는 말이었다. 그러고 보니 기코가 히토미와 제법 친하게 지내는 사이란 사실이 떠올랐다.

"사실 지난번 경연에서 이긴 건 히토미였잖아? 도대체 선생님께 무슨 아양을 어떻게 떨었는지 모르겠지만 그런 식으로 주인공 맡으면 좋니? 하여튼 조센징들은 이득을 위해서라면 무슨 짓이든 서슴없이 한다니까."

기코의 근거 없는 비난에 입 다물고 있던 단원들까지 너도나도 한마디씩 보태기 시작했다.

"그런 애니까 이치카와 상도 꼬드겼겠지. 뭐 결국엔 버림받고 말았지만 말이야."

도가 지나쳤다. 당사자가 면전에 있는데도 상관하지 않고 자기들 좋을 대로 떠드는 모습에 석정도 더는 참기가 힘들어졌다.

"그럼 이치카와 상이 진짜로 쟤를 사랑하기라도 했을까 봐? 그분 여성 편력이야 유명하잖아. 촌스러운 조센징 계집애가 신기했나 보지. 잠깐 데리고 논 걸로 소문이 그렇게나 크게 났으니 이치카와 상도 정말 억울할 거야."

"그것뿐이야? 잠깐 데리고 놀아 보려던 애가 어쩌면 천황 폐하께 폭탄을 던졌을지도 모르는데. 생각만 해도 등골이 오싹한 일 아니야? 명망 높은 가문의 분이 하필이면 반역자일지도 모를 애와 놀아나다니 정말이지 안된 일이지 뭐야."

"반역자? 무죄로 풀려난 거 아니었어?"

"그걸 어떻게 알아? 반반한 인물로 용케 군인들을 속이고 나왔을지 모르는 일이잖아? 아무튼 조센징들은 모두 믿을 수 없는 족속이니까."

여기저기서 동조하는 소리들이 들리자 신이 난 기코가 목청을 높였다.

"후훗. 결국 이치카와 상은 무라카미 가의 아가씨와 약혼했잖아. 제까짓 게 비교가 돼?"

짝!

살이 맞부딪치는 소리와 함께 연습실에 정적이 찾아왔다. 뺨을 맞은 기코는 어안이 벙벙한지 곧 울 것처럼 눈물을 글썽거렸다. 하나둘 정적에서 깨어난 단원들이 분노로 부들부들 떨고 있는 석정을 기함한 표정으로 쳐다보았다.

"어머! 애가 지금 누구한테 손을 댄 거야!"

"뭐 이런 애가 다 있어? 거칠고 천박하기 짝이 없어라!"

"이젠 선배한테까지 손찌검을 해? 애 완전히 안하무인이잖아?"

모두들 금방이라도 석정을 향해 달려들 것처럼 악다구니를 써 댔다. 감히 식민지인이 내지인을 때리다니 어디 있을 법한 일이냐며 발끈했다.

석정은 이구동성으로 나서는 그들의 항의는 안중에도 없다는 듯 다시 연습복을 찾기 위해 태연히 돌아섰다. 이번에는 연습생들이 있는 기숙사로 달려가 히토미의 방을 뒤질 작정이었다. 그녀가 남의 연습복까지 해코지 할 정도로 유치하리란 생각은 하지 못했다. 그러나 저들이 그녀의 이름을 입에 올리는 순간 그럴 가능성이 퍼뜩 머리를 강타했다.

사실 이제 연습복은 찾아도 그만 못 찾아도 그만이었다. 분위기가 이렇게 험악하게 흘렀으니 연습복을 찾는다 해도 전체 리허설이 제대로 될 리가 없었다. 결국 오늘은 개인 연습만 하다가 하루를 흐지부지 보내고 말 공산이 컸다.

그럼에도 석정은 연습복을 꼭 찾고 싶었다. 누군가가, 굳이 히토미가 아니라도 이들 중에서 연습복을 숨겨두거나 해코지해 놓은 사람이 있다면 증거를 찾아 한껏 비웃어 주고 싶었다.

그렇게 자랑스러워하는 너희 일본인들의 습성이 본시 이런 것이냐고, 혼자서는 아무것도 못 하는 주제에 떼로 덤벼들어 악다구니 쓰는 일에는 그리도 자신 있느냐고, 실력으로 이기지 못할 것 같으니까 연습복을 숨기는 일 따위의 비겁한 수를 아무렇지도 않게 쓰느냐고 말이다.

너희의 오만함과 비열한 꼼수가 뒷간에서 흘러나오는 인분(人糞) 냄새보다 더럽고 역겹다고 퍼부어 주고 싶었다.

"기다려! 어디 가는 거야? 너처럼 앞뒤 분간 못하고 날뛰는 애는 혼을 내줘야 해!"

"아악!"

연습실을 나가려던 석정의 입에서 비명이 터져 나왔다. 그때까지도 뺨을 맞았다는 사실이 믿어지지 않는지 멍하니 있던 기코가 쫓아와 그녀의 머리를 사납게 잡아당겼다. 그러자 석정도 지고만 있지 않고 상대의 머리카락을 맞잡아 당기기 시작했다.

"네가 뭐라고 내 뺨을 때려? 돈 많고 힘 있는 남자라면 그저 좋다고 치맛자락 함부로 올리는 싸구려 계집애 같은 게!"

기코의 말도 안 되는 비방이 석정의 가슴을 후려쳤다. 소문 따위 신경 쓰지 않는다고 했지만 실제로 사람들의 입과 입을 통해 자신이 모르는 사람들에게까지 이런 식의 소문이 돌 거라 생각하니 더욱 속상하고 화가 치밀었다.

"하! 그러는 너희들은 멍청한 귀족 남자 하나 꼬드겨서 후원이나 한번 받아보는 게 소원이라고 대놓고 말하지 않았어? 너희나 나나 뭐가 달라?"

"뭐야? 난 그런 말 한 적 없어!"

기코가 손톱을 세워 석정의 하얀 얼굴에 생채기를 내자 이번엔 석정이 그녀의 팔뚝을 옴팡지게 깨물고 놔주지 않았다.

싸움으로 인해 연습실은 난장판이 되었다. 싸움을 부추기는 소리와 말리는 소리들이 뒤섞여 연구소의 담을 넘고 있었다.

처음엔 소란스러운 소리에 어린 연습생들이 하나둘 연습실 안을 들여다보더니 이번에는 연구소 내에서 잔심부름을 하던 하녀 아이가 무슨 일인가 궁금해하며 슬금슬금 훔쳐보고, 그다음엔 식당 아주머니와 건물 관리인에 정원사까지 고개를 연습실 문 안으로 내밀었다. 그리고 마치 희귀한 것을 보는 듯 흥미진진하게 싸움을 구경했다.

싸움이 났다는 한 연습생의 보고에 연습실로 건너온 미하로는 어이가 없는지 입을 딱 벌렸다. 우아하고 아름다워야 할 무용수들이라고 도저히 생각할 수 없을 만큼 격하게 싸우는 모습이 한 편의 희극처럼 다가왔다.

"이제 그만!"

최악으로 치닫는 싸움에 더는 안 되겠다 싶어 상황을 제지시켰다. 아직도 서로를 노려보며 석정과 기코는 숨을 할딱였다.

산발이 된 머리카락이 끊어지고 뽑아진 것만도 수두룩하고 고운 얼굴에 쫙쫙 그어진 붉은 생채기들은 공연 전까지 없어지기나 할는지 걱정스러웠다.

엄격한 눈길로 싸움닭 같은 몰골의 제자들을 살펴보던 미하로는 그만 기코의 눈두덩에 생긴 시퍼런 멍과 마치 사나운 살쾡이가 훑고 지나간 것처럼 너덜너덜하게 찢어져 버린 연습복을 보고 피식 웃음을 터트리고 말았다. 그러자 얼굴이 화끈 달아오른 기코가 고개를 푹 숙였다.

"진심을 내보이고 동료들과 잘 어울리라고 했더니 오히려 관계를 악화시켰군요."

미하로의 힐난에도 석정은 잘못했다는 기색이 아니었다. 동료의 얼굴에 시퍼런 반점을 만들어 놓은 걸로도 모자라 입고 있던 연습복까지 못 입게 만들어 놓은 사람치고는 태도가 너무 고자세였다.

혼이 날까 두려워 벌벌 떨며 고개를 숙인 기코의 모습과는 사뭇 대조적이었으나 미하로는 석정을 탓하고 싶은 생각이 크게 들지 않았다. 도도함이 하늘을 찌르는 아가씨가 체면 불고하고 머리채 잡고 싸웠다는 사실이 마냥 웃기기만 했다.

석정은 결국 연습복을 찾지 못했다. 기어이 히토미의 방을 뒤져 보아야겠다는 그녀의 고집을 미하로가 꺾었기 때문이다. 히토미는 때마침 홀로 지내는 어머니를 방문하러 갔기 때문에 아침부터 방을 비운 참이었고 주인도 없는 방을 뒤지는 것은 예절에 매우 어긋나는 일이라는 것이다.

'그렇게 예절 잘 따지는 민족이 남의 연습복이나 숨겨 둔단 말이야?'

아직도 부아가 치밀어 오르는지 석정은 미하로의 중재에도 불구하고 그녀의 말끝에 속으로 비꼬았다. 결국 같은 일본인이라 편을 들어주는 건가 싶은 것이 서운하기도 했다.

지금까지 보아 온 미하로의 말이나 행동 어디로 보아도 민족적 차별이나 편견을 찾아볼 수 없었지만 이미 심사가 뒤틀릴 대로 뒤틀린지라 심화가 쉽사리 가라앉지 않고 사물이 왜곡되어 보였다.

"두 사람은 오늘 연습에서 제외합니다."

미하로는 석정과 기코에게 전체 리허설에 제외되는 것은 물론 하루 동안 연습실 출입을 금지하는 벌을 내렸다. 하루라도 제대로 된 연습을 하지 못하면 발에 가시가 돋는 석정으로서는 중벌인 셈이었다.

연습실 청소나 혹은 정원의 잡초를 뽑는 일 같은 벌로 대체할 수는 없느냐고 사정을 해 보았지만 미하로의 결심은 확고했다.

쉬고 싶지 않아도 오늘 하루는 어쩔 수 없이 쉬어야 하는 날이
되어 버렸다.

터덜터덜 연구소를 나온 석정은 집으로 갈까 생각하다가 도
쿄역 부근의 마루노우치로 행선지를 정했다. 이대로 집으로 돌
아가면 얼굴에 난 생채기를 보고 순옥이 호들갑을 떨며 잔소리
를 해 댈 것이 분명했기 때문에 이왕 이렇게 된 바에야 도쿄의
거리나 돌아보기로 결심했다.

그동안 꽤 오래 도쿄에 머물렀으면서도 기숙사 생활과 함께
매일 이루어지는 연습으로 인해 아카사카 지역 밖으로는 나올
일이 거의 없었던 그녀인지라 도쿄의 거리를 제대로 거닐어 본
일이 손에 꼽을 정도였다. 매번 인력거나 전차를 타고 쓱쓱 지
나치는 것이 전부였기 때문에 석정은 이번에 혼자 나서는 길이
은근히 설레기까지 했다.

연습복에 관한 일은 아직도 찜찜하지만 생각하지 않기로 했
다. 타의든 자의든 얼마 만에 찾아온 기회인데 그런 불쾌한 생
각들을 하고 싶지 않았다.

마루노우치는 고즈넉한 분위기의 아카사카와 확연히 차별되
는 곳으로 보였다. 옛 정취가 남아 있는 아카사카에 비해 마루
노우치는 서양의 문물을 적극적으로 받아들인 세련된 곳이었
다.

서글픈
1930

여기저기 솟아난 고층 건물들에는 자본주의가 들어오면서부터 새로이 형성된 재벌 기업들의 본사가 입주해 있었다. 근대 문물이 넘쳐 나고 서구식 건물이 많은 경성 남촌의 여러 거리를 다녀본 석정이라도 눈이 휘둥그레질 만한 그런 곳이었다.

화려한 서구식 건물과 고층 건물들, 세련된 양장 차림의 사람들을 말없이 지켜보는 옛 시대의 다이묘 저택들까지. 현대와 과거가 기묘하게 공존된 곳으로 분명 이곳만의 분위기가 존재하고 있었다.

서양인 주방장이 있다는 유명한 레스토랑에서 식사를 하고 나온 석정은 동화에 나오는 것처럼 예쁜 간판이 걸린 찻집에 들어가 커피를 주문했다. 그녀가 앉은 자리는 커다란 아치형 창문이 나 있는 자리로 바깥 풍경을 구경하기에 더없이 좋은 자리였다. 여급이 막 뽑아 낸 커피를 탁자 위에 내려놓고 갔다.

석정은 쓰고 뜨거운 커피가 몸속으로 들어가 퍼지는 것을 음미하며 창밖으로 보이는 건너편 길에 눈길을 주었다. 정확하게 그녀의 시선이 닿은 곳은 지붕 위에 돔을 모자처럼 얹은 붉은 벽돌의 서양식 건축물이었다.

8층짜리 미츠비시 건물에 비하면 다소 낮은 건물이지만 멋없이 높게만 쌓아진 것보다는 독창적이면서 이국적인 양식이 훨씬 멋있어 보였다. 그녀는 시선을 움직여 건물의 본관을 찾았다. 붉은 벽돌 벽에 걸린 간판을 소리 없이 읽었다.

이치카와 그룹.

이 거리에서 저 건물을 발견한 뒤로 석정은 다른 곳으로 자리를 옮길 수가 없었다. 금방이라도 건물 안에서 타이요우가 밖으로 나올 것만 같아 자꾸만 미적거리고 건물 앞을 배회하는 자신을 발견했다.

'도대체 그를 만나 무얼 하겠다는 건지⋯⋯.'

이치카와 건물이 보이는 곳에서 식사를 하고 또 그곳이 가장 잘 보이는 찻집에 앉아 커피를 마시면서도 석정은 자신의 행동을 이해할 수가 없었다. 히비야 공원에서 만난 무라카미 히미코의 냉정한 말을 곱씹었다.

—이치카와 상의 빛나는 앞길에 대체 당신이 무엇을 해 줄 수 있을까요? 안타깝게도 당신은 그에게 너무나도 하찮은 존재입니다.

이치카와 타이요우는 그녀가 무언가를 해 주기 전에 이미 모든 것을 다 가진 남자였다.

'그 여자는 그에게 또다시 무언가를 해 줄 만큼 대단한 여자인 걸까?'

석정은 이치카와 건물에 시선을 고정시킨 채 피식 웃었다.

'모르겠다. 그와는 아무런 끈도 없는데 왜 그런 말에 신경을 쓰면서 이곳에 앉아 있는 것일까.'

커피값을 계산하고 밖으로 나온 석정은 택시를 잡기 위해 대로변에 섰다. 도로는 바쁘게 돌아가고 있었다. 전차는 물 위를 흐르듯 유유히 굴러가고 인력거를 끄는 인부는 겁도 없이 도로를 활주한다.

맥고모자에 보타이를 맨 신사들은 구미의 최신 유행을 충실하게 따르는 양장 여인들을 에스코트하며 거들먹거리고, 신문배달 아이는 전차와 인력거, 택시 사이를 요리조리 잘도 피하면서 도로를 가로질렀다.

"택시!"

몇 번의 시도에도 불구하고 택시나 인력거는 그녀 앞에 서지 않았다. 임대 자동차인 택시와 인력거는 미리 조합에 전화를 걸어 대절하는 방식을 취했기 때문에 길에서 즉흥적으로 이들 교통수단을 잡기란 쉬운 일이 아니었다.

전차 한 대가 굴러와 사람들을 쏟아 내고 한 무리의 사람들을 다시 태우고 지나갔다.

그리고 거짓말처럼 그가 나타났다. 회사 직원들인 것처럼 보이는 몇몇 남자들과 함께 타이요우가 거리로 나온 것이다.

석정은 복잡한 도로를 무작정 건넜다. 그사이 게이샤를 태운 인력거와 부딪칠 뻔하고 쌩쌩 지나던 자동차가 신경질적인 경적 소리를 울렸지만 개의치 않았다.

"이치카와 상!"

도로를 건너자마자 다급한 목소리로 타이요우를 불렀다. 도로가에 대기하고 있는 자동차를 향해 걸어가는 그를 놓칠까 봐

조바심이 났다.

그가 놀란 눈길로 돌아보자 석정은 그만 꿀 먹은 벙어리가 되고 말았다. 그를 왜 불렀는지 본인도 모르기에 그녀는 입안에 고이는 침만 삼키고 그의 눈치를 살폈다.

타이요우가 게이힌 항에 있는 이치카와 조선소의 사고 소식을 들은 것은 매일 오전에 열리는 간부회의 직전이었다. 조선소의 정식 명칭은 이치카와 중공업 조선소로, 기중기가 떨어지는 바람에 그 밑에서 작업을 하던 인부 한 명이 거대한 중장비에 깔려 사망한 일이 발생한 것이다.

심심치 않게 사람이 죽어나가는 일이 조선소 일이었다. 언제나 있어 왔던 일이고 앞으로도 있을 위험한 일이라는 생각에 언제부터인가 본사 사람들은 인명 사고에 그다지 큰 신경을 쓰지 않았다. 대충 보상금이나 쥐어 주면 어차피 먹고살기 팍팍한 유가족들이야 돈 몇 푼에 입 다물 일이었다.

회사 간부들은 타이요우 역시 당연히 그렇게 처리할 줄 알았다. 하지만 그들과 달리 회사의 중공업 분야를 책임지고 있던 타이요우는 회사차원에서 유가족에게 정중한 사과와 조의를 표하길 원했으며 부족함 없이 보상금을 지불하길 바랐다.

당장 사고가 난 게이힌 항으로 달려가기 전에 직원들에게 몇 가지 소소한 지시를 내리던 그는 자신을 부르는 소리에 고개를 돌렸다.

"석정 양?"

당황한 표정으로 어쩔 줄 몰라 하는 석정을 발견하고 직원들을 물렸다.

"무슨 일이에요? 나를 찾아온 건가요?"

"아니요. 그런 것은 아니지만…… 하지만 하고 싶은 말이 있어서, 그러니까 무슨 할 말이 있어서 일부러 찾아온 것은 아닌데 그래도 해야 할 말이라……."

횡설수설하다가 결국 말도 다 끝맺지 못하고 입을 다물어 버리는 석정을 그는 빤히 바라보았다. 하얀 얼굴에는 홍조가 피었고 두 손은 긴장으로 깍지를 너무 세게 끼었다. 그 모습이 무슨 일로 찾아왔는지는 몰라도 귀엽게 보였다.

타이요우는 착잡한 눈길이 되었다. 하루 종일 눈에 밟히던 여자가 눈앞에 서 있다는 사실이 믿을 수 없었다.

"지금 좀 바쁘군요. 다음에…… 다음에 보도록 합시다."

"가지 마세요!"

떠나는 그를 붙잡기 위해 석정이 다급하게 앞을 가로막았다. 그녀는 얼굴을 더욱 붉혔다.

타이요우의 이마에 주름이 그어졌다.

교제하는 사람까지 있는 여자가 저런 시선으로 바라보면 대체 뭘 어쩌란 말인지.

그가 물었다.

"다른 남자를 그런 시선으로 바라본다는 사실을 송철우 그 사람도 알고 있습니까?"

석정이 이해할 수 없다는 표정을 지었다.

"무슨 말씀인지 모르겠어요. 저는 그저……."

"그 눈빛 말입니다. 대단히 색정적이에요. 남자로 하여금 그대를 안고 싶고 탐하고 싶게 만드는 눈빛 말이죠. 자신의 눈빛이 농염(濃艶)하다는 사실을 알고나 있는 겁니까? 그 눈빛이 남자의 본성을 깨운다는 사실을 교제하시는 분이 가르쳐 주지 않던가요?"

민망함에 석정은 시선을 어떻게 처리해야 할지 몰라 허둥거렸다.

내내 미안했었다. 그날 밤 골목길에서 타이요우에게 쏘아붙인 것이 못내 가슴에 남아 있었다. 철환의 정체가 혹여 탄로라도 날까 봐 너무 과한 반응을 보인 것이 아닐까 생각했었다. 그녀가 아는 그는 아무에게나 이유 없이 주먹질을 할 정도로 경거망동할 남자가 아니었기 때문에 그가 그리 행동한 이유조차 물어보지 못한 것이 마음에 걸렸었다.

석정은 지금에서야 자신이 이치카와 그룹의 본사 주위를 한참 동안이나 맴돈 이유를 알 것 같았다. 그가 건물에서 나오는 순간 사과하고 싶었다.

차갑게 돌아서던 그 밤, 그의 등이 상처받은 것처럼 느껴져 그 이유를 알고 싶었다. 그가 보였던 수많은 모호함들에 대해서 물어보고 싶었다.

물론 그가 반겨 주리라 생각을 한 것은 아니지만 이런 조롱

섞인 반응은 예상치 못한 일이었다. 생각해 보면 그는 언제나 호의적이었다. 비록 약간의 지분거림과 농을 건네기는 했어도 늘 그녀를 배려해 주던 사람이었다.

그녀는 그의 모습이 낯설기만 했다.

"제게 화가 나신 것이라면…… 그래요. 지난 일은 서로 오해가 있었을지도 모르는데 이유도 듣기 전에 제가 너무 심하게 굴었습니다. 하지만 아무리 그래도 그런 조롱은……."

"조롱이 아닙니다."

석정의 말을 자르며 타이요우가 고개를 저었다.

그녀는 정말 아무것도 모르나 보다. 아니면 알면서 모르는 척하는 걸지도.

"조롱이 아니라고요?"

석정의 고개가 옆으로 기울어졌다.

조롱이 아니라면 그가 한 말은 무슨 뜻일까.

"지난번 일은 사과 받을 일이 아닙니다. 저 역시 제대로 알지 못하고 주먹질부터 했으니 욕을 들어도 마땅한 일이에요. 순전히 혼자 착각해서 일어난 일입니다. 석정 양을 해치려는 자로 알았으니까요. 미안했다고 연인분께 전해 줘요."

'연인' 이라는 단어에 의도치 않게 힘이 들어갔다. 괜스레 분위기가 어색해졌다. 타이요우는 더 이상 시간을 지체할 수 없다고 말했다.

그가 탄 차가 미끄러지듯 옆을 지나쳐 가고 홀로 남겨진 석정은 길을 걷기 시작했다. 길옆으로 줄지어 선 서구식 건물들이 쇼윈도에 보석과 드레스, 온갖 고급스러운 잡화들을 저마다 내걸고 행인들의 눈길을 사로잡았지만 그녀는 무심하기만 했다. 자신이 걷고 있는 길이 어디로 향하는 길인지도 모르는 채 발길이 닿는 대로 걸었다.

문득 이상한 느낌을 받은 석정이 고개를 들었다. 타이요우가 타고 떠났던 검은색 롤스로이드 자동차가 길가에 서서 그녀를 기다리고 있었다. 석정이 가까이 다가가자 자동차 기사가 달려나와 뒷좌석의 문을 열어주었다.

차 안에서 커다란 몸을 구부정하게 숙인 타이요우가 밖에 서 있는 석정을 지그시 바라보았다. 그녀는 그의 눈에서 갈등을 보았다.

"함께 가겠어요?"

그가 그녀를 향해 손을 뻗었다. 석정은 푸른 하늘과 따사로운 햇빛을 올려다보았다. 놀랍도록 아름다웠다. 그의 손은 여전히 그녀를 기다리고 있었다. 석정은 그의 손에 자신의 손을 포개며 차 안으로 미끄러져 들어갔다.

*   *   *

석정과 타이요우는 차가 게이힌 항으로 달리는 동안 아무런 말도 하지 않았다. 맞닿은 손이 깍지를 끼고 어떤 교감을 나누듯 미세하게 꿈틀거려도 다문 입은 좀처럼 벌어지지 않았다.

시원하게 뚫린 도쿄만 연안을 달리던 차가 이치카와 중공업 조선소에 도착하자 타이요우는 몇 가지의 일을 처리하기 위해 잠시 차에서 내려 현장 사무소 안으로 들어갔다.

기사와 단둘이 차안에 있기가 불편했던 석정은 밖으로 나와 타이요우가 돌아올 때까지 하릴없이 부두를 거닐었다. 바닷가 특유의 습한 공기가 느껴졌다.

오래지 않아 차가 있는 곳으로 돌아온 타이요우는 사망한 인부의 집으로 갈 것을 자동차 기사에게 지시했다.

"겨울까지만 해도 저는 딱히 하시는 일이 없는 줄 알았어요."

조선소의 부실한 안전 체계에 대해 현장 관리자를 불러 한바탕 소리를 지르고 사고가 난 장소를 둘러본 타이요우는 어떻게 하면 사고를 조금이라도 줄이고 인부들이 안전하게 일을 할 수 있을까 골머리를 앓고 있었다.

현장 관리자에게서 받은 보고서를 한참 동안 들여다보던 그가 석정의 말에 고개를 들었다.

"영국 유학을 다녀오신 이후로……."

중간에 입을 다물고 마는 석정이지만 타이요우는 무슨 말인지 안다는 표정이다. 보고서를 덮은 그는 차창을 내려 바다에서 불어오는 바람을 맞았다.

"언제까지고 집안의 사업을 나 몰라라 할 수는 없는 일이니까요. 놀고먹는 것도 지겨워졌고 무엇보다 가문에서 벗어날 수 없다는 사실을 깨달았죠."

뒷말을 흐리는 타이요우다. 목 뒤에 묶은 머리카락이 차 안에 들어온 바람으로 인해 삐져나와 너울거렸다.

석정은 그의 머리카락을 넘겨주기 위해 저도 모르게 손을 뻗었다가 그것이 얼마나 과감한 행동인지 깨달았다. 도로 손을 거둬들인 그녀는 고개를 푹 숙인 채 애꿎은 손만 노려보았다.

다리 위에 얌전히 놓인 그녀의 손을 타이요우가 아쉬운 눈길로 바라보았다. 품속에서 플라스크를 꺼내 마개를 열었다. 영국제 위스키 냄새가 공기 중으로 흩어졌다.

먼저 한 모금을 마시고 석정에게도 권했다. 그녀는 거절하지 않았다. 타이요우가 미미하게 웃었다. 왜 그러냐고, 석정이 쳐다보자 어깨를 으쓱거렸다.

"갑자기 옛일이 떠올라서요."

"옛일이요?"

"술이요. 그때는 거절했잖아요."

"기억나요. 그때 이치카와 상께서 제 연습을 방해했잖아요."

"방해라니요. 연습실 밖으로 새어 나오는 생상스의 음악이 정말 감미로워서 저도 모르게 이끌려 들어간 건데 말입니다. 음표 위를 날아다니던 호시의 모습은 그보다 더 환상적이었으니까요. 거짓말처럼 아련해서 다시는 그런 광경을 볼 수 없을 것 같았죠."

석정이 낮은 소리를 내며 웃었다.

"어쩌면 그렇게도 낯부끄러운 말씀을 잘 하시는지 모르겠어요. 우리 집 순옥이가 읽는 연애소설에서나 볼 만한 말들이잖아요."

문득 타이요우의 표정이 진지해진 것을 알고 석정의 웃음소리가 잦아들었다.

"예뻐요. 웃는 모습이 정말로 예쁜 여자예요, 석정 양은."

아버지나 오라버니가 아닌 외간 사내의 다정함에 대해서 어떻게 대처해야 하는지 석정은 아는 바가 없었다. 그녀가 할 수 있는 반응이라고는 플라스크를 만지작거리다가 훌쩍 술을 삼키는 것이 전부였다. 그러고는 괜한 말을 한다.

"어렸을 때는 아버지가 술 드시는 걸 이해하지 못했어요. 헌데 때로는 누구의 백 마디 말이나 위로보다 한 모금의 술이 위안이 된다는 걸 어쩌다 보니 알아버렸네요."

"위스키는 생의 동반자와도 같죠."

타이요우는 좀처럼 석정에게서 시선을 떼지 못했다. 그는 입가에 묻어 반짝거리는 액체를 그녀가 혀끝으로 닦는 것을 홀린 듯 바라보았다. 갈증이 도는지 그녀에게서 술병을 돌려받아 남은 술을 모두 마셔 버렸다. 그는 의자에 몸을 깊이 파묻었다.

"지금 어디로 가는 건가요?"

석정이 묻자 침착된 목소리로 대답했다.

"우리 인부 한 명이 기중기에 깔린 사고가 일어났어요. 지금 가는 곳이 그 일로 사망한 인부의 집입니다."

"기중기라면 물건을 운반하거나 들어 올릴 때 쓰는 기계 말씀인가요?"

"맞아요. 거기에 깔리면 대부분은 목숨을 잃죠."

석정의 눈에 동정의 빛이 떠올랐다.

"저런, 안됐어요."

"조선소 일이라는 것이 워낙 험해서 이런 일들이 왕왕 일어납니다."

타이요우는 보고서를 검토하는 일에 다시 집중했다. 석정은 말없이 창밖만 바라보다 금세 지겨워졌다. 그녀는 뒷좌석에서 무슨 말이 오가고 무슨 일이 일어나는지 전혀 관심 없다는 듯 묵묵히 운전만 하는 기사와 갑작스러운 대화 단절도 아무렇지 않게 일에만 몰두해 있는 타이요우를 번갈아 보았다.

대뜸 묻지도 않은 말을 한다.

"연구소에서 단원 한 명과 머리채를 잡고 싸웠어요. 어린 여자애들처럼 말이에요. 그 탓에 오늘 하루 동안은 연습에서 쫓겨나 버렸지 뭐예요. 그래도 괜찮아요. 덕분에 이렇게 바람도 쐴 수 있으니까요."

"그래서 얼굴에 그런 상처가 났군요?"

"네?"

"볼에 난 그 붉은 생채기 말입니다."

여전히 보고서에 얼굴을 파묻은 타이요우가 무덤덤하게 말했다.

"아……!"

잊어버리고 있었던 모양인지 석정은 새삼스러운 손길로 자신의 얼굴에 난 생채기를 더듬었다.

영원히 서류더미에 파묻혀 있을 것 같던 타이요우가 드디어 보고서를 덮었다. 그는 그녀의 얼굴에 난 생채기에 자신의 손을 가져다 댔다. 반사적으로 석정의 손이 툭 떨어졌다.

"마루노우치에서부터 묻고 싶었어요."

정중하지만 약간의 화가 서린 목소리다.

"만약 송철우 그 사람이 그런 것이라면……."

"그분은 그런 분이 아니에요!"

설마 타이요우가 그런 오해를 하리라고는 생각하지 못했다. 오해를 풀어야겠다는 마음이 앞서 석정은 그만 새된 소리를 지르고 말았다. 그래 놓고 아차, 싶어 그의 눈치를 살폈다. 잠시 표정이 어두워지는가 싶더니 타이요우의 손이 그녀의 얼굴에서 멀어졌다.

"아니면 됐어요. 나는 그냥 그가 석정 양에게 상처를 냈다면 화가 아주 많이 났을 거라고 말하는 것뿐이에요."

그룹 본사 앞에서 석정을 보았을 때 제일 먼저 눈에 들어온 것이 그녀의 하얀 얼굴에 뚜렷이 그어져 있던 붉은 생채기였다. 누가 그랬느냐고 어깨를 잡아 흔들어 묻고 싶은 것을 용케 참고 있었다. 회사 직원들이 보는 앞에서 그랬다가는 또다시 무슨 소문이 돌지 몰라서였다.

하기는 벌써 소문이 파다하게 났을지도 모르는 일이다. 보는 눈이 많은 마루노우치 거리 한 가운데, 그것도 회사 건물 앞에서 그녀가 용감하게도 그를 불러 세웠으니 말이다. 말 많은 치들이 이야기를 부풀리는데 여념이 없을 것이다.

"그가 점잖은 사람이라서 다행입니다."

말은 그렇게 하면서도 내심은 씁쓸했다. 만일 송철우, 그 자가 석정에게 손찌검을 한 것이라면 그것을 핑계로 그 남자는 그녀에게 어울리지 않다고, 어쩌다 그런 형편없는 작자를 만났느냐며 실컷 소리 질러 주고 비웃어 주려던 속 좁은 마음이 없지 않아 있었음을 인정할 수밖에 없었다.

"이치카와 상도 괜찮은 신사분이세요."

처음에 타이요우는 자신의 귀를 의심했다.

"그렇게 생각해요?"

"늘 도움만 주셨잖아요. 특히 수감된 저를 빼내 주시기 위해 증언해 주시고 애를 써주신 점은 항상 감사하게 생각하고 있어요. 많이 곤란하셨을 텐데요."

공치사가 듣고 싶은 것이 아니었다.

"반대적인 부분도 있죠. 나 때문에 석정 양 평판이 좋지 않아요."

그 말에 석정은 치맛자락을 짓이기며 움켜쥐었다.

하늘을 가릴 것처럼 높다랬던 회벽이 머릿속에 선명히 그려졌다. 차가운 시멘트 바닥에 검붉게 스며든 이름 모를 사람들의 핏자국이 아직도 뇌리에 선연했다.

칙칙하고 음산했던 어둠을 밝혀준답시고 얄궂게 흔들리던 노란 등이 도무지 잊어지지 않았다. 가슴에 남은 노란 등이 한 번씩 껌벅거렸다.

"살았으면 됐어요. 살아 나와 두 발로 걷고 춤을 출 수 있다면 그것으로 괜찮아요. 맞아요. 난 살아 나왔어요. 그러지 못한 분들도 너무나 많은 걸요. 평판은 죽고 사는 문제에 비하면 아무것도 아니죠. 만일 그로 인해 춤을 출 수 없게 된다면 문제가 달라지겠지만 아직은 아니에요. 제게 미안해하실 일 없어요. 제가 감사히 여길 일만 있죠."

석정의 말끝에 걸린 한숨 같은 웃음이 흐릿했다.

타이요우는 자신의 몸속에 흐르는 피에 대해서 생각했다. 머뭇거리던 그는 석정을 향해 다시 물었다.

"내가 괜찮은 신사로 보이는 겁니까?"

"……그럼요."

"정말 내가 괜찮은 남자인 거죠?"

신사에서 남자로 단어 하나가 바뀌었다.

질문의 의도를 간파한 것인지 석정은 한참이나 머뭇거렸다. 본능적으로 알 수 있었다. 자신의 대답 여하에 따라 어정쩡했던, 안개처럼 흐리고 흐렸던 모호함의 본모습이 드디어 그 실체를 드러낼 것이라고.

달리던 차가 멈추고 목적지에 도착할 때까지도 풀칠을 해 놓은 것처럼 한번 닫힌 석정의 입은 도무지 열리지 않았다.

기사가 차 문을 열어주었다. 타이요우는 한참을 차 안에서 지체했다.

"조문만 하고 돌아오겠습니다."

결국 석정에게서 답변 듣기를 포기한 그가 차에서 내렸다.

남겨진 석정은 두려웠다. 이치카와 타이요우를 사랑한다는 것은 그리 쉬운 일이 아니었다.

"……사랑."

사랑!

무의식적으로 중얼거린 단어가 무엇인지 깨닫기까지 수 초가 걸렸다. 그다음 '사랑' 이라는 단어가 주는 충격에서 헤어 나오기까지 또한 수 초가 걸렸다.

피식피식 웃음이 새어 나왔다. 히비야 공원에서 만난 무라카미 히미코가 '이치카와 타이요우' 라는 남자에 대한 소유권을 주장하기 위해 연출했던 통속소설의 한 장면이 소설이 아니라 현실이 되었다. 자신이 정말 괜찮은 남자로 보이느냐는 그의 질문에 대답하지 못한 것도 바로 그 통속소설에서나 나올 법한 유쾌하지 못한 상황 탓이었다.

이런 경우는 정말로 힘든 상황이었다. 결혼할 상대가 있는 남자를 사랑한다는 것은 아무리 개방적인 사고방식의 석정이라도, 추문 따위야 두려울 것이 없던 그녀라도, 사회적으로 도

덕적으로 치러야 할 대가가 너무나도 많은 일이었다.

불현듯 약쟁이처럼 손을 비비며 초옥에 대해 이야기하던 정일의 얼굴이 떠올랐다. 일본의 만행과 유산계급에 대해 솟아나는 샘물처럼 막힘없이 써 대던 그의 글들이 눈앞에서 날아다녔다. 지금의 시대에서는 본능과 개성이 어울리지 않다던 철환의 말도 떠올랐다.

조센징이라며 손가락질하던 연구소 사람들과 기차간 안에서 조선인을 벌레보다 못한 취급을 하며 악담을 퍼부어 대던 군인, 더럽고 추악한 것을 보듯 경멸 어린 눈초리로 바라보던 구니노미야 나가코…… 그리고 회벽의 형무소. 수없이 내려치던 두툼한 둥근 몽둥이.

석정은 시푸르게 보이던 타이요우의 혈관을, 그 안에 흐르고 있을 피에 대해 생각했다.

'뭘 몰랐던 것처럼 그래?'

내면의 또 다른 자아가 말을 걸어왔다.

'그의 손을 잡았을 때는 이미 마음을 정한 거 아냐?'

본능에 이끌려 타이요우가 내민 손을 잡아 이곳까지 따라왔지만 두 사람의 감정이 더 이상 숨길 수 없을 만큼 포화 상태가 된 이 상황에서도 석정은 자신이 잘 하고 있는 것인지 확신이 서지 않았다.

뒤늦은 깨달음이지만 그녀가 느껴야 했던 지독한 상실감이나 그리움들은 사랑이라는 나무에서 가지치기한 감정들의 한

단면이었다. 그러나 그것을 깨달았다고 한들 무언가가 바뀌리라 생각하는 것은 너무 무모한 일이었다.

그가 결혼 상대자가 있는 몸이란 사실은 아마 변함이 없을 것이다. 더불어 조선을 수탈해 가는 가장 악명 높은 제국주의자 이치카와 요시히로의 아들이라는 점도 마찬가지였다.

"후후. 무슨 수로 바꾸느냔 말이야. 저 남자 옆에는 대단하신 무라카미 상이 있는데 말이지."

뼈아픈 소리가 석정의 입에서 흘러나왔다.

교토 행 기차 안에서 그가 한 제의가 단순한 농이 아니었음을, 교토 궁 궁원에서 남모르게 추었던 왈츠가 그의 낭만적인 구애였음을 그때 알았다면 무엇이 달라졌을까?

그가 약혼하기 전에, 교토 궁에서 폭탄이 터지기 전에 내가 그저 모구연 백작의 딸로만 있었을 때라면, 그때 미리 눈치를 챘다면 그에게 흐르는 피가 상관이 없었을까?

어쨌거나 부질없었다.

"나는 그토록 그리워하고 외로워하며 상실감에 잠을 이루지 못해도 그것이 사랑이란 사실조차 몰랐던 바보 멍청이인걸."

끝 간 데 모르고 울적해지는 마음을 달래기 위해 석정은 자꾸만 움츠러드는 어깨를 쭉 펴보기도 하고 몸을 이리저리 돌려보기도 했다.

그러다가 차창에 눈, 코, 입을 바짝 들이대고 안을 들여다보는 조막막한 머리통을 보고 화들짝 놀라 짧은 비명을 질렀다.

차창을 사이에 두고 그녀와 시선이 마주친 아이가 후다닥 차에서 멀리 떨어져 나갔다.

놀란 가슴을 진정시킨 석정이 차 문을 열고 밖으로 걸어 나오자 아이는 타이요우가 들어간 낡은 판자 집의 문설주를 꽉 붙잡고 그녀를 노려보았다.

아이가 입은 상복과 문설주에 달린 조등을 본 석정의 시선이 한결 부드러워졌다.

"이리 와."

상냥한 음성으로 불렀지만 고개를 흔든 아이는 인상을 더욱 심술궂게 구겼다.

"그럼 우리 이렇게 하자. 누나는 저쪽 길 끝에 있는 점방에 가서 알사탕을 사먹을 거야. 만약 저 길 끝까지 네가 동행해 준다면 정말 고마울 것 같아."

인내심을 가지고 서서 아이의 반응을 기다리던 석정은 하는 수 없다는 듯 어깨를 으쓱이고 길 끝, 작은 점방을 향해 정말로 걷기 시작했다. 느긋한 걸음으로 걷던 그녀는 머뭇거리며 따라오는 아이의 기척에 피식 미소 지었다.

점방의 가판대에 진열되어 있는 알사탕들은 각기 저마다 다른 색끼리 모여 달콤하고 황홀한 빛깔을 뽐내고 있었다. 직접 혀끝에 대지 않아도 시각적으로 충분히 느낄 수 있을 만큼 그것들은 달달해 보였다. 그중 어느 것은 호두 알만큼이나 커다래서 과연 저것을 입안에 넣고 굴릴 수 있을까 싶은 것도 있었다.

"그것은 눈깔사탕이야."

석정의 시선을 따라 사탕을 본 아이가 아는 척을 했다.

"나도 알아. 눈깔사탕."

"나는 저것을 대왕 눈깔사탕이라고 불러."

"정말? 그럼 누나도 그렇게 부를까?"

아이는 상처받은 눈길로 석정을 보았다.

"나만 그렇게 부르는 거야. 아무도 저것을 그렇게 부르지 않아. 나만 대왕 자를 붙여서 불러."

아이는 앵돌아져서 입술을 삐죽 내밀었다. 아이들은 때때로 이상한 데서 자존심을 찾는 경우가 있는 모양이라고 석정은 생각했다.

"기분이 좋지 않구나? 누나가 이 대왕, 아니 눈깔사탕을 선물하려고 하는데 어떻게 해야 하지? 거절하고 싶다면 물론 그래도 좋아. 사실 나도 기분이 나쁘면 먹는 것도 싫을 때가 있거든."

당황한 듯 아이는 심각해진 얼굴로 석정을 올려다보았다. 상한 자존심과 달콤한 눈깔사탕의 유혹에서 한동안 갈등을 하던 아이의 까만 눈동자가 달달함에 대한 욕구로 흔들렸다. 석정은 더 이상 아이를 애태우지 않기로 하고 허리가 구부정한 점방 할머니에게 눈깔사탕을 싸 달라고 했다.

"마코 할머니 그 색은 싫어요. 저기 있는 빨간색이요. 응. 그걸로 주세요."

금세 기가 살아난 아이가 점방 할머니가 고르는 눈깔사탕이 마음이 들지 않는지 일일이 나서서 잔소리를 해 대기 시작했다. 결국 저가 원하는 색깔대로 누런 봉투에 가득 담은 눈깔사탕을 보는 아이의 표정이 한순간 행복해 보였다.

영양 섭취가 제대로 되지 않아 앙상한 아이의 팔을 다정하게 잡아 끈 석정이 무릎을 굽혀 눈높이를 맞추었다.

"너 그거 아니? 화가 날 때, 슬플 때, 괴로울 때, 또는 아플 때 이 사탕을 하나씩 입에 넣고 굴리면 어느새 마음이 즐거워지고 행복해진대. 그러니까 주위에 슬픈 사람, 아픈 사람, 기분이 안 좋은 사람이 있으면 이 사탕을 하나씩 나눠 줘. 너 혼자서만 이 사탕을 먹고 행복해지면 주변 사람들에게 미안해지잖아."

"우리 엄마도 주면 행복해져?"

아이는 순진하게도 눈빛을 빛내며 물어 왔다.

"그럼, 물론이지. 엄마 입에 여기 노란 사탕 하나 넣어 드리고 꼭 안아 드려 봐. 누나를 믿어. 엄마는 분명히 행복해하실 거야."

한참 말없이 사탕을 보던 아이의 두 눈에 눈물이 그렁그렁 맺혔다.

"우리 엄만 지금 너무 슬퍼. 그래서 나도 슬퍼."

"알아."

양동이 한가득 눈물을 쏟아낼 것 같았던 아이는 눈물을 소매로 쓱 훔치더니 씩씩하게 말했다.

"나 엄마한테 갈래. 가서 사탕 드릴 거야. 대왕 눈깔사탕!"

집으로 달려가던 아이가 우뚝 서서 석정을 돌아보더니 커다랗게 외쳤다.

"고마워, 누나! 이거, 대왕 눈깔사탕 사람들에게 막막 나눠 줄 거야. 정말이야!"

"알아. 넌 참 착한 아이구나? 이제 어서 들어가. 어머니 곁에 있어 드려야지."

"응, 누나!"

내달리는 아이의 뒷모습이 상가 집 안으로 사라질 때까지 석정은 손을 흔들었다.

"정말입니까?"

타이요우였다. 그는 인기척도 없이 어느새 곁으로 다가와 묻고 있었다. 석정이 어리둥절한 표정을 짓자 턱으로 가판대 위의 알사탕을 가리켰다. 그녀가 모르겠다는 듯 고개를 흔들었다.

"아이의 눈에 슬픔이 한가득이었어요. 아마도 사탕이 잠시 동안은 아이의 마음을 풀어 주지 않을까요?"

차가 있는 곳으로 걸어가던 석정이 확인이라도 하듯 빙그르르 뒤를 돌아보았다.

"그렇죠?"

"그러기를 바랍니다."

사탕 몇 개의 사소함에 마음이 따뜻해졌다. 부질없게도.

"집으로 가지 않고요? 밤이 늦은 시간입니다."

연구소 앞에 차가 서자 타이요우가 석정에게 물었다.

"어쩐지 잠을 이룰 수 없을 것 같네요. 이런 밤은 차라리 연습실이 더 편하거든요."

까만 밤이 잠든 세상을 이불처럼 덮고 있었다. 좁은 골목의 고즈넉함이 이 밤을 더욱 고독하게 만들 터였다.

망설이다 품속에서 누런 종이 뭉치를 꺼낸 타이요우가 석정에게 쑥 내밀었다. 그녀가 그것을 손바닥 위에 올려놓고 활짝 펴자 달달한 냄새가 확 풍기면서 알사탕들이 모습을 드러냈다.

석정이 의아한 눈길로 타이요우를 보았다.

"아픈 이나 슬픈 이나 모두가 이 사탕을 먹으면 기분이 좋아진다고 누가 말해 주더군요."

그의 말에 석정은 다시 알사탕을 뚫어지게 쳐다보았다. 그중 하나를 들어 입에 넣고 혀끝으로 이리저리 굴렸다. 그녀의 볼이 입안에 굴러다니는 사탕으로 인해 볼록 튀어나왔다가 들어가기를 반복했다.

"달군요. 무척이나."

타이요우는 사탕을 입에 물고 우물거리는 석정을 침착된 시선으로 바라보았다.

"원래 사탕이 달아요."

농인지 모를 싱거운 말에 석정이 '풋' 웃음을 터트렸다.

"웃지 말아요."

차가운 명령에 의아해할 틈도 없이 목이 순식간에 끌어당겨졌다. 지레 놀란 석정은 숨 쉬는 것조차 잊어버렸다.

"이치카와 상?"

그의 입술이 너무 가까이 다가와 있었다. 석정은 그를 부르던 입술을 곧 앙다물고 말았다. 자신의 입술 바로 지근거리까지 침범해 온 상대의 숨결이 곧 그녀의 심장을 끊어 놓을 것처럼 자극적이었다.

'이 여자를 어떻게 해야 할까?'

타이요우는 진심으로 괴로웠다. 석정의 입술 근처에서 더 이상 다가서지 못하고 얼어버린 자신의 입술이 불쌍할 지경이었다. 이성이란 놈이 이럴 땐 눈치껏 뒤로 물러서 주면 좋으련만 오히려 더욱 날을 세우고 정신 똑바로 차리라며 훈계를 했다.

이 여자, 모석정이 긴자의 유곽에서 볼 수 있는 흔하고 흔한 게이샤라도 되는 줄 아느냐고, 개방적인 미망인이나 유한마담이라도 되는 줄 아느냐며 꼬장꼬장하게 굴었다.

당장 네 몸 달아 입술을 훔치고 나면 그녀의 보드라운 몸이 탐날 것이고 그녀의 마음이 갖고 싶어질 것이라고 한다. 하지만 그에 따른 책임감은 어찌할 것이냐고 어차피 다른 여자의 남편이 될 몸, 제 욕정에 몸 달아 애꿎은 여자 더럽히지 말고 눈보다도 깨끗하게 지켜주라며 어쭙잖은 충고씩이나 한다.

허니 미칠 노릇이다.

타이요우는 거의 초인적인 힘으로 자신을 억제하며 석정의 목을 쥔 손에 힘을 주었다. 풀지 못한 거대한 욕망이 툭 불거진 힘줄을 타고 그의 몸속을 구석구석 흘렀다.

이성과 본능 사이에서 일어나는 처절한 전투가 그를 점점 미치게 만들었다.

"가요."

목소리가 혼탁했다. 거칠게 밀어내는 손길에 석정은 맥없이 떨어져 나갈 수밖에 없었다. 녹다 만 알사탕이 그녀의 입에서 튀어나와 자동차 바닥에 진득하니 들러붙었다.

"보내줄 때 가요. 그리고 다시는 내가 내미는 손을 잡지 말아요. 찾아오지도 말고 길에서 보더라도 모른 척해요. 내가 석정 양을 조금이라도 탐낼 틈을 주지 말아요. 그렇게 되면 나도 더 이상 나를 통제할 수가 없으니까."

석정이 마루노우치에 나타난 순간 실낱같은 기대감이 들었다. 그녀가 손을 잡아주자 어쩌면 이 여자를 가질 수 있을지도 모른다는 허무맹랑한 생각이 들었다. 고백 비슷한 이야기를 할 수 있을 만큼 간도 부었었다.

그러나 그는 결국 이성이 시키는 대로 자신의 거대한 욕망으로부터 석정을 탈출시키기로 했다. 좀 더 진실되게 말하자면 그가 이성적이라서가 아니라 단지 후에 찾아올 거대한 폭풍우가 무서워 다시 몸을 움츠린 건지도 모른다.

무엇이 됐건 그는 그녀를 밀어냈다.

석정은 자신의 귀를 믿을 수가 없었다. 그가 그녀를 밀어냈다. 입안에서 튀어나간 알사탕 같다. 그는 늘 이런 식이었다. 언제나 그녀의 모든 감각을 깨워 놓고 홀로 도망가 버리면 뭐든 되는 줄 아는 비겁한 남자!

혹자들은 그것을 보고 신사답다고 하겠지만 그녀는 아니라고 소리쳐 외치고 싶었다. 왜 항상 몸 안의 모든 세포들을 수치스러울 만큼 잔뜩 달아오르게 만들어 놓고 그대로 도망가 버리느냐고 소리 지르고 따져 묻고 싶었다.

혀끝에 남은 단맛처럼 그의 손길이 닿은 감각은 여전히 날을 세운 채였다.

"지금 저더러 이 차에서 내리라는 건가요?"

이상하리만치 낮은 음성으로 그녀는 진지하게 물었다. 타이요우는 그녀가 우선 눈앞에서 사라져 주기를 원했다. 그래야 성난 자신의 몸을 어떻게든 진정시킬 수 있을 것 같았다. 그는 그녀의 눈빛이 대담해지는 것을 발견하지 못했다. 시선을 돌리고 고개를 끄덕거렸다.

"그래요. 빨리 내려요. 어서!"

"싫어요!"

"내가 한 말 못 들었어요? 보내 줄 때 가라…… 홉!"

석정은 타이요우가 차마 행동하지 못한 일을 결국 실행에 옮기고야 말았다. 그녀의 입술과 혀에 남아 있는 사탕의 달짝지근한 향과 맛이 그에게도 고스란히 전해졌다.

긴 시간이 이어졌다. 적극적으로 침입해 들어오는 그녀의 입술을 거부할 힘이 타이요우에게는 없었다. 어설픈 그녀의 입맞춤이 오히려 그를 더욱 달뜨게 만들었다. 석정의 입술이 달면 달수록 타이요우는 더욱 슬퍼지고 고통스러워졌다. 달고 씁쓸한 그녀의 입술을 순간이라도 빨리 밀어내고 싶지만 그의 몸은 기다렸다는 듯이 열렬하게 그녀를 환영했다.

가요! 내가 보내줄 수 있을 때 제발 그냥 가 버려요! 가 버리란 말입니다!

절박하기만 한 타이요우의 울부짖음은 그만 석정의 혀끝에 녹아들고 말았다.

"미안해요."

멀어진 입술로 그녀가 아득히 중얼거렸다.

미안해요. 정말 미안해요.

제멋대로 입술에 내려앉았던 새는 어느새 파드득 날아가 버렸다. 온다 하면 가라 하고, 간다 하면 오라 하는 것이 얄팍한 사람의 마음인 모양이다. 타이요우는 붉게 부풀어 오른 석정의 입술을 충족되지 않은 욕망의 눈길로 바라보았다.

"이치카와 상, 당신은 제게 언제나 어려운 숙제예요."

타이요우가 보내는 눈길을 의식한 석정이 혼잣말처럼 중얼거렸다. 그녀의 시선이 그의 동공 가운데로 날아들었다.

"오늘 같은 밤은 무슨 일이 일어나도 상관이 없을 것 같아요. 무슨 일이라도 말이에요. 그 어떤 일이라도……."

타이요우는 헛웃음을 쳤다. 아무것도 보이지 않는 차창 밖을 보았다. 유난히 까만 밤이다. 항상 같은 자리에 외로이 서 있던 가스등의 불빛조차 어둠에 묻히는 그러한 밤이었다. 진정 석정의 말대로 무슨 일이 일어나도 상관없을 것 같은 그런 밤.

그러나 오늘 이 밤에 그녀의 머리카락 한 올이라도 훔쳐 낸다면 평생 잊어지지 않을 밤이 될 것이다.

볼 것이라고는 칠흑의 공기밖에 없는데 타이요우의 시선은 검은 허공 어디쯤인가에 말뚝처럼 박혀 있었다.

"이 일이 실수만은 아닐 거예요. 저도 이치카와 상도 말이죠. 그렇지 않나요?"

"숙녀가 할 행동이 아닙니다."

단호한 말에 석정의 얼굴이 하얗게 질렸다.

'이 남자는 내가 알던 남자가 아니야. 위스키 플라스크를 내밀던 그가 아니고 은근한 눈길로 지분거리던 그도 아니야. 장난기 가득하게 실없는 농을 걸던 그 모습 역시 아니야. 대체 이 남자는 누구지?'

석정은 두 손에 얼굴을 파묻은 타이요우의 구부정한 어깨를 쳐다보았다.

그가 가진 절반의 피는 영원히 이치카와일 수밖에 없다. 여전히 그는 무라카미 히미코의 정혼자로 남을지도 모르지만 그가 보여주는 농도 짙은 눈빛과 손길에서 석정은 자신이 느끼는 혼란이 비단 자신에게만 한한 것이 아니라는 확신이 들었다.

그래서 그랬다. 흑과 백만이 존재하는 시대에서 다른 색이 되고 싶었다. 아닌 척, 부질없는 척 뒤로 숨으려던 마음에 미약한 용기가 생겼다. 빨강이 되고 싶었고, 노랑이 되고 싶었다. 초록도 되고 파랑도 되면 좋을 것 같았다.

그에게서 받은 종이 뭉치 속의 알사탕이 색색들이 빛나던 그 순간, 그녀는 정말 그랬으면 좋겠다고 생각했다.

"지금까지 저를 놀리신 건가요?"

"석정 양."

"저를 보는 이치카와 상의 눈길이 평범한 감정의 것 이상이라는 사실을 모를 만큼 둔하지 않아요. 제게 괜찮은 남자가 되고 싶어 하는 그 마음이 어떤 건지 너무 잘 알아요. 매번 저를 도와주실 적에도 단순한 연민이나 동정의 차원이 아니었음을 이제 좀 알 것 같아요. 제가 틀렸나요?"

지나치게 영특하고 자기감정에 충실한 여인이다. 그것이 석정을 특별하게 보이도록 만들었다.

"늦었어요. 내가 석정 양의 의중을 궁금해할 때, 그때 답을 했어야지요. 지금은 역시 불가능한 일이란 것을 깨달아 버렸습니다."

"이해할 수 없어요. 이제 겨우 몇 시간이 지났을 뿐인걸요? 더구나 당신 곁에는 무라카미 상이 있잖아요. 그런데 제가 어떻게 쉽게 대답할 수가 있겠어요?"

"이 몇 시간 전에 나는 두려울 것이 없었으니까요. 석정 양 손을 붙잡고 어디든 갈 수 있을 것 같았어요. 당신만 보면 언제나 무장해제 당하는 느낌이에요. 또한 이상하게도 세상에서 가장 용감해지고 싶어진다고 할까……."

"그런데 왜죠? 왜 마음이 바뀐 건가요?"

"눈빛. 석정 양의 눈빛 말입니다. 헤어 나올 수 없는 늪에 빠진 것처럼 당황해서 요동치던 눈빛이 나를 정신 들게 했어요."

허탈함에 실소가 나왔다. 석정이 고개를 내저었다.

"당신의 모든 것이 저를 고민하게 만드는 걸 어쩌란 말이에요? 정혼녀가 있는 것도 모자라 심지어 당신의 이름이 이치카와 타이요우인 것을요. 제가 조선인이라는 사실이, 또 당신의 몸속에 흐르는 피의 절반이 일본인의 것이란 사실이 저를 고민하게 만들었습니다. 당연하잖아요? 시대가 이래요. 우리를 편하게 두지 않죠. 언제나 고민을 하게 만들고, 상실감을 느끼게 만들어요. 스스로 선택한 삶의 방법이 과연 옳은 것인가 끊임없이 자책하게 만든다고요! 그런데 당신은 당신에 대한 제 감정의 특별함을 인정하기 전에 조금이나마 고뇌하는 것조차 기다려 줄 수 없었나요?"

해 질 녘 붉은 노을처럼 창피함으로 달아오른 얼굴색을 하고서도 석정은 또박또박 제 할 말을 다 했다. 적어도 그녀는 쓰개치마 속으로 숨어들어 속으로만 끙끙 앓는 순진하고 답답한 성격은 아니었다.

쇼윈도에 걸친 세련된 옷을 입고 서양에서 유행하는 짧은 머리로 치장한 채 뾰족한 구두를 신은 발로 거리를 활보하는, 이

른바 겉모습만 그럴듯한 속 빈 강정 같은 모던걸이 아니라, 자유로운 사고방식과 그것을 합리적으로 표출해 낼 줄 아는 석정은 진정한 의미의 새로운 여성, 모던걸이었다.

물론 자신이 느끼는 감정의 정체를 오래도록 모를 만큼 둔한 면도 있지만 그것이야 여태 그러한 감정을 경험해 보지 못한 탓일 것이다.

그녀를 알아 간다는 것은 미지의 섬을 탐험하는 것과도 같았다. 처음에는 무용을 배우고 싶다며 막무가내로 미하로에게 떼를 쓰는 철없는 아가씨로 보였다. 그다음에는 차갑고 도도한 매력에 눈길이 머물렀다. 뜨거운 예술혼을 가진 정열적인 여인으로, 무슨 일을 벌일지 모르는 비밀스러운 은밀함으로 그녀는 시시각각으로 변했다.

타이요우는 모석정이라는 여인을 겪을 때마다 희열과 흥분을 느꼈다. 그러나 그녀의 영특함만은 언제 어느 때고 변하는 일이 없었다. 그것이 때로 그를 곤란한 상황으로 만들기도 했다. 지금처럼.

"부탁입니다. 나를 흔들지 말아요."

석정은 타이요우의 마음을 파도처럼 흔들었다.

"당신이란 남자는 정말 가벼운 감정의 소유자군요. 어떻게 그 길지도 않은 시간 동안 가면처럼 자신의 감정을 바꿀 수가 있나요?"

"충분히 긴 시간이었습니다. 되는 일과 되지 않는 일이 있고,

손댈 수 있는 여인과 손대지 말아야 할 여인이 있으며…… 맞아요. 특별한 감정을 교류하기에 우린 너무 다르다는 것을 알 만큼 시간은 충분히 길었단 말입니다."

석정은 더 이상 반박하지 않았다. 그녀는 '우린 너무 다르다'는 타이요우의 말에 신경을 쓰는 눈치였다.

"다르다, 다르다. 그런 거였어요? 나는 새도 떨어트린다는 이치카와 가문의 분으로서 한낱 식민지 조선인의 딸은 격에 안 맞아도 너무 맞지 않다고 생각하시는 거군요."

석정은 더 이상 말이 없었다. 그녀가 차에서 내려 연구소의 차가운 철문 안으로 사라지는 동안 타이요우를 태운 자동차는 그 자리에서 꼼짝도 하지 않았다. 그렇게 어둠 속으로 완전히 스며들었다.

어둠에 잠긴 연습실에 불빛을 선사했다. 그와 동시에 꾹 눌러놓았던 서글픔을 마주했다.

울고 있는 것은 설녀일까, 나일까?

석정은 묻고 또 되물었다.

마음에 상처를 받아 쥐어뜯는 것이 과연 설녀인지 그녀 스스로인지 모를 일이다. 지고한 세월, 차가운 눈 속에서 홀로 쓸쓸함에 맞서 싸우며 몸부림치는 것이 진정 설녀면 어떻고, 아픈 가슴을 내리치는 그녀의 몸짓이면 또 어떤가?

차디찬 고드름에 찔린 심장으로부터 시나브로 피어나는 선홍빛 핏물이 기이하게도 매혹적이다. 찌릿한 통증이 주는 그 야릇한 희열은 아픔만큼이나 진했다.

분노이거나 슬픔인 그것은 그만큼 석정의 몸짓을 더욱 격정적으로 만들었다.

"예술가와 고통은 떼어 놓을 수 없는 끈끈함이라는 게 있죠. 그들의 고뇌는 곧 예술성의 보고니까요."

두 다리가 더 이상 버티지 못할 만큼 시간이 흐른 후 음악 사이로 미하로의 목소리가 들렸다. 숨을 헐떡인 석정은 격렬하게 오르내리는 심장을 느끼며 미하로를 돌아보았다.

"하지만 현실과 환상 어딘가에서 길을 잃고 방황하게 될지도 모르니 조심해요. 혼돈은 미약과도 같죠."

"와 계신 줄 몰랐습니다."

땀을 닦아 내며 석정이 심드렁한 투로 말했다. 형편없이 나락으로 떨어진 감정을 들키고 싶지 않았다. 사라진 연습복 대신 겉옷만 벗은 얇은 슬립 차림이 어느새 비처럼 쏟아지는 땀으로 인해 흠뻑 젖었다.

연습실 문설주에 기대어 석정이 연습하던 것을 지켜보던 미하로가 홀로 돌아가는 유성기에 눈길을 주었다.

"언제나 늦게까지 연습을 하는군요."

"낮에 연습을 하지 못해서요."

"연습이라기보다 거의 자기 학대 수준으로 봐야겠는걸요? 지나치게 뜨거워요."

석정은 아무런 말도 듣지 못한 것처럼 바닥에 주저앉아 혹사 당한 다리를 묵묵히 주물렀다. 그녀의 모습을 가만히 보던 미하로가 유성기에 다가가 바늘을 내려놓았다.

"그렇게 뜨겁게 타오르다 언젠가는 새까만 잿더미가 되어 버릴지도 모릅니다."

다리를 주무르다 말고 석정이 손을 멈칫거렸다. 미하로의 말이 이어졌다.

"사랑은 사람에 따라 여러 가지의 모습을 하지만 내 눈에 보이는 사랑은 지옥이랍니다. 불타는 지옥. 다들 그 지옥에 들어가지 못해 안달이에요. 모두들 미쳐서 날뛰죠. 그러니까 그렇게 뻔하게 사랑에 빠진 얼굴로 아니라고만 하지 말고 당당하게 그 지옥 속으로 들어가요. 어차피 거부할 수도 없어 보이니까."

"거부한 건 그 사람입니다. 제가 아니에요!"

석정은 자신의 입을 틀어막았다. 하지만 한번 터진 말문은 닫힐 줄 몰랐다.

"이런 감정은 제게 익숙하지 않아요. 원하지도 않았습니다. 상처받고 싶지 않아요. 아프고 싶지 않아요. 버려지는 건 더더욱 싫습니다. 저를 보며 손가락질 하는 사람들의 시선에 초연한 척하지만 사실은 싫어요. 미치도록 싫어요! 사랑이 지옥이라고요? 오늘 전 이미 지옥에 던져진 느낌인 걸요!"

격정을 이기지 못한 석정이 기어코 무릎사이에 얼굴을 묻었다. 흐느낌으로 어깨가 격렬하게 들썩였다. 미하로의 손이 그녀의 등의 닿았다.

"사람 마음이 참 그래. 뜻대로 되지 않죠."

미하로의 예리한 눈빛은 항상 누군가를 꿰뚫어 보는 느낌이고 석정은 그 대상 중 하나가 자신인 것이 탐탁지 않으면서도 위안이 되었다.

3장
이 밤이 지나도록

기모노는 손이 많이 가는 옷이었다. 하녀들이 입혀주는 대로 몸을 내맡긴 히미코는 한껏 들떠 있었다. 지난번 히비야 공원을 산책한 이후로 만나지 못한 타이요우를 볼 수 있다는 생각에 설레었다. 비록 모석정의 데뷔를 지켜본다는 사실이 기분을 언짢게 만들었지만 달리 생각해 보면 결국 물러나야 할 사람이 누구인지 상대에게 확실하게 알려줄 수 있는 좋은 기회였다.

더욱이 부모님과 이번 혼사에 적극적인 이치카와 요시히로까지 함께 관람하는 무대이기에 든든한 아군을 얻은 듯 흐뭇했다. 무심하기만 했던 타이요우도 이번만큼은 어른들을 보아서라도 감히 자신을 함부로 대하지 못할 것이라는 자신감이 들었다.

화려한 문양이 새겨진 기모노 위로 오비와 오비지메까지 단단하게 매듭짓고 만족스러운 듯 어깨를 쭉 폈다. 고급스러운 목자재로 만든 전신 거울을 들여다보았다.

눈처럼 하얀 진주 귀고리 한 쌍을 귀에 걸고 조개모양의 작은 가방과 부채까지 들고 나니 그녀의 모습은 누가 보아도 아름답고 현숙한 양가집 규슈였다.

"흠흠. 준비 다 되었느냐?"

"들어오세요, 아버지."

문지방을 건너다 말고 히사토는 자신의 딸을 흡족하게 바라보았다. 그는 히미코가 미하로의 공연을 보러 가겠다고 선언했을 때 주연 무용수가 타이요우와 염문을 뿌렸던 조센징 계집이라는 사실을 알고, 공연에 가는 것은 그다지 좋은 생각이 아니라고 여겼다. 그런 계집이 눈웃음이나 치며 홀릴지도 모르는데 속없이 나서서 타이요우와 함께 가겠다니 어리석다 했다.

　　─어차피 그는 저와 혼인할 수밖에 없어요. 집안에서 언약한 일을 그가 어떻게 파기하겠어요? 그러니 똑똑히 보여주겠어요. 제까짓 게 아무리 그의 눈을 사로잡는대도 결국 그는 제게 속한 남자라는 것을 말이에요.

자신만만한 히미코의 말에도 못 미더웠는데 막상 곱게 차려입은 모습을 보니 마음이 한결 놓였다.

'저리 귀엽고 예쁜 아이를 누가 사랑하지 않을 수 있단 말인가.'

그는 살찐 팔로 히미코의 어깨를 감싸 안았다.

"네 어머니가 기다린다. 어서 가자. 가서 그 조센징 계집에게 확실하게 보여 줘야지. 이치카와 가문의 여주인은 바로 너라고 말이다. 하하하!"

벌써 오월이었다. 겨울의 끝자락과 초봄 사이에 매달려서 잔뜩 오기를 부리던 환절기 추위도 물러가고 언제부터인가 화창하고 따뜻한 공기가 세상을 지배하고 있었다. 여기저기 꽃망울이 터지고 향기로운 봄 내음이 어떤 향수보다도 젊은 청춘 남녀들을 들뜨게 만들었지만, 무용단 사람들은 자신과는 상관없다는 듯이 임박한 공연 준비로 분주하기만 했다.

조명과 무대 설치를 맡은 사람들이 부산한 걸음으로 무대 위를 휩쓸고, 음악을 담당하게 될 오케스트라는 무대 아래에 설치된 자리에서 악기를 조율했다.

그사이에서 미하로는 줄 담배를 끊임없이 피워 대며 무대를 점검하고 군무를 추는 무용수들의 동선을 몇 번씩이나 살피고 있었다.

워낙 각계의 관심이 높은 덕에 후원받은 금액도 만만찮아 더욱 크고 화려하게 준비된 공연이었다. 이미 본의 아니게 유명세를 타게 된 신인 무용수의 데뷔이기도 해서 더욱 주목을 받고 있었기 때문에 한 치의 실수도 용납할 수 없었다.

공연은 3일 내내 무대에 올려질 계획으로 그렇지 않아도 날카로운 미하로의 눈초리가 더욱 신경질적이고 예민하게 치켜올라갔다.

무용수들이 공용으로 쓰는 대기실 한쪽에 주연 대기실이 따로 마련되었다. 무대용 분장을 끝낸 석정은 살색 타이즈에 은색실로 수놓아진 하얀 레오타드를 입는 중이었다.

일반적으로 사용되는 발레복들과 달리 하체를 고스란히 드러내는 모양이라 일부에서는 외설적이라고 혹평한 적도 있는 그런 의상이지만 이 의상이야말로 탁월한 선택이었다. 어깨에 달린 반투명한 날개가 레오타드 밑으로 뻗은 다리에 자연스레 휘감기면서 그녀를 고혹적인 설녀로 보이게 만들었다.

모든 준비를 마치고 얼핏 창밖을 보았다. 입장을 기다리는 사람들의 줄이 제법 길었다. 차분하던 마음이 갑자기 두근거리기 시작했다.

'괜찮아. 잘할 수 있어. 기다려 온 날이잖아? 나는 저 관객들에게 가장 아름다운 무용수로 기억될 거야. 힘내. 할 수 있어!'

창틀에 기대앉아 종아리를 마사지하며 오늘이 생애 최고의 날이 될 것이라고 스스로에게 주문을 걸었다. 들뜬 마음과 잘할 수 있을까 하는 불안감이 뒤섞여서 심장이 평소보다도 크게 뛰었다.

똑똑—

문을 두드리는 소리와 함께 유카가 고개를 들이밀었다.

"준비는 다 된 거야?"

"너는?"

유카는 어깨를 으쓱이며 배시시 웃었다. 그녀는 군무 조에 발탁되어 신이 난 상태였다.

"내가 뭐 준비할 게 있니? 다른 애들 출 때 같이 묻혀서 추는 건데. 네가 참 많이 떨리겠다. 어마어마한 기회잖아? 무용단에 입단하자마자 바로 주연이라니 정말 대단해! 오늘 밤이 지나면 넌 완전히 스타가 되어 있겠다. 그치?"

"글쎄, 잘 모르겠어. 조선인을 주연으로 세웠다고 한동안 평단이나 신문에서 난리였잖아. 얼마 전에는 가스카노 선생님을 겨냥한 악질 기사도 하나 나왔고."

"그래도 뭐 넌 잘하잖아. 연습생 때도 제일 잘했고 이제는 무용단 내에서도 최고니까 말이야."

등 뒤로 두 손을 숨긴 유카의 모습이 부자연스러웠다.

"시노자키도 참 그래. 너 데뷔하는 걸 그렇게 배 아파할 필요가 뭐 있어? 그 애 정도면 굳이 이번이 아니라도 주인공 할 기회는 많을 텐데 나 같으면 이번에 함께 무대에 서겠네. 아닌 말로 선생님 작품에서 처음부터 조연 데뷔하는 것도 어디야? 그걸 마다하니 걔 욕심도 지나쳐. 안 그래?"

"그만해."

시노자키에 대한 이야기는 듣고 싶지 않았다. 석정의 목소리가 다소 높아졌다.

창가로 살금살금 다가온 유카가 등 뒤에 숨겼던 것을 쑥 내보였다. 본래 무슨 색이었는지 알 수 없을 만큼 변색이 되어 꼬질꼬질해진 천 쪼가리였다.

석정의 눈 사이가 일그러졌다. 그것은 그녀가 지난번에 잃어버린 연습복이었다.

"어디서 났어?"

"내가 너 기숙사 나가고 나서 그 계집애랑 같은 방 쓰잖아. 참! 내가 얘기했니? 나도 시노자키도 조만간 기숙사를 나가야 할 것 같아. 새로운 연습생들도 자꾸 들어오니까 말이야. 그래서 걱정이지 뭐야. 하숙을 하려면 돈이 얼마나 들까? 무용단에서 나오는 주급으로 해결이 되면 좋겠는데 가능할까 모르겠네. 부모님께도 얼마쯤 보내 드려야 하니까 말이야. 넌 집이 부자래서 좋겠……."

"연습복 어디서 났냐니까?"

이야기의 주제가 엉뚱하게 흐르자 석정이 유카의 말을 중간에서 잘랐다.

"아, 맞다! 연습복에 대해서 말하던 중이었지. 어젯밤, 자기 전에 뭘 하나 떨어트려서 찾다 보니까 시노자키 침대 밑에서 이게 보이는 거야 글쎄."

당시 히토미가 기숙사를 비우는 통에 심증이 있음에도 함부로 남의 방을 뒤질 수가 없었다. 그 뒤로는 서로 무시하며 지내기도 했고 공연 준비로 다른 곳에 신경 쓸 여력이 없어 아예 잊어버린 물건으로 취급했는데 그것을 유카가 찾아 들고 온 것이다.

공연을 앞두고 굳이 가져온 이유를 몰라 석정은 가늘게 눈을 뜨고 유카를 바라봤다. 모든 연구소 사람들이 석정을 따돌릴 때에도 그녀는 바보스러울 만큼 석정에게 말을 걸어 주었다.

물론 그녀의 심성이 착한 탓일 수도 있겠지만 간혹 불편하기도 했다. 지금처럼 큰 무대를 앞두고 불쑥 나타나서 이렇게 마음을 어지럽히는 경우에는 더더욱 진의를 의심할 수밖에 없었다.

"정말 못된 애야. 아무리 네가 미워도 그렇지 어떻게 이런 짓까지 할 수 있을까? 그 계집애 파렴치한 걸로 따지면 아마 현해탄을 건너고도 남을 거야. 웬걸? 기숙사에서 나올 때 보니까 시노자키랑 걔 따라다니는 애들 몇 명이 모여서 세상에나, 네 발목이 확 삐어 버렸으면 좋겠다고 아예 저주를 퍼붓더라니까?"

"그런 얘기할 것 같으면 됐으니까 그만 나가 줘! 이럴 시간에 네 그 뻣뻣한 동작이나 좀 어떻게 해 보지 그래?"

평소 말 많은 버릇대로 주저리주저리 눈치 없이 떠들던 유카의 눈이 커다래졌다. 딴에는 저 생각해서 해 준 말인데 석정이 타박하자 적이 당황한 모양이었다.

"나, 나는 그냥 그 계집애가 너무 못돼서. 너더러 돈 많은 남

자만 밝히는 싸구려라고, 지난번에 이치카와 댁 이야기 계속 들
먹이……."

"그만하고 나가라니까? 나가! 나가라고!"

결국 화를 참지 못한 석정이 유카의 손에서 걸레짝처럼 되어
버린 연습복을 확 빼앗아 던지며 소리를 질렀다. 멍청하게 서서
부들부들 떨고만 있는 유카의 꼴이 더 보기 싫어 팔을 잡고 문
밖으로 질질 끌어냈다.

"나야 니들에게는 더러운 조센징이라서 친구가 없다치고 너
는 왜 외톨이인 줄 아니? 네가 이러니까 외톨이인 거야!"

"왜, 왜 그러는 거야? 너 지금 무서워!"

유카가 울먹거렸다.

"난 지금 시노자키 따위한테 신경 쓰고 싶지 않단 말이야. 알
겠어? 이미 못쓰게 망가져 버린 연습복을 어쩌라고 가져온 건
데? 내가 화나서 시노자키 머리채라도 잡길 바라는 거야? 그래
서 아예 공연을 망치라고 기름에 불붙이는 거냐고!"

사납게 소리친 석정은 문을 쾅 닫아걸었다. 들썩이는 가슴을
진정시키기 위해 심호흡을 했다. 숨을 깊게 들이쉬었다가 내뱉
기를 몇 번씩 반복해도 확 달아오른 감정이 쉽게 가라앉지 않았
다.

무대에 올라갈 시간은 점점 다가오는데 다잡아 놓은 마음이
흐트러져 도무지 진정이 되지 않았다. 초조한 마음에 대기실 안
을 서성거렸다.

문득 창밖으로 한 무리의 일행이 눈에 들어왔다. 타이요우와 히미코였다. 두 사람뿐만 아니라 전형적인 일본인 부부와 나이 든 남자 한 명, 타이요우와 똑같은 머리카락을 가진 서양 여인 한 명도 함께였다.

무리 중에서 타이요우와 서양 여자만 겉도는 느낌이고 나머지 일행은 친밀해 보였다. 마침 히미코가 타이요우의 팔을 잡아 공회당 안으로 이끌었다.

커튼을 확 잡아당겨 햇빛을 차단시킨 석정은 손으로 얼굴을 가린 채 한숨을 '후' 토해 냈다. 자신이 직접 초대하기는 했지만 저들의 다정한 모습을 보고 싶었던 것은 아니었다. 잘난 척하는 히미코에게 정작 자신은 아무렇지도 않다는 것을 보여 주고 싶어 충동적으로 한 초대였다.

"짜증 나 죽겠어."

"쯧쯧, 고약한 말버릇 좀 보라지."

고개를 들었다.

"언제부터 계신 거죠?"

미하로가 어깨를 으쓱했다.

"노크 소리를 못 들은 건 석정 양이랍니다."

"생각을 좀 하는 중이었어요."

"예전에 타이요우가 이런 말을 한 적이 있어요. 참으로 이상한 아가씨가 있다나요? 혼자 고상한 척은 다하면서 현해탄의 물살 위로 욕지거리를 아주 자연스럽게 흘려보냈다고 했죠. 아무튼 이상하면서 재밌는 아가씨라고 했는데 그녀가 아마 모석정 양이지 싶은데…… 맞을까 몰라."

미하로의 목소리가 짐짓 장난스러웠다.

"놀리지 마세요, 선생님."

석정이 생각보다 훨씬 경직된 상태란 것을 깨달았는지 미하로의 표정이 진지해졌다. 그녀는 잠깐 밖으로 나갔다가 한 손에는 양주를 들고 다른 손에는 담배를 들고 나타났다.

"음주인 상태로 춤을 추는 건 사실 옳지 못하지만 한 모금 정도는 마음을 진정시키는 데 탁월한 효과가 있죠. 아니면 담배를 한 대 태우던지."

어이가 없는 눈빛으로 미하로를 보던 석정이 술을 받아 들었다.

"더도 말고 덜도 말고 딱 한 모금만 마시도록 해요."

오늘따라 술이 유난히 쓰다.

"전혀 도움이 되지 않아요."

그녀는 술병을 미하로에게 돌려주었다. 회중시계를 열어 시간을 확인한 미하로가 짧은 대화를 시도했다.

"내 기억으로는 기분이 괜찮았던 것 같은데 아닌가요?"

"……."

집중력이 흐트러진 이유를 뭐라고 설명해야 할지 몰라 석정은 묵묵부답이었다. 타이요우나 무라카미 히미코에 대해서, 유카가 남기고 간 연구소 동료들을 향한 감정의 찌꺼기에 대해 말하려니 스스로 구차하고 너절한 기분이 들었다.

석정의 침묵이 길어졌다. 미하로는 무심하게 만지작거리던 술병을 선반 위에 올려놓았다.

"머릿속을 헤매는 생각들을 잠시 잊어버리도록 노력해 봐요."

"저도 그러고 싶어요, 선생님."

"무대만이 연인이고 사랑이어야 한다고 말한 사람은 석정 양 본인이에요. 오늘의 무대가 바로 그 순간이죠. 사랑이고, 연인인."

"제가 어떻게 해야 할까요? 마음이 너무 번잡한 걸요."

"무대의 밝은 빛을 상상해 봐요. 그곳에 서 있는 자신을 떠올리는 거죠. 정말이지 너무 멋질 거랍니다. 최고가 되려고 하세요. 열정 없이 겉모양뿐인 가짜가 되지 말고 진정한 최고가 되라는 말입니다. 석정 양은 오늘 밤, 충분히 그럴 자격이 있으니까요."

마지막으로 무대를 점검한다며 미하로가 돌아서서 나가자 석정은 거짓말처럼 마음이 편안해졌다. 햇빛을 차단시켰던 커튼을 다시 옆으로 밀쳤다.

온실 속의 화초로만 곱게 자라서 세상 물정 모르던 아가씨였다. 운명처럼 선택한 신무용이었고 무용수가 될 수 있다는 한 가지 생각만으로 해협을 건너 몇 년 동안 이 날만을 기다렸다. 번다한 마음을 잡지 못해 기회를 놓치고 싶지 않았다.

석정은 끊임없이 떠오르는 타이요우와 히미코의 모습을 머릿속에서 지워 버렸다. 히토미와 유카도 지우고 조선이니 일본이니 하는 것도 깨끗이 지워 버렸다. 거울속의 자신의 모습을 보며 지그시 입술을 깨물었다.

화려한 이 밤에, 가슴을 터트릴 것 같은 열정과 환희를 무대 위에서 발산해야 했다. 타이요우를 향한 애정이나 히미코를 향한 질투의 고통조차도 춤으로 승화시켜야 했다.

'잊지 마. 내가 주인공이야. 어느 누구도 아닌 바로 나야. 저들에게 보여 줘. 신무용가 모석정을 저들에게 보여 주는 거야!'

사복 차림의 데루오는 아무런 통제도 받지 않고 제집 안방처럼 대기실로 들어와 반라의 무용수들 사이를 가로질렀다. 건들거리는 그의 작태에 모두들 무대의상으로 갈아입다 말고 호들갑을 떨며 놀라 자빠지는 흉내를 냈다.

그 모습을 보고 데루오가 천박한 웃음을 히죽거렸다. 그가 손을 내밀자 일등병 소노다가 얼른 싸구려 궐련을 손가락 사이에 끼어 주고 불을 붙여 주었다.

주변에 널린 의상과 소품 상자들을 발로 툭툭 쳐 옆으로 밀친 데루오는 그중에 나무 상자를 하나 끌어다 유카 옆에 놓고 털썩 걸터앉았다.

석정과의 일로 소품 상자 위에 우울하게 앉아 있던 유카는 무섭게 생긴 남자가 옆으로 다가오자 도망가기 위해 본능적으로 몸을 일으켰지만 포악한 힘에 어깨가 꽉 눌렸다.

"앉아!"

"으윽!"

짓눌린 비명 소리를 내며 하는 수 없이 다시 자리에 앉았다. 그녀는 두려움에 몸을 잔뜩 웅크렸다.

데루오는 궐련을 깊이 빨아들였다. 뿌연 연기를 뱉어내는 그의 입술이 잔인하게 뒤틀렸다.

"누, 누구세요?"

더듬거리며 유카가 물었다. 겁에 질린 눈으로 데루오의 얼굴을 흘끔거렸다.

"너 모석정하고 친하다면서?"

"조, 조금이요. 그런데 무슨 일로? 콜록콜록!"

매캐한 담배 연기가 얼굴로 날아들었다. 연신 마른기침을 하며 콜록거렸다.

"근자에 네년들 연구소로 모석정을 찾아오는 수상한 놈들이 있나 해서 말이다. 요즘 그년의 동태가 어떻지?"

"너무 바보 같은 질문 아닌가요?"

석정은 막 자신의 대기실에서 나오던 참이었다. 몸이 고스란히 드러나는 의상을 아무렇지도 않게 입고 나오는 그녀의 모습에 데루오가 숨을 들이켰다. 날씬한 몸에 차르륵 감긴 투명한 날개를 보고 마음이 흔들렸다.

"모석정! 오랜만이야, 응?"

"아무렴 수상한 사람을 주변에서 알도록 공개적으로 만날까 요."

그의 표정이 순식간에 일그러졌다.

"신경 쓰지 말라고. 의례적인 일이니까 말이야."

"스즈키 유카가 뭘 알겠어요? 차라리 저한테 직접 물어보시 지. 아니면 저만 졸졸 따라다니시던 분들 계시잖아요. 그분들 이 더 잘 알지 않나요?"

"이거 왜이래? 안부 인사 겸 왔다고. 뭐 그리 경계를 하시나! 자주 볼 사이에."

"어쩌죠? 자주 뵙기에 소위님은 확실히 제 취향이 아닌데 말 이죠."

석정이 데루오의 어깨를 쓸며 지나갔다.

"멈춰!"

그녀의 손길이 전해 주는 짜릿한 감각이 옷을 뚫고 전해졌다. 데루오는 악에 받친 소리를 내며 석정을 불러 세웠다. 뒤돌아선 석정이 퍽 안타깝다는 표정을 지었다.

"공을 세우시는 일에 너무 급급하시다 보니 소위님의 예리한 감각이 도리어 둔해졌나 봐요. 정작 저같이 죄가 없는 선량한 사람들의 뒤나 캐고 다니시면서 헛고생을 하시다니 안쓰러울 지경이에요."

"잔말 말고 네년 오라비한테 똑똑히 전해. 그리고 너도 똑바 로 들어야 할 거다. 내가 너희 두 연놈들을 조만간에 차가운 형무소 안에서 썩어 문드러지게 만들어 주겠어. 어때? 기대되지 않아? 응?"

"소위님도 참. 이왕 오신 김에 공연이나 보고 가세요. 물론 제 춤이 소위님의 거친 감성에 맞을지는 모르겠습니다만."

"너 이년!"

"한 가지 더요. 저 이제는 용의자 신분 아닙니다. 말씀 함부로 하지 마세요. 자랑스러운 황군으로서 품위를 지키셔야지요. 그럼 저는 이만."

대기실을 나온 석정은 벽을 짚은 채 한동안 그대로 서 있었다. 다리가 풀려서 움직일 수가 없었다.

"바카야로!"

석정이 밖으로 나가자 데루오는 괜스레 죄 없는 소품 상자만 발로 걷어차며 고함을 질렀다. 벽을 차고 허공을 향해 주먹을 휘두르는 광기 어린 모습에 무용수들이 비명을 질렀다.

"시끄러워. 조용히 해! 모두 잡아다 걸레로 만들어 버리기 전에 조용히 하란 말이다!"

그는 실없이 키득거렸다. 마치 실성한 사람처럼 굴었다.

아닌 말로 정말이지 요즘 들어 그는 미쳐 가고 있었다.

모석정, 그녀의 하얀 얼굴이 뇌리에서 떠나지 않았다. 본래는 순백이었을, 피로 물든 여인의 속옷이 좀처럼 잊어지지가 않았다. 포악하고 천박하다 그를 탓하는 듯 차갑도록 말간 눈동자를 도무지 지울 수 없었다. 그러면 그럴수록 그는 점점 더 집착했다. 단 한 번도 이성을 잃어 본 적이 없는 그였다. 성공에 대한 욕망을 집착으로 물거품 만들만큼 머저리도 아니었다.

허나 오로지 석정을 잡기 위해 모든 정력을 쏟아 부은 지금, 조급증과 초조함으로 성격마저 변해 버렸다. 침착한 이성은 사라지고 도가 지나친 분노만 남았다.

'무엇이 나를 이렇게 만든 거야? 겨우 그깟 조센징 계집이 대체 뭐지? 잊지 마. 나는 대일본 제국의 소위다! 그 사실을 잊지 말란 말이다! 그런데 그게 뭐? 대일본 제국이 뭐? 소위가 뭐! 모석정 그년은 그런 것 따위 관심도 없단 말이다!'

정체를 알 수 없는 모순된 감정이 불안했다. 그는 불안하면 불안한 만큼 더욱 그녀를 잡고 싶었다. 기필코 그녀를 잡아 공을 세우고 출세를 하리라 다짐했다.

다양한 사람들이 귀빈석으로 모여들었다. 야마나시 미츠오가 전복 껍데기로 만든 프랑스제 오페라 안경 너머 공회당 객석 구석구석을 살폈다. 그는 재미난 소문과 어여쁜 아가씨들을 찾아 쓸데없이 촉각을 곤두세웠고, 그다지 좋다고 할 수 없는 구석 자리에 앉은 데루오가 사냥감을 노리는 매처럼 쉴 새 없이 눈동자를 굴렸다. 소노다는 생전 처음 보는 호화로운 극장 내부를 촌놈처럼 연신 두리번거렸다.

키무라 가즈에가 마침 고기 찌꺼기를 찾아 눈을 부라리는 데 루오를 발견하고 이마를 구겼다. 그녀는 한창 구라파나 북미에서 유행중인 양장 차림이었다.

실크로 재단한 재킷을 벗어서 시종에게 건네주자 단번에 사람들의 시선을 사로잡을 만큼 멋진 자태가 드러났다. 검정색 시폰 소재의 통 넓은 바지를 입고 소매와 깃을 배제한 상체는 가슴 부분을 적당히 드러낸 모습이 과감했다. 눈부신 다이아몬드 목걸이가 그녀의 가슴을 더욱 화려하게 빛내 주었다.

"저기 있는 자가 오하시 데루오예요. 헌병 특수 수사대 소위로 최근 빠르게 진급하고 있는데 거기에 조선인의 피가 수혈됐음은 말해 봐야 입만 아프죠. 지난번 교토 궁 의거 역시 저 오하시 놈이 비밀리에 수사 중이라고 하더니 역시 이곳에서 보는군요. 조심해야겠어요."

"이미 악명을 떨치고 있는 잡니다. 조직에서도 주시하고 있습니다."

그림자처럼 조용히 서 있던 정체불명의 남자가 그녀의 말을 듣고 무심한 어조로 대답했다. 턱수염이 덥수룩하게 난데다가 얼굴의 절반을 가릴 만큼 커다란 안경까지 써서 본 생김새가 어떤지 가늠하기 힘든 모습이었다.

"저 작자 입장에서는 모르긴 몰라도 석정 양이 엄청난 기회일 거예요. 누가 봐도 그녀가 가장 의심스러운 인물이고 정일 씨도 함께 엮을 수 있으니 말이죠."

그때 귀빈석에 모습을 드러낸 이치카와 요시히로와 부인인 앤이 가즈에의 눈에 들어왔다. 마침 시선을 돌리던 요시히로가 그녀를 발견하고서 무성하게 난 눈썹을 치뜨더니 서둘러 고개를 돌렸다.

　"발정 난 개라도 장차 사돈지간이 될 사람과 부인이 옆에 있으니 불편한 모양입니다."

　남자의 말에 가즈에가 코웃음을 쳤다.

　"발정 난 수캐들이 체면은 더 차리는 법이라니까요."

　이죽거리는 가즈에의 등을 잠자코 바라보던 남자는 시선을 무대로 돌렸다. 주연 무용수에 대해 수군거리는 목소리들이 사방에서 들려왔다.

　"이번 무대의 주인공이 모석정이라는 조선인 여자라면서요?"

　"그렇다지 뭡니까! 이치카와 가문의 도련님과 염문을 뿌렸던 여자 말이에요."

　"어머나! 들리는 소문으로는 평판이 정말 별로던걸요? 아비 되는 자는 제국에 아부나 하면서 화족입네 으스대는 작자에 오라비는 천황 폐하께 대항하는 비국민적인 불령선인이라고 하던데 말이죠."

　"어휴, 그 오라비만 탓할 것이 아니랍니다. 지난번 즉위식 때 그 일 있잖아요. 폭탄……."

　"쉿! 함구령 떨어진 거 모르세요?"

　주의를 주는 여자의 목소리가 말의 내용과는 다르게 호기심에 차 있는 것을 알 수 있었다.

"하지만 그건 모르는 일 아닌가요? 연행됐다가 증거가 없어서 풀려났다면서요?"

제법 공평한 척하는 다른 목소리도 섞여들었다.

"무혐의로 나오긴 했지만 충분히 의심스러운 일이지요. 그 자리에 있던 조선인이라고는 그 여자밖에 없었다고 하니까요. 이치카와 타이요우 상이 힘을 썼을지 누가 알겠어요?"

"에이, 그래도 그게 어디 보통 일이어야 빼내 주지요. 게다 후작께서 그냥 계셨겠어요? 그 양반 분노가 하늘을 찔렀다 그러던데요. 제아무리 서양 인형이래도 그 아버지를 무슨 수로 이긴다고. 제가 생각할 땐 범인은 따로 있어요."

"아무튼 모석정이 이치카와 도련님을 홀리기 위해 안 해 본 일이 없다고 하니까요."

"이치카와 타이요우 상은 어쩌다 그런 여자랑 어울렸는지 참 안됐어요. 쯧쯧쯧."

"어쨌거나 애인은 힘 있는 남자로 잘 골라야 한다니까요. 저런 여자들이 떵떵거리고 살 방법은 그런 방법뿐 아니겠어요? 호호호."

"그건 그래요. 호호호."

수다스러운 여자들의 말소리가 여과 없이 생생했다. 그녀들의 경박한 웃음소리가 공회당 안에 울려 퍼졌다. 무라카미 부부와 히미코의 눈치를 살핀 요시히로는 민망함과 치미는 부아로 주먹을 쥐락펴락했다.

"듣자 하니 오늘 공연에 이치카와 부자(父子)도 온다고 하더군요. 벌써 왔으려나요?"

"쉿! 좀 전에 이미 도착해서 자리에 앉았어요. 어머! 뒤를 돌아보지 마세요. 그럼 우리가 자기들 일로 수군거린 걸 들킬지도 모르잖아요."

"그러게 말이에요. 들었을까 무섭네요. 그래도 하늘을 나는 새를 떨어트린다는 집안이 아닙니까, 그 집안이."

"하긴 그렇죠. 입 조심해야 우리 집 어른 앞길이 평탄할 테니까요."

"우리만 조심해서 뭐하겠어요? 사교계가 지금 그 일로 온통 도박에 빠졌잖아요."

요시히로의 시선이 이번에는 무표정하게 앉아 있는 타이요우에게로 향했다.

"도박이요?"

"글쎄 지난번에는 히비야 공원에서 공공연하게 만나더니 얼마 전에는 마루노우치에 있는 이치카와 본사까지 조선인 여자가 쫓아갔다는 소문이 있다니까요? 그것 때문에 도쿄에 있는 도박사들이 내기를 걸었답니다. 과연 금발의 서양 인형과 조센징 여자의 앞날이 어떻게 될까 하고 말이지요."

"어떻게 되는데요?"

"첫 번째, 이치카와 도련님은 무라카미 아가씨와 헤어지고 조선인 여자와 혼인을 한다."

"에이, 설마 그렇게 하겠어요? 무라카미 집안이라면 그야말로 대어 중의 대어인데 말이죠."

"두 번째, 조선인 여자가 이치카와 도련님의 정부로 들어간다. 사실 우리네 주인들이 늘 해 오던 일이니까요. 그거야말로 제일 현실성 있지 않겠어요?"

탁! 주먹으로 탁자를 내리친 요시히로가 흠칫하며 숨을 죽이는 여자들의 뒤통수를 노려보았다. 서둘러 히사토에게 여송연을 권했다.

"하하, 이거 참. 곧 있으면 며느리 될 히미코 양 앞에서 참으로 당황스럽습니다. 자, 자. 이 여송연이야 말로 최고급 남미산이라고 하더군요. 한 대 피워 보시겠습니까?"

"사내로 나서 살다 보면 다 저런 염문도 뿌리고 하는 게지요. 뭐 그리 큰 흉이라고 그러십니까? 우리 히미코가 그 정도도 이해 못 할 아이는 아닙니다."

"역시 무라카미 공다우십니다. 귀댁의 사위가 되다니 아들놈의 복입니다."

"아이쿠, 농이 지나치십니다. 히미코야말로 이치카와 가문의 여자가 되다니 이런 광영이 어디 있겠습니까? 허허."

여송연에 직접 불까지 붙여주며 요시히로가 입에 발린 소리를 하자 기분이 좋아진 히사토가 호탕한 웃음을 터트렸다. 히미코는 테이블에 놓인 전통 과자를 집어 앤에게 권했다.

"단팥이 많이 들어가 아주 단 것 같습니다. 하나 드서 보세요."

앤은 히미코가 권하는 일본식 과자에는 별다른 관심을 보이지 않고 귀빈석 난간 밖으로 몸을 길게 내밀었다. 그녀의 푸른 눈이 자주색 장막이 걷히지 않은 무대를 주시했다.

"그 아가씨가 주연이라지?"

무라카미 가족을 만나고 나서 앤이 처음으로 한 말이다. 과자를 쥔 히미코의 손에 힘이 들어갔다. 잘 다듬어 놓은 손톱이 과자를 파고들었다. 무라카미 부부는 당황한 듯 헛기침을 하며 고개를 다른 곳으로 돌렸다. 요시히로가 날카로운 눈길로 앤을 쏘아보았다. 그런데도 그녀는 그들이 그곳에 없는 것처럼 무시하며 신경을 온통 무대로 쏟았다.

타이요우는 앤에게 석정에 관한 이야기를 한 적이 없었기 때문에 그녀의 질문이 의아했다. 자신의 감정 외에는 주변 일에 일체의 큰 관심을 두지 않던 앤이었으므로 ―심지어 아들의 일이라 해도― 그녀가 보인 관심은 그만큼 파격적이었다.

어쨌거나 그는 그녀가 기어코 공회당으로 따라 나서겠다고 고집을 피운 이유를 알 것 같았다.

앤이 마지막으로 외출을 한 때는 까마득한 옛날이었다. 이제는 사람들이 수군거리는 것처럼 저택의 붙박이 서양 인형이 되어 버린 듯 침대 위에서 꼼짝도 하지 않았다. 그랬던 그녀가 아침부터 부산을 떨며 외출 준비를 하고 공회당에 함께 가겠다고 선언했을 때 다들 진심으로 이상하게 여겼다.

탐탁해하지 않는 요시히로의 시선을 무시하고 그녀의 손을 잡아 차에 올라타면서 타이요우는 십대 소년처럼 설레었다. 어린 시절에는 또래 아이들처럼 어머니의 손을 붙잡고 외출할 수 있기를 남모르게 바랐었다. 늘 요원한 소원이었지만.

석정을 멀리서나마 앤에게 보여 줄 수 있다는 생각에 시험을 앞둔 학생처럼 심장이 두근거렸다.

"누가 내 아들을 힘들게 하는 걸까 궁금했었어."

타이요우가 남들 앞에서 감정적인 문제를 내보인다거나 그로 인해 약해진 모습을 보이는 바보 같은 행동을 할 리 없었지만 본래 어머니란 자식의 내면을 누구보다도 잘 간파했다. 아무리 앤이라 해도 모성은 어디 가지 않는 모양이었다.

전날 저녁에 침실로 들어와 걸레질을 하던 하녀 둘이 그녀가 잠들어 있는 줄 알고 저들끼리 타이요우와 석정에 대해 두런거리는 것을 가만히 듣고 있던 앤은 충동적으로 외출을 결심했다.

"네 어머니가 많이 피곤한 모양이구나. 사람을 시켜 집으로 모셔다 드리게 해라."

앤이 무슨 파토를 낼지 몰라 전전긍긍하던 요시히로는 급기야 그녀를 집으로 돌려보낼 것을 지시했다.

"어머니는 공연을 보실 겁니다."

"시키는 대로 하지 않고!"

요시히로의 언성이 높아졌다.

"보는 눈들이 많습니다."

타이요우의 목소리가 차분하면서도 단호했다. 요시히로가 한숨 같은 신음을 흘렸다.

"쿡"

앤이 웃음을 터트렸다. 그녀가 언제 웃는지 무엇 때문에 우는지 심각하게 고민할 필요는 없었다. 주위의 이목에 대해서 자유로워진 지 이미 오래인 그녀였다.

그녀는 항상 고압적이고 독재적이던 남편에게 타이요우가 맞서는 것을 퍽이나 고소하게 여겼다.

결코 정상적인 상태라고 볼 수 없는 앤의 언동에 히미코는 강한 불쾌감을 느꼈다. 밑으로 내린 눈썹 아래로 핏기 하나 보이지 않는 앤의 창백한 얼굴을 찌를 듯이 노려보았다. 그녀의 어머니인 무라카미 부인이 답답하다는 듯 맹물만 수차례 마셔 대는 중이었다. 히사토가 타다 만 여송연을 재떨이에 짓이기고 요시히로는 관자놀이를 누르며 입술을 비틀었다.

저마다 각자의 생각에 빠져 침묵했다.

그들을 보는 타이요우의 눈빛은 낯선 것보다도 더한 낯선 것을 보듯, 무의미했으며 무감했다. 차가운 샴페인을 앤과 자신의 잔에 따랐다. 솟아오르는 기포가 어색한 분위기와 달리 경쾌하게 반짝거렸다.

공연의 시작을 알리며 무거운 장막이 올라갔다. 공연을 기다리던 사람들이 동공을 기민하게 움직여 무대를 주시했다. 어수

선하던 사위가 일순 조용해지고 수군거리던 관객들은 거짓말처럼 숨을 멈춘 채 호기심과 기대에 찬 눈빛으로 무대를 쏘아보았다.

누군가의 침이 꼴깍 넘어가는 소리가 들렸지만 소리의 진원지에 대해서 관심을 갖는 사람은 없었다. 처음부터 아무런 소리도 듣지 못한 듯 사람들은 그렇게 무대만 바라보았다.

"그녀가 나올 겁니다. 가장 압도적인 프리마돈나가 될 거예요."

타이요우가 앤의 귀에 대고 속삭였다.

비밀에 쌓여 있던 장막이 걷히고 무대가 펼쳐졌다. 어둠에 갇힌 석정을 향해 환한 조명이 둥그런 보름달처럼 빛을 집중시키며 사람들의 감탄을 자아냈다.

길게 늘어트린 팔은 냇가의 잔물결처럼 부드럽게 흐르고 곧게 뻗는 두 다리는 하늘을 헤엄치듯 자유로웠다. 춤추는 이의 표정을 고스란히 투영하는 등의 수려한 근육은 지나침도 부족함도 없이 조각가의 칼끝에서 음악처럼 조각되어 춤을 추기 시작했다.

이 얼마나 호화로운 시각(視覺)의 사치란 말인가!

춤을 추는 자들이란 신기한 존재들이었다. 스스로가 산이요, 들이요, 물과 공기이며 한 떨기 꽃이고 심지어는 눈에 보이지 않는 공기이기까지 했다.

온 우주에서 그들이 표현하지 못할 것이 무엇이란 말인가?

인간의 몸이 바로 모든 것을 담고 있는 소우주였다. 창작과 표현에 한계가 있을 수 없었다. 다만 뛰어난 무용수는 스스로 얼마나 몰입하여 자신을 버리느냐에 있었다. 자신을 버리되, 가장 자신다워야 했다.

완연해진 봄날을 맞아 도쿄 공회당에 모인 관객들은 그런 무용수를 목도할 수 있었다.

옛날, 그보다 더욱 오래된 고리짝 시절 산이 병풍처럼 둘러지고 시린 하늘이 물감처럼 뿌려진 어느 산간 마을에 초로의 부부가 오순도순 사이좋은 일상을 꾸려 나가고 있었다. 그러나 이토록 다정다감한 그들에게도 근심은 있었으니 머리카락이 반백이 되도록 아이가 없는 것이 가장 큰 한이었다.

"부인 처녀 시절처럼 곱고 심성 착한 딸만 하나 생겨도 원이 없겠네그려."

할아버지가 곰방대를 푹푹 피우며 한탄을 했다.

"그러게 말입니다. 절에 공양도 해 보고 천신께 빌어도 보았으나 이렇게 나이가 들도록 아이가 생기지 않은 것을 보아하니 아마 우리는 딱하게도 자식과 인연이 닿지 않은 모양인 게지요."

할머니의 말에 할아버지는 더욱 우울해지고 말았다.

"임자 말처럼 우린 자식과는 연이 없는 모양이야. 다른 집 아이들이 재롱을 부리고 장성해서는 성심으로 부모 공양하는 것을 보면 참말 부럽단 말이지. 도대체 백방으로 수소문을 해 보았지만 어찌 아이가 들어서지 않는단 말인가!"

할아버지는 아이를 점지해 주지 않은 천신이 몹시 원망스러웠다.

계절이 바뀌어 겨울이 찾아왔다. 눈은 사흘 밤낮을 가리지 않고 펑펑 쏟아졌다. 눈 쌓인 세상은 두툼한 솜이불을 덮은 것처럼 포근해 보였다.

그해 겨울 중 가장 추운 날이 찾아왔다. 강한 눈보라에 산속의 나무들도 노부부의 어설픈 지붕도 모두 들썩거릴 정도였다. 사방이 온통 까맣고 보이는 것이라고는 오직 하얀 눈밖에 없는데 누군가 찾아와서 문을 두드렸다.

"아니, 이런 날씨에 누구시오?"

놀랍게도 하늘에서 내려온 천녀처럼 아름다운 여인이 갓난아이를 안고 문밖에 서 있었다.

"이 근처를 지나다가 길을 잃어버렸습니다. 죄송하지만 하룻밤 묵을 수 있겠습니까?"

여인이 추위에 떨며 간곡히 부탁을 했다. 노부부는 가엾게 생각하여 하룻밤을 묵을 수 있도록 허락해 주었다. 눈보라는 며칠 동안 계속되어 여인과 아이도 계속 할아버지의 집에 머무를 수밖에 없게 되었다.

성격이 싹싹한 여인은 할머니의 집안 살림을 도와주거나 할아버지의 말벗이 되어 주었다. 여인이 데려온 아이는 갖은 재롱으로 노부부를 즐겁게 만들었다. 어느새 여인과 아이에게 정이 흠뻑 들어 버린 할아버지와 할머니는 여인과 아이가 떠날까 봐 서운하기만 했다.

"이 아이의 아비는 어디를 갔소? 여인의 몸으로 어찌 아이만 데리고 겨울 산을 헤매는 거요?"

이렇게 어여쁜 아내와 아이를 가진 사내는 누구일까? 노부부의 호기심은 날로 커져만 갔다.

"아이의 아버지는 얼마 전에 산속 절벽 밑으로 떨어져 죽었습니다."

여인의 말에 노부부는 안됐다며 혀를 끌끌 찼다.

"안쓰럽게 됐구먼. 쯧쯧. 그리 됐다면 친정 부모에게 의탁이라도 해야지 이런 날씨에 겨울 산은 위험하다오. 달빛이 내리는 겨울밤은 특히나 더 그렇지. 설녀가 나타나거든. 그렇지! 아이 엄마가 우리 집에 왔을 때도 눈보라가 그렇게 치는데 달빛만은 형형했지. 설녀를 만나지 않고 무사히 내 집에 온 것도 운이 좋았구먼."

"저는 고아입니다. 어려서 잠시 집 밖으로 구경을 나왔는데 그만 길을 잃어버리는 바람에 다시는 집으로 돌아갈 수 없게 되었지요."

여인의 사연은 슬펐지만 노부부는 속으로 몹시 기뻐했다.

"그럼 우리와 함께 이곳에서 지내지 않겠소? 보다시피 우리 늙은 부부는 자식도 없이 평생을 외롭게 지냈다오. 서로 부모

자식의 연을 맺어 의지가지하고 화목하게 살면 그보다 더한 행복이 어디 있겠소?"

"아니요, 그럴 수 없습니다. 저는 아직도 집으로 가는 길을 찾고 있으니까요."

노부부는 그렇다면 아이만이라도 놓고 가는 것이 어떻겠느냐고 했다. 눈보라가 치는 날씨에 아이를 데리고 산속을 헤매다가 필경 큰일을 치르고 말 것이라며 날이 풀릴 때까지만이라도 자신들이 돌봐 주겠다고 말했다. 만일 그것마저도 여인이 거절하면 아이를 억지로라도 뺏어야겠다고 그들은 생각했다.

노부부의 마음속을 읽기라도 한 것일까. 여인의 표정이 차갑게 굳었다. 문이 심하게 덜컹이기 시작했다. 바람 소리가 요란하면서도 음산했다. 몰아치는 북풍한설을 이기지 못하고 낡은 문이 벌컥 열렸다. 기다렸다는 듯이 눈을 동반한 회오리가 집안으로 밀려들어 왔다.

아이를 품에 꼭 껴안은 여인이 눈물을 흘렸다. 눈물이 고드름이 되어 바닥으로 떨어졌다. 날카롭게 깨어진 고드름 파편이 사방으로 튀었다.

경악한 노부부는 뒤로 넘어져 엉덩방아를 찍었다.

"설녀…… 설녀다!"

할아버지가 여인을 가리키며 소리를 질렀다. 여인이 노부부에게 말했다.

"저는 하늘에서 내려온 설녀입니다. 동야(冬夜)에 달이 환히

뜨던 날, 이 숲에서 도련님 한 분을 만나 사랑을 나눴지요. 인간 사내를 연모한 죄로 하늘로부터 버림받아 다시는 돌아갈 수 없었지만 도련님만 계신다면 얼마든지 행복했답니다."

집 안은 눈 속에 점점 파묻혔다.

"아이가 생기고 우리 세 식구는 부러울 것도 부족할 것도 없었지요. 그런데 산 아래 장을 다녀온 도련님이 이상했습니다. 제가 설녀인 것을 사람들에게 들은 거지요. 눈이 저렇게 쏟아지는 혹한의 날씨에 저만 홀로 남겨 둔 그는 아이를 안고 몰래 집을 나가 도망을 가 버렸습니다. 필경 내 아이는 추웠겠지요. 이런 밤은 본시 아무것도 보이지 않습니다. 눈이 시야를 막아 도저히 길을 찾지 못한답니다. 결국 발을 헛디딘 도련님은 아이를 안고 절벽 밑으로 떨어지고 말았습니다."

"잘못했소. 우리가 잘못했소!"

할아버지와 할머니가 용서를 빌었다. 설녀는 구슬프게 울었다.

"눈보라가 치는 산속을 아이를 데리고 헤매다니 이 아이 아비는 죽어 마땅해. 그래서 내가 낭떠러지 아래로 밀어 버렸지. 이제 이 아이는 내가 구해 낸 내 아이야. 내게서 내 아이를 뺏어 가려고 했지, 당신들!"

노부부는 설녀를 피해 눈보라를 헤치며 도망갔다. 가도 가도 제자리를 맴돌던 그들은 문득 자신들이 까마득한 절벽에 서 있음을 깨달았다. 자식이 없어 외로웠던 노부부는 아이 욕심에 눈이 멀었던 것을 후회했지만 이미 늦었다.

절벽 아래, 아득한 곳으로 떨어지면서 노부부가 본 것은 아이를 품에 껴안고 노래를 불러 주는 어미의 모습이었다.

폐허가 된 노부부의 집에서는 매년 겨울이 올 때마다 자장가 소리가 흘러나왔다.

음악은 안무의 극적인 요소를 더해 주는 중요한 역할을 했다. 오케스트라의 빈틈없는 연주가 작품 전반에 흐르면서 무용수의 손끝 발끝을 씨줄 날줄로 엮어 조정했다. 음악이 이끄는 대로 춤을 추는 이가 무아지경이 되어 무대 위를 열정적으로 누비면 관객들은 넋을 잃고 바라보았다. 찬탄 섞인 한숨이 여기저기서 터져 나왔다.

수 초 간의 정적이 흐르고 기립박수가 터져 나왔다. 열광적인 환호가 무대 위로 쏟아졌다.

"이제 알겠네."

앤이 중얼거렸다.

"너의 프리마돈나 말이야."

처음부터 끝까지 석정에게서 눈을 떼지 못하던 타이요우가 앤을 돌아보았다.

앤은 석정에게서 무엇을 보았을까. 수많은 색을 가지고 수많은 모습을 드러내는 그녀에게서 과연 무엇을 본 걸까. 수줍은 처녀의 모습, 불굴의 의지를 가진 세련된 모던걸, 말간 눈망울에 섞인 순수함, 자극적인 비밀스러움.

금세 지겨운 표정이 된 앤은 자리에서 일어났다. 허약한 두 다리가 휘청거렸다. 타이요우가 재빨리 일어나 그녀의 몸을 부축했다.

"그만 돌아가야겠어."

"어머니께서 불편하신 모양입니다. 먼저 실례하겠습니다."

타이요우가 앤과 함께 먼저 자리를 뜨자 내내 찜찜한 표정을 유지하고 있던 무라카미 부인을 향해 요시히로가 변명을 늘어놓았다.

"워낙 사내놈 같지 않게 속정 깊은 아이라 제 어미 일이라면 저리도 깍듯합니다. 허허!"

그러나 돌아오는 무라카미 부인의 반응은 싸늘하기만 했다. 히미코가 밝은 얼굴로 나섰다.

"저렇게 속정이 깊으신 분이라면 분명 제게도 다정하게 대해주실 겁니다. 저런 분과 백년가약을 맺다니 저는 정말 운이 좋지 뭐예요. 그렇지 않은가요, 어머니?"

"나는 모르겠구나. 이치카와 군이 오늘 너에게 한마디라도 걸어주기는 했니? 정혼녀를 옆에 두고 눈길은커녕 아예 저기 저 여자에게서 시선을 못 떼더구나."

"어머니! 그런 말씀은……."

요시히로의 안색을 살피며 히미코가 그만하라는 뜻으로 무라카미 부인의 팔을 잡아 흔들었다.

"이거 봐, 얘! 못 할 말 했니? 여자 있는 걸 뭐라고 하는 것이 아니라 너를 무시하잖니! 네가 뭐가 부족해서. 무라카미가 이치카와보다 못한 것이 무엇이관데! 정말 저 둘이 끝난 것 맞아? 원참. 여자를 둬도 어디서 저런 물건을!"

"어머니 사람들이 들어요."

"그러니까 여길 오는 게 아니지! 상대에게 알려주기는 뭘. 오히려 무시당하는 네 모습만 만천하에 알린 꼴이잖니!"

화가 단단히 난 무라카미 부인은 히미코의 만류에도 아랑곳하지 않았다. 보다 못한 히사토가 그만 됐다며 점잖은 투로 말하고 나서야 그녀는 겨우 입을 다물었지만 냉랭함은 가시지 않았다. 요시히로가 서둘러 귀빈과 후원자들을 위한 연회장으로 무라카미 부부를 이끌었다.

"오늘 공연은 역시 가스카노 상의 작품이다 할 만하지 않습니까? 무라카미 공께서는 어찌 보셨습니까?"

"가스카노 상이야말로 우리나라 문화 발전에 없어서는 안 될 중요한 인재가 아닙니까? 그 명성에 걸맞게 참으로 훌륭한 공연이었습니다. 하하."

부인과 마찬가지로 딸이 너무 푸대접을 받는 것 같아 기분이 좋지 않았지만 그보다 더 중요한 것은 가문끼리의 결합이었다. 때문에 히사토는 불편한 심정을 숨기고 요시히로의 의견에 호들갑스레 맞장구쳤다.

요시히로와 무라카미 부부가 먼저 연회장으로 떠나고 난 뒤

히미코는 홀로 남아서 무대를 내려다보았다. '분라쿠'에 나오는 인형처럼 음침하게 죽은 듯한 눈길로 커튼콜 중인 석정을 보았다.

화려하게 차려입은 기모노가 문득 초라하게 느껴졌다. 정작 남편이 될 사람은 전혀 돌아봐 주지 않는데 혼자 들떴던 것을 생각하면 자신의 값비싼 기모노가 그렇게 하찮을 수가 없었다.

동행한 부모님을 생각해서라도 잠시나마 눈길을 주겠거니 기대했었지만 여지없이 빗나가고 말았다. 무심한 그를 위해 화장을 하고 고운 옷을 입고 거울 앞에 서서 빙싯거렸던 것이 분하고 서러웠다.

반면 무대 위에서 독보적으로 빛나는 '모석정'은 어떠한가? 공연 내내 그의 시선을 사로잡고 뜨겁게 타오르는 눈길을 흠뻑 들이마신 충만한 모습이었다. 차마 부정하지 못할 만큼 아름다운 모습으로.

아직 남아 있는 관객들과 일일이 눈을 마주치며 인사하던 석정의 시선이 히미코에게 닿았다. 손에 들린 부채를 부러트릴 듯 움켜쥔 히미코가 그녀의 시선을 맞받아치며 입술을 실그러트렸다.

히비야 공원에서 나란히 벤치에 앉아 있던 타이요우와 석정을 보았을 때 아니, 그보다 더 오래전 그들에 대한 이야기가 소문으로 돌기 시작했을 때부터 자신이 질투에 빠져 있었음을 새삼 깨닫는 순간이었다.

이치카와 타이요우는 진실로 멍청한 남자였다. 모든 걸 다 가진 남자가 아내 이외의 다른 여자를 둔다고 해서 누가 탓을 할까. 그런 일들은 언제나 있어 왔다. 어쩔 수 없는 남자들의 구제 불능 종족 보존의 본능이라 여기면 마음이 한결 편안해졌다.

그러나 어떤 여자도 이런 식으로 완전한 무시를 당하는 것을 원치 않을 것이다. 단지 조금만 공평해지면 될 문제였다. 석정을 보는 만큼 자신을 아주 약간만 바라봐 주기만 해도 될 문제였다.

히미코는 그가 세상 어느 여자를 데려와도 눈 하나 깜짝하지 않을 자신이 있었지만 모석정만은 예외였다. 조센징이거나 아니거나 혹은 일본에 반하는 사상을 가졌거나 아니거나 그것은 이제 중요한 문제가 아니었다. 히미코의 자존심은 이 자리에서 확실하게 무너져 내렸고 그만큼 그녀는 이유 불문하고 무조건 적으로 분수 모르는 조센징 계집이 싫었다.

"바보 같기는. 그래 봐야 하찮은 조센징 계집. 아무것도 아닌 것 때문에 초조해하다니."

히미코는 오만하게 중얼거렸다. 그렇다고 기분이 나아지진 않았다.

'어차피 나를 바라봐 줄 눈이 아니라면 그 남자의 눈이 차라리 멀어 버렸으면 좋겠어. 그럼 더 이상 너를 보지 못하겠지. 나를 바라봐 주지도 않겠지만 너 역시도 보지 못할 거야. 아니 어쩌면 너의 그 흰 얼굴을 망쳐 버리는 게 더욱 나을지 몰라. 추하

게 망가져 버린 너를 보고서도 그의 눈길이 그토록 뜨겁고 애처로울까?'

잔인한 상상이 그녀의 머릿속을 맴돌았다. 상상을 현실로 만들고픈 지독한 욕망과 함께.

관객들로부터 수차례의 커튼콜을 받은 석정은 마지막 무대인사를 마치고 내려오면서 머리에 꽂은 구슬 장식을 신경질적으로 떼어 냈다. 밀려드는 축하 꽃다발들로 인해 대기실은 발디딜 곳을 찾기가 어려웠다.

겨우 꽃들을 옆으로 밀어내며 화장대 앞까지 걸어가 쓰러지듯 의자에 앉은 그녀는 미간을 찌푸렸다. 꽃들의 진한 향기에 머리가 아팠다.

공연 자체는 만족스러운 편이었다. 관객들이 잘 모르는 약간의 자잘한 실수들을 뺀다면. 데뷔 무대였고 작품의 초연치고는 나쁘지 않은 그런대로 괜찮은 공연이라 할 수 있었다. 석정의 기분이 별로인 진짜 이유는 귀빈석에 나란히 앉아 있던 타이요우와 히미코 때문일 것이다.

"구질구질하게 이게 무슨……."

거울에 비친 자신의 모습을 보며 실소했다. 자꾸만 뒤틀리는 속을 다스리기가 쉽지 않았다. 사실 좀 더 공연에 집중할 수도 있었다. 그랬다면 실수 따위는 하지 않았을 테지만 무대 위에서 그들이 앉아 있던 자리가 너무 잘 보인 것이 탈이었다.

이치카와 가문만큼이나 대단한 집안의 후광을 받으며 타이요우 옆에 당당하게 앉아서 자신을 내려다보던 히미코의 시선이 따가웠다. 그토록 마음을 다잡고 올라간 무대인데 흔들리고 말았다.

분장을 지우는 손길에서 짜증이 가득 묻어났다.

"이치카와 타이요우! 도대체 그 사람은 뭐가 그렇게 어려운건지."

똑똑. 노크와 동시에 미하로가 대기실로 들어왔다.

"그이가 좀 어려운 남자기는 하죠. 그게 또 훨씬 매력적이고."

석정이 하는 말을 들었는지 미하로가 한마디 거들었다. 그녀는 커다란 꽃바구니를 허공에 대고 흔들더니 대충 아무 곳에 내려놓았다.

"온통 꽃밭이라 따로 둘 자리도 없네. 오는 길에 누가 좀 전해달래서. 가만, 이름을 모르겠네. 차려 입은 것을 보니 한 가닥 하시는 남자 같던데 잘하면 후원자 한 명 더 늘겠던데. 어디 보자 여기 어디 카드가 있을 것 같은데……."

"몇 가지 실수가 있었어요. 하지만 다음엔 더 잘 할 수 있을 거예요."

쭈그려 앉아 꽃바구니를 뒤지던 미하로가 별일 아니라는 듯 손을 저었다.

"그 사람을 부르지 말았어야 했어요. 오지 말라고 중간에 연

락을 할 걸 그랬나 봐요. 저는 제가 꽤 의연하게 대처할 줄 알았
거든요. 무대 오르기 전만 해도 마음을 잘 잡고 있었는데 말이
에요."

"괜찮다니까 그러네."

카드를 찾은 미하로가 몸을 쭉 피고 일어났다.

"관객이 좋으면 그걸로 됐지 않나요? 무대 위의 작은 실수는
오로지 무용수 자신만 아는 거니까. 아니면 두 눈 부릅뜨고 꼬
투리 잡기 위해 노려보는 소위 평론가라는 인간들이나 알겠지.
그들은 언제나 누군가가 실수하기만을 바라는 족속들이니까
요. 하지만 알아 둬야 할 건, 실수는 자신이 어느 정도로 노력하
느냐에 따라 다음엔 하지 않을 수도 있지만 관객의 마음을 움직
이는 건 아무나 할 수 있는 일이 아니라는 거예요. 실수로 인해
공연을 감상하는 데 방해가 된다면 문제가 크지만 무대 위에서
일어나는 소소한 상황들까지 모두 신경 쓸 필요는 없어요. 실
수도 하지 않고 관객의 마음을 사로잡을 수 있다면 더욱 좋기는
하겠지만요."

"제가 선생님의 마음을 사로잡았나요?"

"방심하지 말아요. 세상에는 꽃처럼 화려하고 숭고한 재능을
가진 이들이 의외로 많으니까. 또한 관객들 마음이 새털처럼 가
볍다는 것도 기억하세요. 그러나 오늘 밤만큼은 사람들의 마음
을 확실하게 잡은 것 같더군요. 내 마음은…… 그래요. 당신은
괜찮았어요. 그것도 꽤나."

미하로의 입에서 이보다 더한 칭찬이 나오기는 힘들 것이다.

분장을 마저 지운 석정은 슈트케이스에서 부드러운 촉감의 드레스를 꺼내 들었다. 은은한 색감의 살구빛 드레스는 이제 막 사교계에 데뷔하는 순결한 아가씨의 것처럼 우아하면서도 순수하게 보였다.

"그를 어떻게 할 생각이지요?"

미하로가 아연히 물었다. 석정의 눈동자가 흔들렸다.

"누구를 말인가요?"

되묻는 그녀의 목소리가 가라앉았다.

한숨을 깊게 내쉰 미하로는 할 이야기가 있는지 그녀답지 않게 머뭇거렸다. 한참을 더 뜸을 들인 후에야 겨우 입을 열었다.

"더는 못 봐주겠네. 이 이야기를 내가 해도 되는지 모르겠지만 해 줘야 할 것 같군요. 타이가 워낙 제 머리 못 깎는 중이라서 말이에요."

"무슨 말씀을 하시려고……."

"타이하고 무라카미 양 혼사에 황후께서 중신을 서신 건 알고 있을 테죠?"

"지난번에 말씀해 주셨잖아요. 또 워낙 기사거리니까요. 모를 리 없죠."

잠시 석정의 눈동자를 들여다보던 미하로가 다시 말을 이었다.

"석정 양은 오사카 형무소에서 죽을 목숨이었어요. 누군가는 하나 죽어야 했으니까요."

"그건 증거가 충분하지 않아서. 이치카와 상이 증언을……."

"순진한 소리인 거 알죠? 이치카와 가문의 도련님이 함께 있었다고 증언을 했어도 이런 일에까지 영향력을 발휘하진 못하죠. 천황 폐하와 황후께서 변을 당하실 뻔했는데요. 게다가 이치카와 요시히로가 화가 많이 났었거든요. 타이는 석정 양을 빼내고자 했지만 그 아버지는 전혀 그럴 생각이 없었죠. 감히 오르지 못할 나무를 오르려고 한 죄로 말이에요. 그래, 타이가 할 수 있는 건 아무것도 없었어요. 제 아버지에게 기대는 것 말고는."

"그럼 이치카와 상의 아버님이 저를 구해 주셨다는 말인가요?"

"난 정치에 대해선 아는 바가 없어요. 황후께선 무라카미 가가 필요했고 수족이나 다름없는 이치카와 가와 혈연을 맺는다면 가장 이상적인 방법이라고 여기셨다죠. 이치카와 가문에서는 마다할 이유가 없었어요."

"제가 이 이야기를 들어야 하는 이유를 모르겠습니다, 선생님."

"이치카와 요시히로에게는 석정 양의 구명을 두고 아들과 거래를 하기에 아주 적당한 조건이었죠. 황후께서도 나름 흡족해하셨다고 들었어요. 석정 양에 대해서는 아무런 증거도 나오지 않은 상태였으니 그런 조건이 더 가능했겠지만. 아무튼 타이가 약혼을 하지 않았다면 석정 양은 아직도 형무소에 있었을 거라는 거죠. 이치카와 요시히로는 그럴 만한 힘이 있으니까요."

충격을 받은 석정이 멍하니 자리에 주저앉았다. 드레스가 모래성처럼 그녀의 손에서 부질없이 흘러내렸다.

"내가 지금 한 말은 묻어 뒀어야 할 이야기들이에요. 그래야 모두 평안해지니까. 비록 당사자들은 아플지라도 두루두루 좋은 게 좋은 거니까 나 혼자 입 다물어 주면 다 괜찮은 거였죠."

대기실 입구까지 걸어간 미하로가 문을 열었다.

"그럼에도 불구하고 내가 이 이야기를 하는 이유는 사랑 그거, 워낙 지독스럽거든요. 지긋지긋하리만치 질퍽거려서 어지간하면 발 담그지 말라고. 그래, 그 사랑이라는 거 할 게 못 된다고 말이지. 그런데 말이야, 그게 또 아편만큼이나 중독성이 있거든. 한번 빠져들면 걷잡을 수 없이 미쳐 버린다는 걸 알고 있으니까. 뜨겁게 타오르는 열망과 터져 버릴 것 같은 격정, 돌아 버릴 것 같은 감정에의 소용돌이. 그거 못하게 하면 할수록 더욱 치명적으로 빨려 들 테니까."

미하로는 마치 혼자인 양 허공에 대고 중얼거렸다. 이마 위로 흘러내린 머리를 쓸어 올리며 쓰게 웃었다.

"그래서 미쳐 보라고. 아파 보라고. 웃고 울고 어디 한번 그렇게 죽어라 사랑해 보라고. 종당에는 지쳐 쓰러질 때까지 한 점 후회 없이 그렇게, 또 그렇게……."

석정은 자꾸만 실소했다.

그 남자를 어떻게 해야 할까?

한 남자가 그녀를 위해 자유를 향한 의지와 영혼을 저당 잡혔다는 사실이 도무지 믿기지 않았다.

─역시 이치카와 가문이더군. 잘 들어 둬라. 네년이 그 자식을 어떻게 홀렸는지 모르지만 지금은 두 발로 걸어 나가도 다음에 다시 내게 걸리면 송장이 되어 나갈 테니 빈틈을 보이지 말아야 할 거다. 그리고 고명하신 이치카와 도련님께도 전해. 그 대단하신 희생정신에 감히 경의를 표한다고 말이야.

이제야 오하시 데루오의 말을 이해할 수 있었다.

"두려워요. 후회 없이 나를 던지고 그렇게 미치도록 사랑을 하고 나면 그래서 잿더미가 되고 나면 저에게 남아 있는 것이 고작 공허와 허무함뿐일까 봐 몹시도 두려워요."

불길한 예감이 밀려드는 것을 어쩔 수 없었다. 이 사랑은 희망이 보이지 않는 사랑이었다. 시작은 하였으나 그 끝은 형체도 없이 무너질지 모르는 위험한 것이었다.

"세상에 두렵지 않은 일이 있던가요?"

미하로는 간단하게 석정의 두려움을 묵살해 버리고 유유히 대기실 밖으로 사라졌다. 꽃향기 진동하는 대기실에서 석정은 오래도록 그렇게 있었다.

연회에 참석한 거의 모든 사람들이 석정에게 관심을 보였다. 그녀가 군부의 요주 인물이라는 사실과 타이요우와의 염문설이 그들의 흥미를 필요 이상으로 불러일으켰다. 셀 수 없이 많은 눈동자들이 석정의 움직임을 하나도 놓치지 않고 흥미로운 눈초리로 관찰했다.

그렇지만 꼭 그런 자극적인 요소들이 아니고서도 오늘 공연은 이곳에 모인 사람들 모두를 사로잡을 만큼 성공적이었기 때문에 다들 그녀와 인사를 나누고 싶어 했다. 덕분에 석정은 벌써 한 시간 이상 미하로를 따라다니며 생전 처음 보는 사람들과 인사를 나누어야 했다.

"타이를 찾나요?"

연회에 집중을 하지 못하고 석정은 주변을 계속 두리번거렸다. 미하로가 웨이터를 붙잡아 자신의 잔에 샴페인을 채워 줄 것을 요구했다. 그녀는 다른 잔을 얻어 석정에게 주었다.

"그는 이런 자리를 매우 싫어해요. 모두들 자기만 바라보고 수군거린다나? 노란 머리 귀신이라도 본 것처럼 군다더군요. 예의 없이."

타이요우의 의견에 석정은 전적으로 동의했다. 무리 지은 사람들끼리 소곤거리며 그녀를 훔쳐보는 시선에 안면이 저절로 구겨졌다. 기름기 넘치는 배불뚝이들과 마음에도 없는 미소를 지으며 인사를 나누는 일도 끔찍했다. 한마디로 최악으로 지루한 연회였다.

샴페인을 입으로 가져가며 회장을 쓱 훑다가 야마나시 미츠오를 발견했다. 하룻밤 열락의 대상을 찾고 있는지 그는 여자들이 모여 있는 곳을 어슬렁거렸다.

'할 수만 있다면 저자의 아랫도리를 확 잘라 사냥개 우리에 던져 주어도 시원찮을 텐데 말이야.'

무시무시한 생각을 표정 하나 바뀌지 않은 채 마음속으로 뇌까리고 아랫입술을 깨물었다. 드디어 사냥감을 포착한 미츠오가 순진해 보이는 아가씨가 있는 곳으로 느긋하게 걸어갔다.

"어머나, 후작님! 우리 정말 오랜만이죠?"

미하로가 누군가에게 인사하는 소리가 들렸다. 미츠오에게서 시선을 거두고 돌아섰다. 많아 보이는 나이에도 불구하고 꼿꼿한 자세와 아직 날카로움을 잃지 않은 형형한 눈빛을 가진 백발의 노신사가 그녀 앞에 서 있었다. 비록 작은 키지만 자연스럽게 우러나오는 당당함이 그가 최고의 신분을 가진 사내라는 것을 입증시켜 주었다.

"천하의 이치카와 후작님께서 이렇게 직접 공연을 보러 와주시다니 영광이라고 해야 하나요?"

쨍그랑! 느닷없이 유리 깨지는 소리가 들렸다. 사람들이 소리가 난 쪽을 웅성거리며 보았다. 석정의 손에서 떨어져 나간 샴페인 잔 파편들이 바닥에 너절하게 흩어졌다. 미하로가 석정을 살짝 흔들었다.

"석정 양? 어디가 불편한가요?"

"아니요. 괜찮습니다. 잠시 딴생각을 하다가 그만⋯⋯."

사죄를 하면서 석정은 요시히로의 얼굴을 조심스럽게 살폈다. 그의 이름을 듣고 나서 보니 얼핏 타이요우와 닮은 것도 같았다. 어떻게 닮았는지 정확하게 말하기 어려우나 미묘하게 닮아 보이는 공통의 분위기가 있었다.

예를 들면 상대를 기죽게 만드는 꽉 다물린 입매라던가 생각을 드러내지 않는 가면 같은 무표정이랄까.

"이름이?"

"모석정이라고 합니다."

뻔히 알면서도 묻는 이름. 넌 그만큼 관심 밖인 아이다. 대놓고 무시하는 그를 석정은 똑바로 쳐다보았다.

"즉위식 때 보셨을 텐데요? 요즘 석정 양 이야기로 사교계가 들썩이던데 뭘 모르는 척하시는지."

미하로가 비꼬았다. 송곳 같은 시선으로 요시히로가 석정을 훑어 내렸다.

"지난번 천황 폐하께 바친 공연도 그랬지만 오늘도 역시 자네의 춤은 최고의 찬사가 아깝지 않더군."

그는 미하로와 전혀 일면식이 없는 것처럼 그녀를 무시하며 석정을 칭찬했다. 미간을 고약한 노인네처럼 시종 찌푸리는 그를 향해 화답의 뜻으로 고개를 숙인 석정은 긴장한 티를 내지 않기 위해 억지 미소를 지었다. 그는 저승사자처럼 보이는 인물이었다. 살 떨리도록 차가운 기운에 소름이 돋았다.

"몇몇 사람들이 오늘 자네의 무대를 보더니 자기들끼리 새로운 도쿄의 연인이 탄생했다고들 하는군. 멋진 찬사가 아닌가?"

"과찬이십니다."

구석구석 놓치는 데 없이 살피는 시선이 부담스러웠으나 석정은 꿋꿋하게 그의 눈길을 받아 냈다. 자신이 겁쟁이처럼 나약한 여자가 아니라는 것을 증명하기 위해 노력했다.

"수많은 관중을 위해 춤을 추는 아가씨가 만인의 연인이 되는 것은 어쩌면 당연한 일이지."

"모두에게 사랑받을 수 있다면 아마도 가장 행복한 무용수겠지요."

"그럼 그렇게 되도록 노력을 하게."

액면 그대로의 말만을 이해하기엔 적의가 선연했다.

"굳이 자넬 따로 불러 다짐을 받을 만큼 내가 그리 한가한 사람도 아니니 이 자리에서 단도직입적으로 말을 하지. 도쿄의 연인이 되게. 뛰어난 재능으로 충분히 그리할 수 있을게야. 원한다면 내가 늘 하던 일이니 역량 있는 예술인을 후원하는 것으로 자넬 도와줄 수도 있어."

"하!"

미하로가 혀를 차며 요시히로를 흘겨보았다.

"군이 재력이나 권력을 자랑하지 않으셔도 된답니다. 제 제자는 본인이 가진 재능만으로도 충분하니까요."

석정은 미하로가 너무 강하게 나가는 것이 걱정되었다. 상대는 요시히로였다.

"누군가가 자네 가는 앞길을 막는다면 재능만으로는 한계가 있지. 그 한계를 느끼고 싶지 않다면 내 아들을 멀리하면 될 것이고. 만나서도 구설수에 올라서도 안 되네. 다짐을 할 수 있겠나?"

그가 하는 말을 명확하게 이해한 석정의 얼굴이 빠른 속도로 굳어졌다.

"그건 좀 파렴치한 협박인걸요, 후작님?"

미하로가 석정과 요시히로 사이로 끼어들었다.

"지켜야 할 것이 있다면 때로는 파렴치한 방법을 쓰기도 하는 거지."

그 말에 미하로가 코웃음을 쳤다.

"때론이 아니라 늘 파렴치하셨잖아요? 돈과 권력이 후작님을 너무 잘 가려 줘서 그렇지 사실 알고 보면 후작님에게서는 구린 내가 너무 많이 난답니다."

'맙소사!'

석정은 미하로가 드디어 미쳐 버린 것이 아닌가 싶었다. 곧 떨어질 날벼락을 상상하며 그녀는 안절부절못했다. 당장 자신이 요시히로에게 협박과 모욕을 당했다는 자각보다는 너무 한계 없이 밀어붙이는 미하로가 염려스러웠다.

"내 구린 돈과 권력이 오늘날의 가스카노, 자네를 만든 것이 아닌가? 설마하니 오로지 재능으로만 이 자리까지 왔다는 배은 망덕한 소리는 하지 않겠지?"

"설마요. 그렇진 않지만 그래도 제가 그만한 값을 충분히 쳐 드렸다는 사실을 잊지 않으셨겠죠? 저는 받은 만큼 되돌려 드렸답니다."

알 수 없는 소리들을 주고받는 그들을 보면서 석정은 가시밭 길 위에 맨발로 서 있는 것처럼 불편하기만 했다. 슬며시 자리를 뜨려던 차에 요시히로가 그녀를 붙잡았다.

"아직 내게 대답하지 않았네. 다짐할 수 있느냐고 물었어."

권력을 가진 사람들은 보통 긴 대거리를 좋아하지 않았다. '예, 아니요.' 로만 대답해야 한다는 것을 알았지만 석정은 어느 쪽으로도 대답할 수가 없었다. 예라고 대답하기에는 타이요우에 대한 마음이 나날이 주체할 수 없을 정도로 깊어졌고 아니라고 하자니 요시히로의 분노를 어떻게 감당해야 할지 몰랐다.

"죄송합니다만 저는 드릴 말씀이 없습니다."

본인의 뜻이 관철되지 않았다는 사실에 요시히로가 격분한 표정으로 석정을 노려보았다. 그는 멀찍이 떨어져 있던 히미코를 손짓으로 불렀다. 진작부터 그들을 지켜보고 있던 히미코가 요시히로의 부름에 지체 없이 다가왔다. 그녀가 옆으로 와서 서자 요시히로의 표정이 누그러졌다.

"내 며느리 될 무라카미 가의 아가씨일세. 자네의 공연을 감명 깊게 본 모양이야. 인사를 하고 싶다 하기에 실례를 무릅쓰고 불렀네."

그는 벌써부터 자애로운 시아버지라도 된 것처럼 히미코의 손을 토닥거렸다.

네가 아무리 용을 써도 결국 내 며느리는 이 아이뿐이다.

흔들림 없이 단호한 요시히로의 눈빛이 그렇게 말하고 있었다.

"안녕하세요, 가스카노 상. 지난번 히비야 공원 이후 처음이죠, 우리? 석정 양도 잘 지내셨나요?"

퍽 친했던 사이처럼 히미코가 먼저 친근한 인사를 해 왔다.

"어머나, 그러고 보니 아직 인사를 드리지 못한 분들이 많이 계시네. 그럼 후작님, 즐겁게 계시다 조심해서 돌아가시기 바랍니다."

미하로는 가식적인 대화에 끼기 싫다는 듯 의도적으로 히미코를 무시하며 다른 곳으로 가 버렸다. 석정도 자리를 피하고 싶었지만 도망치는 것처럼 보일까 봐 고집스레 자리를 지켰다. 기실 서슬 퍼런 요시히로 때문에 몸이 뜻대로 움직여지지 않기도 했지만.

사랑하는 남자의 아버지, 그 남자의 아버지가 고른 또 다른 여자. 그리고 구경하는 시선들.

적진에 홀로 남겨진 기분이었다.

다행히도 이 비겁하고 치졸한 전투를 자신의 예비 며느리에게 맡긴 요시히로는 다른 곳으로 걸음을 옮겼다.

어쩌면 이런 식의 논쟁에는 자신보다는 히미코가 잘 어울릴 거라고 그는 생각했을지도 모른다.

어떤 식으로 말을 해야 하는지 혹은 눈썹을 어떻게 치켜떠야 하는지와 입꼬리를 어떻게 비틀어야 상대가 기가 죽는지 히미코 같은 여자들은 잘 알고 있을 테니까 말이다.

속뜻이야 어쨌든 석정으로서는 상대해야 할 사람이 한 명이라도 줄어들었다는 사실에 그나마 홀가분해졌다. 적이 두 명인 것보다는 한 명인 편이 훨씬 수월했다.

"공연은 잘 봤습니다. 역시 가스카노 상께서 재능 있는 수제자라며 자랑할 만하더군요."

"감사합니다. 이렇게 초대에 응해 주실 줄은 생각지도 못했습니다."

"이런 멋진 공연을 볼 수 있는 기회가 흔치 않으니까요. 더구나 가스카노 상의 안무는 언제나 독특해서 늘 기대가 된답니다."

어깨를 으쓱인 히미코는 안면이 있는 사람들과 틈틈이 눈을 마주치며 목례를 하기도 했다. 그녀는 언제나 그렇듯이 더없이 완벽한 미소를 지어 보였다.

"사실, 이치카와 상께서는 석정 양과 얽히는 것이 부담스럽다고 오고 싶어 하지 않으셨답니다. 하지만 이번 공연을 꼭 보고 싶다고 제가 졸랐죠. 제 부모님과 이치카와 후작님도 함께 공연을 관람하시면 좋을 것 같았거든요. 이런 가족 동반 나들이는 참 즐거운 일이지 않나요?"

대답을 하는 대신 석정은 히미코에게 한 걸음 다가섰다. 그러자 히미코가 비틀거리며 뒤로 물러났다.

"뭐, 뭐죠?"

그녀의 목소리가 갈라졌다. 석정은 꽤나 만족스러웠다.

요시히로와 히미코가 석정에 대해 간과한 것이 있다면 그녀가 마냥 순하거나 성격 좋은 여성이 아니라는 것이다.

밟으면 꿈틀할 줄 알고, 가시 돋친 말도 눈썹 하나 깜박하지 않고 태평스럽게 할 수도 있었다. 어떤 이유로든 당하고 사는 것은 결코 그녀에게 어울리는 일이 아니었다.

"무라카미 상, 격을 좀 갖추시죠."

"당신 지금 무슨 말을!"

"남편의 다른 여인에 대해 민감한 반응을 보이는 것은 일본이나 조선이나 품격 있는 행동이 아니니까요. 정확히는 아직은 남편이 될 남자의 여인이라는 말이 맞겠네요."

히미코의 얼굴이 형편없이 구겨졌다. 그러나 그녀는 금방 본래의 모습으로 돌아왔다.

"최고의 남자에게는 오로지 최고의 여인만이 어울릴 뿐입니다. 비록 정부라도 말이죠. 그것을 가리는 것 또한 현명한 부인이 해야 할 일이고요. 히비야 공원에서 했던 말 다시 해야 하나요?"

석정은 히미코가 했던 말을 기억했다.

　—이치카와상의 빛나는 앞길에 대체 당신이 무엇을 해
줄 수 있을까요? 안타깝게도 당신은 그에게 너무나도 하찮
은 존재입니다.

틀린 말은 아니었다. 그에게 해 줄 것이 아무것도 없었다. 때
때로 사랑은 조건에 의해 얼마든지 재단되고 가공될 수 있었다.
그러한 사실이 일시적으로 석정을 실의에 빠트렸지만 그녀는
곧 사랑의 다른 성질에 대해 생각했다.

　사랑이 조건을 넘어서지 못하는 경우도 있지만 삶의 모든 조
건과 기준치를 아무렇지도 않게 무너트리는 것 역시 사랑이었
다.

　히미코가 자신이 가진 조건을 이용하여 사랑을 제 입맛에 맞
게 재단하려 한다면 석정은 반대였다. 사랑을 가질 수만 있다면
어떤 것도 무시할 수 있는 무모함이 그녀 안에 스멀스멀 똬리를
틀고 들어앉았다.

　키가 큰 석정은 작은 키를 가진 히미코를 내려다보았다. 석정
의 목소리가 내밀해졌다.

　"그러는 당신이야말로 그에게 아무것도 아니란 생각, 해 보지
않으셨나요?"

　부채를 거칠게 움켜쥔 히미코의 낯빛이 수습하기 어려울 정

도로 변했다.

제국 최고의 집안에서 태어난 그녀는 자신이 미래의 남편에게 해 줄 수 있는 모든 것, 권력이나 재력, 명예에 대하여 더할 수 없는 자부심으로 살아왔다.

남편이 될 자에게 있어서 자신은 거부할 수 없는 기회요, 그렇기 때문에 존중받아 마땅하고 사랑받아야 한다고 믿었다. 그녀의 자긍심을 근자에 들어 우습게 만들어 버린 이가 이치카와 타이요우와 모석정이었다.

히미코는 짐짓 모르겠다는 듯 눈썹을 치켜 올렸다.

"이치카와 타이요우, 그에게 무라카미 상은 조건 그 이상도 이하도 아닌 것처럼 보여서 말이죠. 부와 명예, 그리고 권력을 선사해 주기로 하고 당신이 받은 건 무엇인가요? 그의 마음 한 자락이라도 얻으셨나요?"

석정이 조롱하자 그녀는 평정을 잃고 발끈했다.

"무슨 바보 같은 소리를! 그런 싸구려 감정은 석정 양, 당신 같은 사람들에게나 해당되는 거랍니다. 우리 같은 사람들은 이런 감정놀음보다 더 중요한 것을 추구하죠."

타이요우가 잠시라도 바라봐 주기를, 단 한 번만이라도 다정하게 불러 주기를 애타게 바라던 히미코는 정곡을 찔리자 손을 부들부들 떨었다.

"더 중요하다는 것이 한 남자의 아내로서 명문가 안주인 노릇이나 하는 것을 말하는 건가요? 남편은 아내를 여자로서 바라보지도 않을뿐더러 아내의 방에는 후계자 생산을 위해 가뭄에 콩 나듯 그것도 어쩔 수 없이 들어올 텐데 말이에요. 그러곤 다시 도처에 마련해 놓은 정부들을 찾아다니겠죠."

"그만, 그만!"

석정의 말이 바늘처럼 찔러 댔다. 히미코의 목소리가 높아졌다. 완벽을 가장하던 그녀의 얼굴에서 미소가 사라지고 신경질적인 소리가 터져 나오자 그들을 호기심 어린 시선으로 지켜보던 사람들이 수군거리기 시작했다.

당혹감에 제일 먼저 요시히로를 찾아 그의 눈치를 살피던 히미코의 안색이 더욱 파리해졌다. 시부(媤父) 될 이의 눈빛이 별 볼일 없는 계집 하나를 어쩌지 못하고 절절 매는 것이냐고 자신을 추궁하는 것만 같았다.

그녀는 석정의 팔을 다정스럽게 잡았다. 미소를 짓기 위해 노력했지만 이미 경직된 안면 근육이 제대로 풀어지지 않았다.

석정은 히미코의 팔을 뿌리치며 미처 다하지 못한 말을 했다.

"내 옆에 존재하는 남자가 남편인지 아니면 남인지조차 제대로 가늠할 수 없을 만큼 감흥 없는 삶, 바로 그러한 삶이 무라카미 상께서 추구하는 중요한 가치라면 반드시 그렇게 되시기 바랍니다. 비록 허깨비 같은 남편의 등만 바라보셔야 하겠지만 그러한 것들이 당신에겐 그다지 큰 문제가 아닌 듯하니까요."

"모석정 양, 당신 지금 내가 누구라고 생각하는 겁니까?"

협박성이 다분한 히미코의 말에 석정이 실긋 웃었다.

"사랑이 무모하다는 건 알고 있나요? 당신이 가진 조건이 그의 몸과 이름을 얻는 데 큰 도움이 될지는 모르겠으나 마음 없는 관계는 모래성과도 같지 않을까 싶네요. 사랑은 조건 위에 세워진 부실한 관계를 가차 없이 쓸어버릴 만큼 막무가내니까요. 그의 성을 가지세요. 부디 이치카와 히미코가 되시기를 바랍니다. 저는 그의 마음을 가져 갈 테니까요. 당신이 세울 부실한 모래성이 얼마나 오래 버티는지 자못 궁금해지네요."

거칠 것 없이 당당해 보이는 석정의 태도에 히미코는 질려 버렸다. 상대의 약점을 너무나도 잘 파고들어 도망갈 구석도 없게 몰아붙이는 것이 남들 위에 군림하기 좋아했던 그녀조차도 감당하기 버거웠다. 입가에 경련이 일었다.

'이치카와 타이요우 따위가 뭐라고 그 사람 때문에 내가 저런 조센징 계집한테 왜 이런 수모를 당해야 하는 건데!'

첩 주제도 못 될 계집이 자신에게 당돌하게 구는 것이 그녀는 분하고 억울하기만 했다.

"조센징이 주연 무용수라니 웬 말이냐며 공연에 대해 말들이 많았다죠? 워낙 가스카노 상의 명성이 있어서 이번에는 어떻게든 무대에 올렸겠지만 다음에는 다를지 모르죠. 내가 당신, 다시는 무대 위에 서지 못하게 만들 수도 있습니다. 데뷔 무대가 마지막 무대가 되도 좋다면 그 무모한 사랑…… 하세요."

결국 바닥을 보인 것 같아서 자존심이 상했지만 지금의 분노 대로라면 이보다 더한 비겁한 수를 써서라도 석정을 굴복시키고 싶었다. 그러나 의도와 달리 석정은 전혀 흔들리지 않았다.
그녀는 오히려 가벼운 코웃음을 터트렸다.

"훗. 내게 이런 협박이나 할 시간에 그의 마음을 조금이라도
얻기 위해 노력해야 하는 거 아닌가요? 그에게서 날 떼어 낸다
해도 그가 당신을 바라보지 않는다면 당신은 늙기도 전에 외롭
게 시들어 버릴 텐데요. 관심을 받지 못하는 꽃은 이미 가치 상
실이죠. 그러한 꽃은 으레 눈 깜짝할 새 시들어 버리는 법입니
다. 사랑 한 번 받지 못하고 시들어 버린 꽃은 좀 처량하지 않나
요? 내가 당신이라면 리자가 되지 않겠어요. 나타샤가 되지."

마지막 말을 끝으로 석정은 히미코가 반박할 틈도 주지 않고
곧바로 돌아서서 회장을 나왔다. 핏발 선 눈으로 자신의 등을
노려보는 히미코의 시선이 느껴졌다. 잠시나마 승리감에 도취
되었다. 전부 지켜보고 있었다는 듯 미하로가 그녀를 향해 샴페
인 잔을 들었다.

시간이 지나자 도취되었던 승리감은 사라지고 씁쓸함만이
남았다.

맹세코 히미코에게 그럴 생각이 아니었다. 우아하게, 점잖게,
숙녀처럼 대화하려고 했다.

오늘 히미코를 향한 석정의 언행은 상상할 수도 없을 만큼 끔
찍했다. 불쌍한 본부인에게서 남자를 가로채려는 이기적인 요
부처럼 굴지 않았는가 말이다. 어려서부터 당연하게 교육받아

왔던 품위와 격은 전부 내버리고 임자 있는 남자를 뺏기 위해 질투에 사로잡혀 이죽거리고 상처 주며 악랄하게 달려들었다.

보다 더 슬픈 것은 이런 구질구질한 상황을 타파하지 못하고 점점 더 깊게 타이요우를 사랑하게 될 거라는 사실이었다.

그녀는 결심을 해야 할 때가 되었음을 깨달았다. 이대로 파도 한가운데 동동 떠다니는 조각배처럼 이리 흔들리고 저리 흔들릴 수 없는 노릇이었다. 완강하게 거부하던 타이요우도 어쩔 수 없음을 깨닫게 될 것이다.

석정은 나타샤가 되고 싶었다.

'훗. 선생님 말씀대로 지쳐 쓰러질 때까지 한 점 후회 없이 사랑해 보는 것도 나쁘지 않겠지. 어차피 피할 수 없는 사랑이라면 말이야.'

*　　　*　　　*

앤을 태운 차가 시야에서 사라지자 타이요우는 공회당 계단에 앉았다. 딱딱한 대리석으로부터 냉기가 느껴졌지만 참을 만했다. 공회당의 환한 불빛이 어두운 거리를 밝히고 있었다.

간간히 지나가는 사람들이 계단에 앉아 있는 그를 이상한 듯 보았다. 품속에 넣어둔 플라스크를 꺼내 입 속에 털어보지만 이미 텅 빈 술병이었다. 아쉬움에 혀를 차며 시가를 한대 꺼내 입에 물었다. 문득 불을 붙이려다 말고 별 박힌 하늘을 보았다.

하얗게 빛나는 물감이 흑단 위로 흩뿌려지면서 불현듯 춤을 추는 석정의 모습이 그려졌다. 꿈꾸듯 한동안 몽롱한 상태였다. 문득 정신을 차리고 시가를 낀 손으로 머리를 문질렀다. 머리끈이 풀어지면서 머리카락이 어깨 위로 우수수 흘러내렸다.

　　"넌 요시히로를 닮았어."

　　함께 돌아가겠다는 것을 한사코 거절한 앤이 차 문을 닫기 전에 속삭였다.

　　"그럴 리가요. 제일 닮고 싶지 않은 분이에요."

　　"내가 왜 이 지경이 되도록 요시히로와 헤어지지 않는 줄 아니? 네 아버지는 왜 날 영국으로 돌려보내지 않는 줄 알아? 소유욕 때문이야. 그게 우리 모두를 불행하게 해도 어쩔 수 없는 부분이지. 타이, 넌 우리 자식이고 무엇보다 그를 닮았어."

　　"……."

　　"아름다운 아이더구나. 아직 기회가 있을 때 그 아이를 위해, 또 너를 위해 포기하는 것이 옳아. 넌 네 아버지를 이길 수도 없고 그 애를 사랑하면 할수록, 모두가 반대하면 할수록 네 집착과 소유욕은 점점 더 심해질 거야. 지켜줄 수 없는데 붙잡는다고 뭐가 달라질까? 불행을 자초하지 마. 사랑으로 행복할 수 있는 건 잠깐이야."

　　'어머니처럼요?'

　　입안에 맴도는 말을 삼키며 타이요우는 말라 버린 입술을 적셨다. 딱히 반박할 말이 떠오르지 않았다.

"넌 내 말을 들어야 해. 내가 내 아버지의 충고만 들었어도 지금 이렇게 불행하지 않았을 거야. 사람은 어울리는 사람끼리 있을 때 가장 편안한 법이야. 행복…… 다른 거 없어. 편안하면 그게 바로 행복이야. 너와 그 아인 어울리지 않아. 내가 이곳에서 어울릴 수 없었던 것처럼 그 아이 역시 마찬가지일 거야."

"그녀와 뭘 어떻게 해 볼 생각은 없어요."

"네 눈이 말하고 있어. 그 아이를 볼 때 네 눈이 얼마나 열렬한지, 얼마나 뜨거운지 알고 있니?"

그 순간 타이요우의 심장은 심연 깊이 쿵 내려앉았다. 애써 마음에서 석정을 밀어내는 중이었다. 이제는 정말 몰래 바라보는 것조차 하지 않겠다 다짐하고 또 다짐하던 차였다.

"영국으로 가. 네 아버지 시키는 대로 그 무라카미란 아이와 결혼해. 결혼해서 그 아이와 함께 떠나. 그래야 그 모석정이란 아이도 너도 평탄해져. 몸이 멀어지면 마음도 멀어진다더구나."

"걱정하지 마세요, 어머니. 정리 중에 있어요."

그러나 무엇을 정리해야 한단 말인가.

정리할 무언가라도, 추억할 무언가라도 있었으면 마음이 이토록 외롭진 않을 텐데.

"힘들겠지만 접어야 해, 네 마음. 나는 네 아버지를 알아. 요시히로는 무서운 사람이야."

"그럴게요. 이제 정말 그렇게 할게요."

"훗. 퍽도 그러겠다."

공연 내내 차라리 눈을 감고 싶었다. 무엇이 석정을 그리도 매혹적으로 보이게 하는 걸까? 무대 위에서 움직이는 그녀의 모든 것이 치명적일 정도로 아름다워서 그녀의 존재 자체가 거짓말처럼 느껴질 정도였다. 그의 다짐은 석정에 한해서 그토록 가벼웠다. 타이요우는 자신을 억압하는 모든 것에 화가 나기 시작했다. 아니, 슬퍼졌다. 나약한 자신에게 분노했다.

"여기 계셨네요."

시가를 만지작거리던 타이요우의 손가락이 석고상처럼 굳었다. 숨이 콱 막혀서 좀처럼 쉬어지지 않았다. 괴로운 듯 시가를 움켜쥐었다. 곧 반 토막 난 시가가 발밑으로 떨어졌다.

또각또각. 점점 가까워지는 구두 굽 소리가 이명처럼 울려 퍼졌다. 그 시간이 억겁처럼 길게 느껴졌다. 굽 소리가 바로 등 뒤에서 멈추자 석정의 체취가 강렬하게 느껴졌다.

"여기 계시는 줄도 모르고 한참을 찾았잖아요. 다행히 가신 건 아니네요."

"별로 좋아하지 않는 자립니다."

어두운 표정으로 일어나면서 대답했다.

"파티 좋아하시잖아요? 이치카와 상께서 술과 파티 좋아하시는 거야 전 일본이 다 아는 사실인걸요. 물론 여자도요."

타이요우의 마음을 아는지 모르는지 바짝 다가온 석정이 마음에도 없는 소리로 빈정거렸다.

"점잖은 척하는 양반들 모여서 격식 차리는 거 별로거든요. 제가 즐기는 파티는 싸구려라도 욕망에 솔직한 자리니 저들 노는 것보다야 나름 더 진실하고 재미난 자리 아니겠습니까?"

퉁명스럽게 받아친 타이요우는 자신을 옭아매는 그녀의 시선으로부터 고개를 돌렸다.

"모순이네요. 욕망에 솔직해서 싸구려 파티가 더 좋으시다는 분이 저에 대한 욕망은 왜 억누르시나요?"

석정은 조금 전까지 타이요우가 앉아 있던 계단에 걸터앉았다. 그러곤 장승처럼 서 있는 타이요우를 향해 옆에 와 앉으라며 대리석 계단을 손으로 탁탁 쳤다.

"석정 양이야말로 오늘 밤 주인공이지 않습니까? 들어가 보지 않아도 되는 겁니까?"

그녀의 뜻과 반대로 오히려 좀 더 떨어져 선 타이요우가 물었다.

"점잖은 척하는 양반들 모여서 격식 차리는 거 별로거든요."

석정이 타이요우의 말을 고스란히 따라했다. 큰 숨을 들이쉬며 장난스럽게 어깨를 으쓱거렸다.

"그래서 제 질문에는 답을 해 주지 않으실 건가요?"

그녀의 목소리가 짓궂었다.

"그 이야긴 지난번에 끝난 걸로 압니다."

타이요우가 말했다.

"질척거리지 말라는 건가요?"

석정의 말에 타이요우가 답답하다는 듯 고개를 흔들었다.

"그런 뜻이 아니에요. 난 석정 양을 향한 욕망을 억누른 적이 없어요. 그래서 후회하는 중입니다. 뭐라고 비웃어도 상관없어요. 나는 아버님과 집안의 요구를 거부할 수가 없다는 말입니다. 당신만 보면 욕망이 제멋대로 튀어 올라요. 내 입이 내 이성과 상관없는 말들을 하고 내 손이 내 이성을 거부한 채 본능대로 움직입니다. 그날은 내가 아주 잠깐 제정신이 아니었던 겁니다. 당신이 옆에 있었으니까요. 그러니까 다가오지 말아요. 내가 책임질 수 없는 행동을 하게 만들지 말아요. 호시…… 당신은 더 나은 대접을 받을 자격이 있어요."

그가 하는 말을 가만히 들으며 석정은 자신의 손을 멀건이 내려다보았다. 애꿎은 손가락을 자꾸만 비틀어 대다가 한참만에야 입을 열었다.

"나타샤가 결국엔 행복할 수 있었던 이유가 그녀 내면에서 한번도 사라진 적이 없는 진실성 때문이라고 했나요? 안드레이가 그녀의 진실성을 온전히 드러내게 만들었다고 하셨죠?"

마른침을 삼키며 심호흡을 크게 했다.

"나타샤요, 제가 되겠어요. 알아들어요? 나타샤가 되겠다고요."

"무슨 그런!"

당혹감에 말문이 막힌 타이요우가 거친 동작으로 마른세수를 했다. 손이 사포처럼 꺼끌꺼끌하게 느껴졌다.

"나타샤는 한없이 가볍고 모순투성이지만 자신의 욕망에 진실하니까요. 그것이 행복해지는 방법이라면 기꺼이 그렇게 하겠어요. 날 이렇게 만든 건 당신이에요. 이치카와 타이요우 상. 당신이 제게 안드레이 볼콘스키예요."

쓰게 웃는 타이요우다. 얼굴을 굳힌 그가 들숨을 크게 쉬었다가 내뱉었다.

"아무리 마음에 들지 않는 자리라도 너무 오래 피앙세를 홀로 둔 것 같군요. 먼저 실례하겠습니다."

"당신에게 그렇게 해 달라고 부탁한 적 없습니다."

도망치듯 돌아선 타이요우의 발 한쪽이 허공에서 굳었다.

"저를 위해 의지와 상관없이 원하지도 않은 여자와 결혼해 달라고 부탁한 적…… 저는 없어요."

그에게 이런 식으로 말하면 안 되는 것을 알고 있었다. 그러나 사람의 입이란 간혹 마음 같지 않게 제멋대로 움직였다. 석정은 입술을 깨물며 자신의 말을 후회했다.

타이요우는 터무니없는 소리라며 고개를 흔들었다.

"이해할 수가 없군요. 무엇 때문에 제가 그렇게 하겠습니까? 격에 맞는 집안끼리 서로 만나 정략혼 하는 것이야 다른 사람들도 으레 하는 일 아닙니까?"

"물론 그렇지만 이치카와 상과는 어울리지 않는 일인걸요."

"즐길 만큼 즐겼으니 이제 정신 차릴 때가 된 것뿐입니다."

자신이 석정에게 이처럼 차갑게 굴 수 있다는 사실에 되레 놀란 타이요우가 입술을 깨물었다.

"가스카노 선생님께 다 들었어요. 그간 바보처럼 저만 몰랐던 사실을 이제 너무 잘 알아요. 그러니 아니라고 하지 마세요."

"바보 같은 소립니다. 미하로가 농담을 했겠지요."

그는 까닭 없이 목이 따끔거렸다.

"미하로의 장난에 놀아난 거예요."

공연히 미하로만 탓하는 타이요우다. 석정이 고개를 세차게 저었다.

"거짓말은 당신이 하고 계신걸요. 제가 지금 얼마나 기쁜지 어떻게 말씀을 드려야 알아주실 건가요? 사실은 너무 좋아요. 이치카와 상 마음에 제가 있는 것 같아서, 그걸 확인한 것만 같아서 그저 행복할 뿐이에요."

"그만해요."

"우린 함께 떠날 수도 있어요. 멀리 떠나도록 해요. 외로웠잖아요. 사는 것이 쓸쓸했잖아."

"인간이란 원래 쓸쓸한 겁니다."

"그렇기 때문에 항상 누군가와 함께하기를 원하죠. 무엇이 당신을 그토록 허무에 빠져 살게 했는지 몰라도 이제 우린 함께 할 거예요. 진실로 무라카미 양을 원하는 것이 아니라면 더 이상 저를 미안하게 만들지 말아요. 떠나요. 조선이나 일본이 아닌 다른 곳으로 가요. 영국? 아니면 미국? 어디라도 좋아요. 어디에서라도 그곳이 설혹 흙바닥 위라 할지라도 저는 춤을 출 수 있을 거예요. 당신은 그저 저만 바라보세요. 그냥 그렇게 살면 우리 행복할 수 있어요. 분명히 그럴 거예요."

조급증이 난 석정은 두서없는 말들을 성마르게 뱉어 냈다. 타이요우는 묵묵부답 홍수처럼 쏟아지는 그녀의 말을 애써 무시했다. 실상은 금방이라도 팔을 뻗어 그녀를 와락 끌어안기라도 할까 봐 두려운 그였다.

주먹 쥔 손에 힘이 들어갔다. 시푸른 힘줄이 곧 터질 듯이 팽창했다. 경직된 팔이 아파오는 것을 참으며 석정을 버려 두고 계단을 하나둘 올랐다.

빌어먹을 진창과도 같은 시대였다. 황토색 흙탕물은 깨끗한 것들을 오염시켰다. 석정을 돌아보는 즉시 그녀가 가진 순수와 청결함 위로 구정물이 튈 것이 자명했다.

그러니 돌아보지 마. 절대로 돌아보지 마. 이대로가 서로에게 최선이야. 더 이상 흔들리지도 말고 더 이상 고민하지도 마. 그러면 그녀는 언제까지나 순수한 열정 그대로 무대 위에서 살아갈 수 있을 테니까.

서글픈 것은 바로 그것. 결국 석정의 곁에 있으려 하면 할수록 자신의 존재가 흙탕물일 수밖에 없다는 생각이 타이요우를 지배했다. 그를 감싸는 주변의 속물적인 것들이 그를 흙탕물로 만들었다.

타이요우는 무의식적으로 계단을 올랐다. 누군가 옆을 지나쳐 갔지만 미처 깨닫지 못했다. 그는 자신의 비감에 빠져 있었고 차라리 그것이 두터운 장막이 되어 그를 평화롭게 만들었다. 그는 더더욱 자신만의 비감 속으로 숨어들었다.

야마나시 미츠오는 타이요우가 석정을 홀로 남겨둔 채 공회당 안으로 들어가는 것을 보고 오늘이야말로 석정에게 접근할 수 있는 좋은 기회라고 생각했다.

'그럼 그렇지. 무라카미 같은 집안의 여자를 아내로 맞게 됐는데 저런 조센징 계집 따위야 안중에도 없겠지.'

그는 조선에서 석정과 그녀의 오라비인 정일에게 당한 수모를 잊지 않고 있었다. 그때 정일에게 맞았던 턱이 아직도 얼얼하게 아파오는 듯했다.

"아름다운 아가씨께서 이런 곳에 홀로 계시다니. 이거이거 그냥 지나갈 사내가 없겠는데요?"

미츠오가 느물거리는 투로 아는 척을 해 왔지만 석정은 죽은 시체처럼 굳어 있었다. 오히려 그 편이 훨씬 유혹적이라고 할까? 세상을 버린 듯 절망적인 모습은 위험한 매력이 있었다. 눈앞에 보이는 아름다운 생물체를 한시라도 빨리 제 것으로 만들고 싶다는 욕구가 샘솟았다. 그렇게 된다면 자신의 턱을 향해 건방진 주먹을 날린 정일에게도 자신을 벌레 취급 하던 석정에게도 아주 좋은 복수가 될 터였다.

"믿었던 연인은 다른 여자에게로 가 버리고 평판은 어쩔 수 없을 정도로 너덜너덜해진 상태라 절망적이겠군요. 하지만 오늘처럼 멋진 데뷔 무대를 가진 그대가 이렇게 홀로 초라한 상태인 것은 어울리지 않습니다, 석정 양."

흐릿하던 석정의 눈이 점점 또렷해졌다. 타이요우를 쫓아가려고 했으나 이미 미츠오에게 손목을 붙잡혀 옴짝달싹도 할 수 없었다.

"놓으세요."

"그렇게 말하면 놓아줄까 봐? 어차피 망가진 평판인데 뭘 그렇게 요조숙녀인 척하시나? 이치카와 놈이랑 질펀하게 놀아봤을 거 아냐? 그놈이랑 한 짓 나라고 못 할 이유 없잖아? 이것 봐, 순결한 척하지 말라고."

본색을 드러내며 치근거리는 미츠오를 석정은 싸늘한 눈길로 노려보았다.

"이 손 놔."

"싫다면? 괜히 도도한 척 앙탈부려 봐야 피곤해지기만 하지."

퉤! 그녀가 뱉은 침이 미츠오의 얼굴, 정확히 눈썹 위로 튀었다. 이를 갈며 보란 듯이 맨손으로 침을 닦아 낸 그가 한층 저열해진 미소를 지었다. 벌겋게 달아오른 낯이 사악해 보였다.

자극적인 마찰음이 크게 울리면서 석정의 얼굴이 옆으로 돌아갔다. 살구빛 드레스 위로 툭 튀어나온 쇄골이 더욱 도드라져 보였다. 짧은 비명이 저도 모르게 튀어나왔다.

"좋게 말하면 좋은 줄 알고 따라와야 할 것 아냐? 조선 것들은 말로 해서 안 되는 족속들이라니까!"

미츠오는 움푹 팬 석정의 쇄골에 더욱 흥분을 느꼈다. 그의 손가락이 쇄골을 타고 스멀스멀 움직였다. 석정은 온몸에 소름이 일었다.

"내 몸에서 당장 손을 떼! 꺼지라고! 너 같은 미친 쪽발이 새끼 좋으라고 있는 몸 아니란 걸 모르겠어?"

석정이 발작처럼 소리를 질렀지만 미츠오는 아무 소리도 듣지 못한 것처럼 히죽거리기만 했다.

"예쁘긴 진짜 예쁘단 말이지. 크큭. 이런 걸 썩혀 두면 쓰나."

석정의 몸을 더듬는 미츠오의 손길이 점점 더 광폭해졌다. 그를 밀어내기 위해 석정이 버둥거렸지만 미츠오는 오히려 자신의 몸을 그녀에게 더욱 밀착시켰다. 여자 몸으로 이미 흥분해 있는 남자를 떨쳐 내기란 쉬운 일이 아니었다.

그때 미츠오의 머리 위로 거대한 그림자 하나가 드리워지더니,

픽!

"컥!"

뭔가가 부딪치는 둔탁한 소리와 함께 미츠오의 꽉 막힌 신음 소리가 동시에 났다. 자신의 몸을 압박하고 있던 미츠오가 멀리 나가떨어지는 것을 보고서도 석정은 하얗게 질려서 몸을 쉽게 움직일 수가 없었다.

타이요우는 바닥에 쓰러져 있는 미츠오의 멱살을 거머쥐었다.

"이, 이치카와 상! 오, 오해……."

변명을 하기에 여념이 없던 미츠오는 섬뜩할 정도로 차가운 기운에 눌려 나오던 숨을 도로 목 안으로 넘겨 버렸다. 호흡곤란 지경에까지 이르러서야 놓아줄 것을 비굴하게 사정했다.

"저, 저는 이미 다 끝난 사인 줄 알았습니다. 제발 좀 놔, 놔 주십시오. 커억!"

되도 않는 변명을 듣고 있으려니까 귀가 비명을 지르는 것 같았다. 타이요우는 상대의 목을 더 세게 틀어쥐었다.

"다신 저 여자 앞에서 얼쩡대지 않는 것이 좋을 거야."

분노를 간신히 억누르며 음산하게 경고했다.

"다신…… 나타나지 말라고."

미츠오는 미친 듯이 머리를 끄덕거렸다. 타이요우가 멱살을 풀어 주자 막혔던 숨이 한꺼번에 밀려 나왔다. 마른기침을 토해 내느라 허리조차 제대로 펴지도 못했다. 기침이 진정되자 그는 뭐라도 마려운 것처럼 허둥지둥 도망가기에 바빴다.

"당신 때문이에요."

정적 사이로 석정이 중얼거렸다. 분노할 다른 상대가 필요한 것처럼 보였다. 그녀에게 다가가던 타이요우는 중간에서 멈춰 서고 말았다.

"이 모든 일이 전부 다 당신 때문이라고! 당신을 만나지 않았으면 좋았을 거예요. 왜 당신은 선생님과 함께 경성으로 오신 거죠? 왜 하필 그때 선생님의 대기실로 들어왔나요? 함께 바다를 건너지도 말지, 그렇게 자주 연구실로 찾아오지도 말지!"

타이요우가 내미는 손을 매몰차게 내치며 석정은 억지에 가까운 원망을 쏟아 냈다.

"그러지나 말지, 그러지나 말지! 그냥 차가운 형무소 바닥에서 죽어 나가도록 그렇게 두지 이제 와 이렇게 돌아서 버리면 나더러 어쩌란 말이에요!"

그녀의 눈에서 눈물이 비처럼 흘러내렸다.

"그래요. 전부 내 탓이에요."

타이요우는 그녀가 쏟아 내는 분노를 고스란히 받아 냈다. 울음에 뒤섞인 그녀의 말이 의미를 알 수 없을 정도로 불분명했다.

"당신이 일본인이라는 사실이 너무 싫어요. 당신의 이름이 난 너무 싫단 말이에요! 왜 지금인가요? 좀 더 뒤에 만났으면 좋았잖아요. 이 잔인한 시절이 지나고 난 다음에 만나도 좋았잖아요. 아니, 일본인이 아니라면 좋았잖아. 다 당신 때문이야. 이건 모두 당신 때문이야!"

석정은 자신이 그에게 부당한 비난을 가하고 있다는 사실을 알았지만 멈출 수가 없었다.

울부짖는 석정을 그냥 두고 볼 수 없었던 타이요우는 마지막까지 붙잡고 있던 이성의 끈을 놓고 그녀를 와락 끌어안았다.

작은 새처럼 부들부들 떨리는 가녀린 몸이 품 안으로 들어오자 그의 굳은 결심은 그만 허물어지고 말았다.

이성은 마비되고 뜨거운 감성만이 남았다. 노골적인 욕망은 수치를 모르고 상대의 숨결과 눈물 한 방울까지 제 것이라며 강한 소유욕을 드러냈다.

"어쩌면 난 다시는 당신을 놓아 줄 수 없을지도 모릅니다."

자신의 말을 증명이라도 하듯 타이요우는 석정을 더욱 옥죄었다. 시간이 얼마나 흘렀을까? 석정의 울음이 천천히 잦아들었다. 격하게 흔들리던 어깨가 차츰 진정됐다.

그녀가 그에게 말했다.

"다시는 저를 놓지 마세요."

그 한마디가 주문처럼 타이요우에게 용기를 가져다주었다. 석정의 손을 잡아끌고 대로변까지 나와 지나는 인력거나 택시, 무엇이라도 잡기 위해 손을 흔들었다. 어두운 밤길을 재촉하던 행인들이 막 무성영화에서 빠져나온 것처럼 보이는 화려한 성장의 젊은 남녀를 흘깃거렸다.

석정과 타이요우가 탄 택시가 시야에서 완전히 사라지자 어둠 속에 숨어 있던 가즈에와 변장을 한 철환이 모습을 드러냈다. 당초 계획대로라면 철환은 조직의 수뇌부가 내린 임무를 완수하고 한시 바삐 일본을 떠났어야 했지만 그는 석정의 공연을 보기 위해 며칠 더 도쿄에 남아 있기로 했다.

가스카노 미하로의 공연은 각계각층을 비롯해 군부의 실세들도 많이 찾는다는 가즈에의 경고에도 불구하고 그는 공회당에서 석정의 무대를 끝까지 지켜보았다.

정일이 석정의 근황을 궁금해하고 누이가 데뷔하기를 학수고대하던 차였기 때문에 자신이 대신 축하해 주고 소식을 전해주어야 도리가 아니겠느냐며 핑계를 댔지만 기실 석정의 춤을보고 싶어 하는 자신의 욕구가 더 강했다.

"아주 헛소문만은 아니었던 모양이군요."

예상 밖이라는 가즈에와 달리 비해 철환은 그다지 놀란 기색이 아니었다. 모자를 푹 눌러쓰고 공회당을 떠나는 그의 뒷모습을 유심히 바라보던 가즈에가 빠른 걸음으로 그를 따라 잡았다.

"어쩌면 그녀가 우리를 위해 필요한 일들을 해 줄 수도 있겠어요."

가로등 아래, 벽돌 길을 저벅 저벅 걷다 말고 철환이 멈춰 섰다. 가즈에가 걸음을 멈추고 돌아보았다.

"대체 그녀가 우리를 위해 무엇을 할 수 있다는 말입니까?"

"미모의 여성이 할 수 있는 일은 의외로 많답니다."

"정보를 빼 오게 하자는 겁니까?"

철환의 음성이 높아졌다. 주변을 휙 둘러본 가즈에가 가운데 손가락을 입술에 대고 '쉿' 소리를 냈다.

"상대는 이치카와예요. 일본 내 모든 중요 정보는 그 집안이 틀어쥐고 있다 해도 과언이 아니죠."

"그렇다면 키무라 상 당신 혼자로도 충분할 텐데요?"

말을 해놓고 아차 싶었는지 철환이 가즈에의 눈치를 살폈다. 어깨를 으쓱이며 그녀가 다시 걷기 시작하자 그 역시 조용히 길을 걸었다.

"이치카와 요시히로는 능구렁이에요. 그 늙은 살덩이 안에 구렁이가 몇 백 마리는 똬리를 틀었을 겁니다. 그는 아무도 믿지 않죠. 저는 그의 잠자리 상대 그 이상은 할 수 없어요."

"미안합니다. 그런 말까진 하지 않아도……."

철환은 서둘러 사과했다. 가즈에는 계속해서 말을 이었다.

"그는 늘 필요할 때만 부르고 볼일이 끝나면 바로 쫓아낸답니다. 모르시겠지만 그가 저를 취할 땐 한마디의 말도 하지 않아요. 흥분해서 자신이 무슨 말을 할지 모르니까요. 무서울 만큼 철저하죠. 그러니 저만으로는 한계가 있어요. 반면에 석정 양은 가능할 겁니다. 그녀를 보는 이치카와 후계자의 눈빛을 봤나요? 아마 간도 쓸개도 모두 빼 주려고 할걸요? 사랑에 빠진 사람들이란 그렇잖아요. 뜨겁고 급하고 열렬하고 순수하고 또한 바보가 되어 버리기도 하고."

철환은 아무런 말도 하지 않았다. 서로 껴안고 있는 석정과 타이요우의 모습이 머릿속에서 그를 끊임없이 괴롭히고 있었다.

무대 위의 석정은 얼마나 아름다웠던가. 그녀는 세상 어떤 여자도 구현하지 못할 아름다움으로 그의 눈을 멀어버리게 만들었다. 그래서일까? 왠지 배신당한 기분을 떨칠 수가 없었다.

철환은 석정에 대한 생각을 지우기 위해 노력했다. 그녀는 본시 그런 여자였다. 애당초 민족의 독립에는 관심도 없었다. 주어진 환경에 안주하여 아비가 만들어 준 화려한 틀 안에서 살아가던 여자였다. 제 아비가 많은 재화(財貨)를 어찌 벌어들이는지 안중에도 없던 여자였다. 그것이 불쌍한 동포의 등골을 빼먹고 일본의 앞잡이 노릇을 하는 대가로 받은 재물인 것도 별로 상관치 않았다.

자신의 지위와, 경제적 부귀만 여전하다면 식민지 조선, 민족의 아픔 따위는 나 몰라라 별 고민 없이 살아가는 속 편한 여자였다. 그러니 그녀가 침략국의 남자와 사랑 놀음에 빠졌다고 그다지 이상해 할 일도 아니라고 생각했다.

지난번 거사와 옥고로 인해 그녀에 대한 편견이 어느 정도 사라졌지만 역시 그녀에 대한 자신의 생각이 틀리지 않았다며 철환은 비소를 지었다.

온 민족이 아파하는 이때에 일본인과 정분이나 나는 철없고 무심한 여자.

철환은 자신의 머릿속을 헤집고 돌아다니는 석정에 대한 생각을 물리치기 위해 제멋대로 그녀를 비난하고 조소했다.

"혹시 그녀를 좋아하나요?"

철환이 혼란스러워 하는 표정을 숨기지 못한 채 골똘해 있자 가즈에가 조심스럽게 물었다. 그녀의 얼굴을 멀뚱히 바라보던 철환이 웃음을 터트렸다. 고개를 좌우로 흔들었다.

"바보 같은 소리요. 조국이 해방되는 그날까지 그런 사치스러운 감정놀음에 쏟아 부을 정력 따위 없습니다."

단호하게 말하는 철환을 보는 가즈에의 시선이 흔들렸다. 참으로 운 없는 청춘이 이 같은 시대에 태어나서 한 번 만개해 보지도 못하고 메말라만 간다 하였다.

'당신이나 나나 참으로 재미없는 인생이네요. 기나긴 겨울이 언제나 지나려는지…….'

인적이 드문 한 밤의 벽돌 길을 말없이 거니는 남녀의 등 뒤로 가로등 불빛을 받은 그림자가 길게 늘어졌다.

1929년의 화려한 봄은 벌써 도래했건만 어느 젊은이들은 아직도 한겨울 투쟁 속에 갇혀 꽃과 같은 젊음을 늙히고 있었다. 세월을 훑고 지나는 저 봄이 아까워 붙잡고, 인생을 겉도는 겨울이 답답하여 피 끓는 젊음이 공허를 노래했다.

꾸물꾸물 몰려들던 작은 감정들이 드디어 하나가 되어 폭풍우처럼 몰아쳤다. 석정과 타이요우를 태운 택시가 석정의 집 앞에 도착하자 그들은 마당으로 들어서기 전부터 서로를 갈구하기 시작했다.

"어머나! 아기씨? 아이 참, 망측해라!"

대문을 열어주던 순옥이 화들짝 놀라 소리를 질렀다. 그냥 보고 있기 민망해 얼른 손을 들어 두 눈을 가렸지만 밀려드는 호기심을 이길 수가 없는지 머뭇거리면서도 손가락 사이로 그들을 슬그머니 엿보았다.

머리도 노랗고 피부도 하얀 남자의 별스러운 모양새 덕에 그가 지난번에 본 이치카와 타이요우라는 것을 금세 알아차렸다.

석정의 입술을 그가 정신없이 빨아들이며 색정적인 숨소리를 내자 벌어진 손가락 사이로 두 눈만 뻐끔거렸다.

도쿄로 건너오기 전에 사랑채 시중을 들던 갑석이란 놈이 어디서 났는지 야한 그림이 그려진 잡지 하나를 주워 온 적이 있었다.

사랑채 군불을 때는 중에 침 묻혀 가며 키득키득 보던 것을 등 뒤에서 뺏어 본 이후로 남녀상열지사에 관한 한 저도 알 만큼 안다며 으스대던 순옥이었다. 뿐이랴, 석정에게 붙잡혀 억지로 배운 글자 덕에 그동안 통독한 애정소설만 해도 가히 적지는 않았다.

그랬던 그녀지만 지금껏 남자를 만나 본 적도 부둥켜 안겨 본 적도 없기에 현재 눈앞에서 벌어지고 있는 풍경이 실로 놀랄 노자일 수밖에 없었다.

얌전히 신부 수업이나 받다가 번듯한 집안에 시집가야 마땅한 아기씨가 야한 그림 잡지에서나 나올 만큼 몽롱하고 색스러운 표정을 짓다니 이런 남우세스러운 일이 어디 있단 말인가. 남자에게, 그것도 이미 엉망이 되어 버린 평판에 일조를 한 상대에게 고상한 아기씨가 매달려 있는 꼴을 보고 있으려니 복장이 저절로 터졌다.

지나는 투로야 저 남자가 아기씨한테 마음 있는 것 아니냐며 떠보기는 했어도 그건 그냥 말 그대로 농 삼아 떠본 것뿐이지 정말 일이 이렇게 될 것이라 생각한 것은 아니었다.

"흠, 흠! 바, 밖에서 이러시면 아, 안 되잖아요. 아기씨."

그때서야 순옥을 향해 돌아본 그들의 얼굴이 붉게 상기되어 있었다.

"아무리 서로 좋아 지내도 그렇지 이게, 무슨 일이래요?"

도리어 저가 쑥스러운지 순옥은 퉁명스럽게 내쏘며 몸을 돌려 문설주만 노려보았다. 벌써부터 머리가 지끈지끈 아파오기 시작했다. 아기씨가 잘못되는 날에는 당장에 조선으로 끌려들어가 멍석말이를 당할 판이었다.

―이미 난 소문이야 어찌할 수 없다 하지만 이후로 이치카와 가의 아들과는 다시 엮여서는 안 될 것이야. 이미 정혼녀가 있는 마당에 혹시라도 다시 엮이는 날에는 이보다 더한 악 소문에 시달리는 것으로도 모자라 아예 탕녀라는 낙인이 찍힐지도 모르는 일이다. 소문은 바람보다 빨라서 조선 내에서의 석정에 관한 평판 역시 좋다 할 수 없으니 네가 그 아이를 잘 지켜야 할 것이야!

조선으로 떠나던 날 모 백작이 남겼던 말을 떠올리며 순옥이 한숨을 푹 쉬었다. 다른 집 아기씨들은 얌전히 시집들도 잘 가던데 무슨 놈의 팔자가 요 모양 요 꼴이라 저렇게 제멋대로인 아기씨를 모시는지 그녀는 아무리 생각해도 자신의 팔자가 고달팠다.

"뭐 하세요, 아기씨? 빨리 안 들어…… 아기씨!"

좀처럼 타이요우와 떨어질 기미가 보이지 않는 석정을 독촉하던 순옥은 그만 소리를 빽 지르고 말았다. 자신을 밀치고 함께 마당으로 들어서는 석정과 타이요우를 무기력하게 바라보며 입을 벌린 채 계속 '어, 어' 거리기만 했다.

'아이고, 아기씨. 남들 다 자는 이 야심한 시각에 저 허여멀건한 남정네를 집 안에 들여 무슨 일을 벌이시려고요! 아이 참, 나는 이제 죽었네. 백작님 아시면 석정 아기씨 시집 다 갔다고, 가뜩이나 좋지 못한 평판 아주 죽을 썼다고 애먼 나만 잡아 죽이시려 할 텐데 나는 어찌 산대! 아기씨, 그러지 마요. 나 좀 제발 살려 달란 말이에요!'

순옥이 발을 동동 굴렸지만 석정과 타이요우의 눈에 그녀의 모습이 보일 리 없었다. 진한 입맞춤의 여운이 서로를 더욱 안달하게 만들었다.

더 이상 그들을 말릴 수 없다는 것을 깨닫게 된 순옥은 답답함과 불만스러운 마음으로 입술을 삐죽거렸다.

"아, 몰라, 몰라! 될 대로 되라지. 저는 이제 어찌 돼도 몰라요!"

석정과 타이요우는 자기들만의 세계에 빠져서 거센 물살에 이끌리듯 집 안으로 빨려 들어갔다.

급한 마음에 미닫이문을 부숴 버릴 듯 억지로 열었다. 방으로 들어서자 창을 통해 들어온 달빛이 그들을 반기며 침대 위로 쏟아졌다.

석정은 벽에 기대어 타이요우의 목을 강하게 끌어당겼다. 그의 입술이 그녀의 귓불을 지나 그림처럼 휘어진 목덜미와 어깨를 거쳐 소담하면서 수줍게 올라 있는 가슴에 당도할 즈음 그들은 약속이라도 한 것처럼 뜨거운 행위를 잠시 멈추었다.

가파른 숨을 몰아쉬며 이마를 맞대고 호흡을 고르더니 누가 먼저랄 것 없이 상대에게서 멀어졌다.

그것은 열기가 식어 버린 탓이 아니었다. 오히려 점점 더 뜨거워져서 이대로 화염에 휩싸여도 이상하지 않을 정도였다. 너무 뜨거워서 원하던 것을 손에 넣기도 전에 연기처럼 사라져 버릴까 봐 두려워졌다.

'아무래도 내 몸에서 열이 나는 모양이야.'

몇십 년 만에 찾아왔음직한 폭염 속에 서 있는 것처럼 피부가 화끈거렸다. 석정은 자신의 얼굴이 붉게 익어 버렸을 거라 생각했다.

"당신이 처음이에요. 제 방에 들어온 남자요."

석정이 긴장한 투로 말했다. 그녀는 그가 자신의 방에 초대된 유일한 남자라는 사실을 알아주었으면 했다.

"그렇게 서 계시기만 하실 건가요?"

깔끔하게 정리된 방 안을 어색한 시선으로 둘러보던 타이요우는 석정의 질문에 갑자기 갈증을 느꼈다. 여성스러운 화장대와 침대, 차를 마실 수 있는 작은 탁자는 바다 건너 들여온 고급 마호가니 가구로 달빛에 의해 더욱 윤이 났다. 탁자 위에는 석정이 마시다 만 위스키 병이 놓여 있었다.

"숨이 좀 막히네요."

달빛이 부담스러운지 석정이 창틀에 묶인 붉은색 공단 커튼을 풀어헤쳤다.

"그렇게 미동도 없이 계시니까요."

어둠 속에 스며들기라도 한 듯 아무런 움직임도 아무런 말도 없는 타이요우를 책망했다. 침묵은 쉽사리 깨어지지 않았다. 결국 그녀는 분위기를 반전시키기 위한 노력을 포기하고 탁자로 걸어갔다. 바닥을 스치는 그녀의 실내화 소리가 실내에 울리는 유일한 소리였다.

위스키 뚜껑을 딴 석정은 그것을 병째 입으로 가져갔다.

"돌아가고 싶으신가요?"

그녀는 진지했고 질문을 받은 타이요우는 오늘 밤, 결코 그녀의 방을 나설 생각이 없었다.

"난 돌아갈 수도 없고 돌아가지도 않을 겁니다. 다만 두려울 뿐이에요."

"무엇이 두려운 거죠?"

"내가 호시를 다치지 않게 지켜줄 수 있을지 의심스러우니까요."

사랑의 밀회는 낭만적이고 달콤하지만 그 뒷감당은 아마도 그에게나 그녀에게나 매우 혹독한 일이 될 것이다.

"걱정하지 마세요. 전 제가 지키겠어요."

석정은 타이요우가 이대로 사라져 버릴까 봐 다급하게 외쳤다.

"당신에게 어떤 식으로든 그런 부담 지울 생각 추호도 없어요. 우린 그저 서로에게 느끼는 감정을 동등하게 나누면 되는 거예요. 그에 관한 책임 역시 공동의 것이지 당신이 혼자 짊어질 일이 아닙니다."

"우리는 크게 상처받고 다칠지도 모릅니다. 아니 그렇게 될 겁니다. 호시, 그대는 우리 집안에 받아들여질 수 없어요. 그들은 강하게 거부할 겁니다. 우리를 방해하기 위한 수많은 시도들이 그대와 나를 괴롭힐 거예요. 나는 나로 인해 당신에게 불행이 닥칠까 봐 그것이 무서울 뿐입니다."

타이요우는 너무나 세심하고 감성적인 성격의 소유자였다. 석정은 두려워하는 그가 안쓰러웠다.

"괜찮아요. 괜찮습니다. 정말이에요. 그러니 두려워하지 마세요."

때로는 여성이 남성보다 적극적이고 용감할 필요가 있었다.

"수많은 밤을 고뇌하고 드디어 결심했습니다. 흔들리지 않겠어요. 어떤 두려움도 저를 위협할 수 없을 겁니다. 그러니 이치카와 상께서도 흔들리지 말아주세요."

굳어 있던 타이요우의 몸이 어둠 속에서 움직이기 시작했다. 그는 아직 열려 있는 미닫이문을 끝까지 닫아걸고 밖으로 향하는 출구를 완전히 봉쇄했다.

"후회할지도 모릅니다."

"인생은 언제나 모험과 도박의 연속이죠."

석정은 정말로 그렇게 생각했다. 언제나 최상의 선택만 하는 인생이라도 그 결말이 반드시 긍정적이라 생각하는 건 오만과도 같을 것이다.

반대로 불안정함을 가지고 출발한 선택의 끝이 꼭 불행할 것이라 여기는 것 역시 인간의 나약한 패배 의식을 반영한 것밖에 되지 않았다.

아무도 오늘 밤 이후의 결말에 대해 확신할 수 없었다. 혹, 신이라면 그 운명을 알까.

석정은 침대에 걸터앉았다. 실내화를 벗으면서 거세게 뛰는 호흡을 진정시켰다. 타이요우의 시선을 느끼며 올림머리를 고정시켜 놓았던 진주 핀을 뽑았다. 단단하게 옥죄던 핀이 없어지자 풍성한 머리카락이 폭포수처럼 등허리를 타고 흘러내렸다.

드레스를 긴장한 손으로 가슴 부위까지 내리던 그녀는 문득 동작을 멈췄다. 알 수 없는 눈물이 흘렀다.

타이요우가 다가와 그녀의 드레스를 다시 어깨 위로 올려 주었다.

"무리할 것 없어요. 내가 원한 것은 이런 것이 아니에요."

"아니요. 그런 것이 아닙니다."

타이요우는 이해할 수 없었다. 그러한 이유가 아니라면 석정은 왜 갑자기 눈물을 흘리는 것일까. 여성이란 하루에도 수십 번씩 변덕을 부리는 존재라지만 이런 경우 당황하지 않을 사내는 몇 없을 것이다.

석정은 어쩔 줄 몰라 하며 자신의 눈치만 살피는 그가 안되어 보이기도 하고 재밌어 보이기도 했다.

눈물을 훔친 그녀는 배시시 웃다가 금세 진지한 표정이 되었다.

"여자들은 오늘 같은 밤을 맞이하면 대책 없을 만큼 감상적으로 변하나 봐요. 이건 마치 지금까지의 나를 버리고 전혀 새로운 모습의 나를 맞이하는 것 같거든요. 더구나 우리가 사는 지금은 충분히 감상적일만 하지 않나요? 조선인 여자와 일본인 남자의 결합은 누가 봐도 온당치 못한 일이니까요."

타이요우는 석정이 말끝마다 조선이니 일본이니 나누는 것이 불편했다. 그들 사이에 넘을 수 없는 선을 하나 그어 놓고 경계를 하는 것 같아 못내 서운함도 있었다.

그의 생각을 눈치채기라도 했는지 석정이 덧붙여 말했다.

"허나 어쩔 수 없는 일이죠. 개인이 어떻게 할 수 없는 일이에요. 이러한 시절을 견디기 위해서 우리에게 필요한 것은 용기와 인내 그것뿐이에요."

"겪으면 겪을수록 신기한 존재가 바로 당신이란 여잡니다. 나를 부끄럽게 만드는군요."

타이요우는 진심으로 말했다. 그에게 석정은 경성 공회당에서 처음 만나던 순간부터 새로운 세계였다.

"제가 부끄럽게 만든다고요?"

"석정 양은 용기와 결단력을 가진 여성이니까요. 이처럼 가녀린 모습, 어디에서 그러한 힘이 뿜어져 나오는지 부끄럽고 자못 신기할 정도예요."

석정은 손가락을 세워 그의 입술을 눌렀다.

타이요우는 그녀를 지그시 바라보았다. 그녀로 인해 그는 용기를 얻었고 두려웠던 마음은 평온해졌다.

"저는 제가 이치카와 상께 꿈같은 존재이기를 바라요. 결코 깨지 않는. 그러니 이 밤이 지난대도 저를 놓지 마세요. 저는 언제까지나 당신의 꿈이에요."

석정이 떨리는 음성으로 말했다.

저는 언제까지나 당신의 꿈이에요.

그녀의 마지막 말이 타이요우의 가슴에 인이 되어 박혔다. 자신의 입술을 누르고 있던 석정의 손가락을 밑으로 내리고 속삭였다.

"타이, 석정 양이 그렇게 불러줬으면 좋겠어요."

머뭇거리는 그녀를 채근했다.

"어서요. 불러 봐요."

"타…… 이"

어색한 투로 석정이 따라 불렀다.

타이, 타이, 타이…….

그들은 장난스럽게 그의 애칭을 반복해서 불렀다. '타이' 라고 한 번씩 부를 때마다 그들 사이에 아직 남아 있던 거리가 한 뼘씩 줄어드는 것 같았다.

그새 눈물이 마른 석정은 들숨과 날숨을 반복하며 은근해진 시선으로 그의 눈치를 살폈다.

석정의 머리카락을 손가락 사이로 빗어주던 타이요우는 홍조 띈 그녀의 볼을 조심스럽게 감쌌다. 그의 손이 크고 단단했다. 남자의 손이었다. 그에게서 흘러나온 뜨거운 숨이 석정의 귓불과 목덜미에 훅 불어닥쳤다. 그와 동시에 그녀의 감각들이 일시에 깨어났다.

"사랑해요!"

석정의 무의식은 사랑을 외쳤다. 보통의 평범한 여성들이라면 남성이 언제 고백해 올까 초조한 기다림을 즐길 테지만 그녀는 그런 면에서 다소 참을성이 없는 듯했다.

"쿡."

분위기에 어울리지 않게 타이요우는 웃음을 터트렸다. 자신도 모르게 튀어나와 버린 멋없는 고백에 어찌할 바를 몰라 울상을 짓는 석정의 모습이 어린아이처럼 귀여워 보였다.

그는 그녀의 귀에 자신의 입술을 가까이 가져다 댔다. 그리고 오직 그녀만 들을 수 있도록 속삭였다.

"사랑합니다. 그대를 사랑해요."

진실한 고백이 그의 입술을 타고 흘러나왔다.

"너무 심심한 고백인 걸요?"

"그대의 고백만큼이나 말입니까?"

타이요우의 미소는 여심을 흔들 만큼 충분히 멋있었지만 석정은 무엇인가 불만스러운 눈치였다.

그녀는 고개를 흔들며 그를 조금 밀어냈다.

"아마 저 같은 여자는 없을 테죠. 이토록 급하게 먼저 속마음을 내보이진 않을 거예요. 다른 여자들이라면 말이죠. 보통 남자들은 여자들에게 사랑을 고백할 때 어떻게 하나요? 그냥 정말 이렇게 한마디만 하고 마는 건가요?"

타이요우는 무엇이 문제인지 알아챘다.

그는 중세의 기사처럼 바닥에 한쪽 무릎을 꿇고 앉아 석정의 두 눈을 들여다보았다. 그녀의 손을 잡아 자신의 손을 포갰다. 한동안 그녀의 손을 감탄 어린 시선으로 내려다보았다.

비로소 타이요우가 고개를 들었을 때 그의 두 눈은 한없이 진지했다.

그녀의 입술, 순결하여 감히 접근조차 하지 못할 그녀의 가슴, 긴장하여 굳은 티가 역력한 섬섬옥수, 무대 위를 누비느라

볼품없이 못생겨진 작은 발. 그녀의 작은 발…….

타이요우는 석정의 체취를 찾아 그녀의 몸을 배회했다. 자신의 입술이 지나는 자리마다 온 사랑을 담아 흔적을 짙게 새겨 놓았다. 그럴 때마다 그녀는 불에 덴 듯 몸을 바르르 떨어야 했다.

활처럼 휘어지는 그녀의 허리를 단단하게 부둥켜안은 그는 그녀의 가슴에 얼굴을 묻었다.

"그대는 나만의 꿈이에요, 나만의 별입니다. 내가 잊지 못하듯…… 호시, 그대 역시 그 사실을 잊지 말아요."

"사랑하니까요?"

여자들이란 확인하고 또 확인받아야 하는 존재들인 모양이다. 아마 평생토록 확인하려 하지 않을까.

타이요우는 얼굴을 들고 석정과 시선을 맞췄다. 그는 씩 웃어 보였다.

"사랑하니까요."

"나도, 나도 그래요. 사랑해. 사랑해요."

말랐던 눈물이 다시 흐르더니 급기야 그녀가 울먹였다. 그는 그녀의 드레스를 풀어헤쳤다. 정염으로 인해 몸과 마음이 조급해졌다. 그렇지만 드레스가 복병처럼 석정의 몸을 단단하게 감싸고 있어 벗기는 일이 수월하지 않았다.

타이요우가 드레스를 찢어 버리기라도 할까 봐 석정은 그와의 입맞춤을 시도했다. 그러나 눈물이 섞인 그녀의 입술은 그를 진정시키기는커녕 더욱 미치게 만들었다. 비단 타이요우만이 아니었다. 서로를 향한 욕망은 그들을 제정신이 아니도록 했다.

입안에 흐르는 타액이 누구의 것인지 알 필요도 없고, 멋대로 침입해 들어와 입안을 헤집고 돌아다니는 살덩이가 누구의 혀인지 알 필요도 없었다. 닿을 듯 말 듯 떨어지는 사이 그들은 거칠고 뜨거운 숨을 내쉬어야 했다. 그는 그녀의 꽃잎 같은 입술을 깨물었고 그녀는 그의 혀를 휘감았다.

'타 버릴 것 같아. 뜨거워. 너무 뜨거워.'

온몸이 불덩이가 된 듯 각각의 세포와 감각들이 뜨겁다고 아우성을 치자 석정은 입고 있던 드레스가 갑갑하게 느껴졌다. 숨이 턱턱 막혀 이대로 질식하지 않을까 걱정이 될 만큼 서로의 입술을 열광적으로 탐하면서 그녀는 자신을 수도원의 수녀처럼 구속하기만 하는 드레스를 벗어 버렸다.

어깨 끈을 허리 밑까지 내리자 흐물흐물한 드레스가 허리와 다리에 아슬아슬하게 걸쳐졌다. 발을 버둥거리며 드레스를 침대 밑으로 떨어트렸다.

석정은 자신에게서 떨어진 타이요우의 입술이 아쉬운 듯 그를 향해 두 팔을 벌렸다. 풀어헤친 머리카락은 그림처럼 베개 위에 흩어지고 도자기처럼 하얗고 매끄러운 피부는 남자의 갈급증을 더욱 부추겼다.

조그만 천 쪼가리 하나가 그녀의 가슴과 다리 사이를 얄궂게 가리며 타이요우더러 어서 오라고, 빨리 와 이 쓸모없는 천 쪼가리를 한번 걷어 내 보라고 유혹했다.

레드와인의 자극적인 색을 연상시킬 만큼 붉디붉은 침구 위에 누운 그녀의 모습은 한 폭의 그림이었다. 남자들을 은밀하게 꼬여 내는 춘화 같기도 하고 그들을 부끄럽게 만드는 성화같기도 한 기묘하고도 신비스러운.

석정은 타이요우를 느끼고 싶었다.

이 순간 그녀는 일생에서 가장 본능적이었다. 배워서 아는 것이 아니고 경험하여 얻는 것이 아니었다. 그저 남자를 사랑하는 여인의 본능일 뿐이었다.

석정은 애타게 타이요우를 불렀다. 그가 뜨겁게 타오르는 몸을 더 뜨겁게 만들어 주었으면 했다. 그리하여 원 없이 타다가 그와 함께 짜릿한 쾌감을 폭발시켰으면 했다.

그녀가 흐느끼며 몸을 비틀었다. 속옷이 답답한지 녹아날 듯 보드라운 천을 손으로 쥐어뜯었다.

"쉿."

석정에게 체중이 전부 실리지 않도록 주의한 타이요우는 그녀의 허벅지 위에 걸터앉은 자세로 자신의 옷을 하나둘 벗어 던졌다. 드디어 그리스 신상처럼 잘 조각되어진 그의 몸이 드러나자 석정은 숨을 훅 들이켰다.

마른 것처럼 보이지만 어깨는 넓고, 가슴팍은 도형처럼 나누어진 근육들이 보기 좋게 자리를 잡았다. 희멀건 암죽처럼 맥

없이 하얀 피부가 아니라 건강하게 생기 있는 피부를 가진 그는 대단히 아름답고 귀족적이었다.

눈부시게 밝은 황금빛 머리카락이 그의 어깨 위에 흩어지는 것을 바라보던 석정은 군살 없이 날렵한 그의 허리를 잡아끌었다. 그러자 못 이기는 척 끌려온 그가 그녀의 속옷을 머리 위로 밀어 올렸다.

두 사람은 태초의 모습 그대로 돌아갔으나 부끄러움이나 수치심 따위는 없었다.

정신이 혼미해질 정도로 아찔함을 느끼며 전신을 타고 흐르는 전율에 온몸을 비틀던 석정이 저도 모르게 타이요우의 어깨를 와락 움켜잡으면서 손톱을 박고 말았다.

"미안해요!"

지레 놀란 석정이 얼른 타이요우의 어깨에서 손을 떼며 미안해했지만 그는 곧 아무 말 없이 그녀의 손을 다시 끌어다 자신의 목을 감싸게 했다. 서로를 바라보는 시선이 점점 더 깊어졌다.

석정은 완전히 그의 손아귀에 자신의 몸을 내맡겼다. 목덜미와 어깨 부근에서 간질거리는 그녀의 손길에 자극을 받은 타이요우는 서서히 그녀의 품속으로 완전히 파고들 기회를 노리고 있었다.

솜털이 아직 남아 있는 평평한 배와 배꼽 주변을 촉촉한 혀로 간질였다. 그녀가 저도 모르게 허리를 들어 올리자 매가 먹이를 낚아채듯 날씬한 허리를 재빠르게 잡아챘다.

여성스럽게 굴곡이 난 허리와 골반에서 쭉 뻗은 다리를 지나 얇은 발목에 이르기까지 그의 혀는 기나긴 여행을 했다.

그녀는 본질적으로 정열적인 여자였다. 무대 위에서 비 오듯 땀을 쏟아 내며 춤을 추듯 그녀는 그와 함께 열정적인 춤을 추고 있었다. 들썩이는 침대와 일렁이는 이부자리, 또 그 위에서 길고 날씬한 몸을 연신 비틀어 대는 그녀는 무대 위에 서 있는 아름다운 무용수였다.

생애 처음으로 받아 보는 자극과 애무에 석정이 거의 무아지경에 이르렀다고 판단이 되자 타이요우는 굳게 오므리고 있던 그녀의 두 다리를 달래듯이 어르며 벌려 놓았다.

"타이, 타이!"

그녀는 애타게 그의 이름을 부르짖었다. 이렇게 목마름을 느끼게 하는 그가 몹시도 얄미웠다. 그가 자신을 어떻게라도 해 주었으면 했다. 반면에 타이요우는 그녀에 비해 더욱 능숙했고 여유로웠다.

물론 똑같이 흥분했고 갈급증을 느꼈지만 그는 최대한 그녀에게 충격을 주지 않기 위해 조심 또 조심하는 중이었다.

"쉿. 아플지도 모릅니다. 조금만 참아요. 아주 잠시면 고통은 빠르게 지나갈 겁니다."

타이요우가 땀에 젖은 석정의 머리를 이마 뒤로 쓸어주었다. 상체를 세운 그는 곧 닥칠 그녀의 아픔에 대해 안쓰러워했다.

그러더니 진작부터 성이 나 있던 그의 남성이 그녀의 몸 안으로 진입하기 시작했다.

"흐윽!"

석정의 입에서 비명이 터져 나오자 타이요우는 자신의 입술로 그녀의 입술을 막았다. 그녀가 내지른 비명이 그에게로 넘어왔다.

긴 시간 동안 타이요우는 석정을 가만히 내려다보았다. 그녀가 먼저 입을 열었다.

"이것으로 끝인가요?"

묘하게 실망감이 묻어나는 어조였다.

"이제 괜찮아요? 아프지 않아요?"

"음…… 그런 것 같아요."

모호한 대답이지만 타이요우는 서서히 몸을 움직이기 시작했다. 석정이 불안해하는 것을 눈치챘는지 안심하라는 뜻으로 그는 움츠린 그녀의 어깨를 쓰다듬었다.

손끝을 세워 어깨와 가슴을 따라 쭉 훑어 내리다가 어느 순간 그녀의 둔부를 자신에게 꽉 밀착시켰다.

남녀의 성관계가 고통스럽고 아프기만 하다면 다시는 하지 않을 것이라고 생각하던 석정은 그의 움직임에 조금 전과는 전혀 다른 새로운 느낌을 받았다.

"흐읏"

입술을 깨물고 소리가 새어 나가게 하지 않으려고 시도했지만 뜻대로 되지 않았다. 그녀는 본능적으로 그의 목을 끌어안았다.

몸이 흔들리고 침대가 출렁일 때마다 감았던 눈을 힘겹게 떠 보지만 석정의 눈에는 제대로 보이는 것이 아무것도 없었다. 벽지의 문양은 물에 번진 물감처럼 일그러지고 커튼을 밀치고 들어온 달빛은 온갖 비명을 지르며 사방으로 분산했다. 도무지 제정신을 유지할 수가 없었다. 꿈속을 헤엄치는 것처럼 몽롱하기만 했다.

추상화 속 한 장면처럼 방 안의 모든 것들이 제멋대로 휘어지고 굽어지며 빙빙 돌고 돌았다. 갖가지 색의 조합이 저 멀리 봄날의 아지랑이처럼 뿌옇게 공기 중으로 일어났다.

석정은 몸을 한껏 뒤로 젖혔다. 두 다리가 자연히 긴장되었고 아랫도리는 타이요우를 더욱 조여들었다. 아픔은 진즉에 사라지고 쾌감만이 남았다. 그녀는 그 쾌감을 당해 낼 재간이 없었다. 보들거리는 이불을 쥐어뜯을 것처럼 잡아당겨 보아도 발끝에서 머리끝까지 훑고 지나는 이 생경하고 강력한 느낌들을 진정시킬 수가 없었다.

결국 그녀는 더욱 타이요우에게 매달릴 수밖에 없었다. 그의 등에 얹어놓았던 손이 번들거리는 땀으로 인해 자꾸만 미끄러졌다.

빠르게 달리던 호흡이 극한으로 몰리기 시작했다. 가파르게 오르내리는 숨결이 그녀의 것인지 그의 것인지 알 수 없었다.

그리고 어느 순간 타이요우는 석정에게 자신의 모든 것을 쏟아 냈다. 경이로운 쾌감이 가장 높은 산으로 오른 것이다.

석정은 흐느꼈고 타이요우는 연신 거친 신음을 토해 냈다.

석정의 이마에 입을 맞춘 타이요우는 그녀의 목덜미에 얼굴을 묻었다. 밤은 그사이 더욱 깊어졌다.

"내가 아프게 했다면 미안해요."

석정의 몸에서 내려온 그는 늘어지듯 누웠다. 그녀를 가까이 끌어당겼다. 비스듬히 앉은 자세로 자신을 내려다보는 석정의 표정과 몸 구석구석 하나도 놓치지 않고 세심한 눈길로 살폈다.

"아팠던 건 처음뿐이었어요. 처음은 언제나 어려운 법이잖아요?"

그녀의 까만 동공이 따뜻하게 빛났다.

"잠을 좀 자야겠어요."

석정이 옆에 눕자 타이요우가 팔을 내밀어 그녀를 품에 꼭 껴안았다.

경성 공회당에서 처음 마주친 이후로 수많은 낮과 밤을 지나 실로 오랜 시간이 흘렀다. 앳된 소녀는 시간의 흐름과 함께 성숙한 여인이 되었다. 타이요우는 그녀로 인해 허기진 마음을 가득 채우게 되었다.

4장
탱고는 사랑이다

맹렬히 공격해 들어오는 아침 햇살이 괴로웠다. 베개에 얼굴을 파묻은 타이요우는 투정에 가까운 신음을 흘렸다.

한쪽 눈을 슬그머니 뜨자 밝은 햇살에 눈이 부셨다. 다시 두 눈을 질끈 감고는 이불을 머리끝까지 뒤집어썼다. 그 모습이 마치 누에고치처럼 보였다.

팔 하나만 이불 밖으로 꺼내 석정을 찾아 휘휘 내저었다.

"커피를 좀 드릴까요?"

커튼을 활짝 젖힌 석정이 용케도 그의 팔을 비켜가며 물었다.

"호시가 주는 것이라면 뭐든 상관없어요."

여전히 이불 속에서 뒹굴거리며 타이요우가 웅얼거렸다.

석정은 탁자 위에 미리 준비해 둔 커피에 설탕을 떨어트렸다.

라벤더 무늬가 새겨진 도자기 찻잔 안의 검은 물이 잔잔한 파장을 일으켰다. 그녀는 티스푼으로 설탕을 섞은 다음 커피 잔을 들고 타이요우에게 다가갔다.

"설탕을 얼마나 타야 할지 몰라 제 취향대로 넣었는데 어떨지 모르겠어요."

그제야 타이요우가 몸을 느릿하게 일으켜 앉았다. 그 모습이 나무늘보처럼 나른하게 보였다. 커피 향을 깊이 들이마신 그가 만족한 표정으로 빙그레 웃었다.

습관처럼 몸에 밴 우아한 동작으로 커피를 마시는 그를 말없이 바라보던 석정이 갑자기 얼굴을 붉혔다.

전라의 몸을 얇은 이불로 간신히 가리고 앉아 있는 그의 모습이 전날 밤의 정사를 떠올리게 만들었다. 괜스레 쑥스러워진 그녀가 고개를 슬며시 돌렸다.

"잠깐 앉아 봐요."

빈 잔을 건네면서 타이요우가 자신의 옆자리를 가리켰다. 달아오른 석정의 얼굴을 보지 못한 척 태연하게 굴었다. 그녀가 쭈뼛거리면서 침대 끄트머리에 걸터앉자 좀 더 가까이 오라며 끌어당겼다. 붉어진 얼굴을 들키지 않으려고 그녀가 등을 보이며 앉았다. 타이요우는 석정의 등을 자신의 품 안에 가두었다.

"호시에게선 아주 좋은 향기가 나요."

그는 그녀의 목에 코를 묻고 킁킁거리는 시늉을 했다. 간질간질한 느낌에 석정이 '풋' 웃음을 터트렸다. 그의 행동이 마치 경성 본가에서 키우던 삽살개와 같았다.

외출에서 돌아온 그녀가 솟을대문을 지나 마당으로 들어설 때면 털이 복슬복슬하게 난 녀석이 반가운 듯 '컹컹' 짖으며 달려 나왔다. 그녀의 발목을 감싼 흰 양말과 까만 구두에 코를 박고 킁킁거리던 작은 짐승의 모습이 떠오르자 금세 기분이 좋아졌다.

"당신에게서도 좋은 향이 나는걸요. 매일매일 맡을 수 있다면 얼마나 좋을까요?"

"앞으로 그렇게 될 겁니다."

바로 직전의 밝은 목소리와 대비되는 비장함이 그에게서 느껴졌다. 무슨 생각을 하고 있는지 그의 표정을 살피기 위해 석정이 고개를 돌렸다. 하지만 타이요우가 그녀의 머리를 턱으로 지그시 누르는 바람에 뜻대로 되지 않았다.

"공연이 끝나면 뭐할 겁니까?"

"글쎄요. 당신은요?"

"회사에 나가봤다가 아버님을 뵈려고요. 그래서 말인데 오늘 공연은 보지 못할 것 같습니다."

편하게 그의 품에 기대어 있던 석정의 몸이 뻣뻣해졌다. 놓기 싫어하는 타이요우의 손을 억지로 풀고 일어난 그녀는 그와의 거리를 확보했다. 사뭇 심각한 분위기의 타이요우를 보며 석정은 복잡한 표정으로 두 손을 맞잡았다.

"두 분이 무슨 대화를 나누시려는 거죠? 아니, 부자간에 대화를 나누는 것이 그리 이상한 일은 아닙니다만……."

"그대를 아내로 맞이할 겁니다."

석정이 말을 다 끝마치기도 전에 그는 자신의 의중을 단호하게 전달했다. 그러자 몸을 홱 돌린 석정이 방 안을 서성거리기 시작했다. 그녀는 매우 당황한 것처럼 보였다.

바지를 서둘러 챙겨 입은 타이요우가 석정에게 황급히 다가갔다. 그녀는 자신을 향해 내미는 그의 손을 매섭게 쳐냈다. 스스로도 놀랐는지 그의 손을 멍하니 바라봤다. 이내 고개를 설레설레 흔들었다. 그녀의 모습이 어딘가 모르게 불안정했다.

"나를 봐요."

타이요우가 그녀를 돌려세웠다.

"왜 그래요? 두려운 거예요?"

그는 벌써부터 그녀의 눈에 깃든 혼합된 감정들을 읽어냈다. 초조함과 불안함을 포함한 죄책감, 이율배반적이게도 떨리는 기대 심리까지 석정의 까만 눈은 모든 것들을 고스란히 드러내고 있었다.

"두렵냐고요? 아니요, 그렇지 않아요. 하지만 어쩌면 두려운 건지도 모르죠. 아니지, 아니야, 그저 행복할 뿐이에요. 그러나 또한 죄스러운 마음을 가눌 수가 없어요. 그러니까, 사실은 저도 제 감정을 잘 모르겠어요. 정말로요…… 우리 오라버니는 제게 실망하실지도 몰라요."

"석정 양이 나와 함께 있어 행복하다면 만족해할 겁니다. 그것이야말로 누이를 아끼는 모든 오라비들의 바람 아닌가요?"

"하지만."

"일본의 조선 침략은 국가적인 정책의 문제지만 사랑은 우리 개인의 문제예요."

"역사는 과연 저를 어떻게 표현할까요?"

"조선인 최초의 신무용가이자 도쿄를 사로잡은 아름다운 무용수로 기억이 될 겁니다. 석정 양은 조선인 최고의 예술가니까요. 일본인의 핏줄을 받은 남자를 사랑한 죄로 한동안 지탄을 받겠지만 결국 조선 민중의 자부심이 될 테니 내 말을 믿어요. 내 심미안은 언제나 정확하니까요."

다소 과장된 타이요우의 찬사도 그녀의 마음을 편하게 만들지 못했다.

"하지만 일본인과 결혼한 친일파로도 기억되겠죠. 아버지도 친일파이고 자식인 저도 친일 무용수로 두고두고 회자될 거예요."

타이요우는 가지런하게 빗겨진 석정의 머리를 내려다보았다.

그는 일본과 영국을 교차하는 어느 지점에 서 있었다. 순혈의 일본인들이 그를 이방인으로 본들 어떠랴. 순수 앵글로색슨족들이 그를 이방인으로 본들 그 또한 어떠랴. 어디에도 속할 수 없으나 어디에도 속할 수 있지 않은가.

마음먹기에 따라 일본인이고자 한다면 일본인인 것이고 영국인이고자 한다면 그 또한 영국인이기도 했다. 그리고 그는 스스로 일본인이기를 부정했다.

그러한 사실을 석정에게 이해시키고 싶었다. 그러나 타이요우는 그것이 부질없음을 깨달았다. 그가 아는 조선인들이란 자기들만의 틀 안에서 삶의 방식과 가치관, 모습마저 동일한 이들끼리만 살아온 민족이었다. 석정의 남자가 자신인 이상 그들에게 석정은 양코배기와 결혼한 이상한 여자로도 민족을 배반하고 일본인과 결혼한 친일파로도 보일 것이다.

"당신의 아버지는요? 과연 우리를 가만히 둘까요? 어제 당신 아버지를 뵈었어요. 우리 둘을 갈라놓기 위해서라면 어떤 행동도 마다하지 않을 분이세요."

석정이 타이요우를 밀어내며 성마르게 말했다. 바위처럼 버티고 선 타이요우는 밀려나기는커녕 그녀를 와락 껴안았다.

"사랑은 모든 멸시와, 편견, 안위를 위협하는 협박조차도 무시할 수 있는 유일한 힘을 가진 감정이 아닙니까. 그런 사실을 깨달았기에 우리에게 지난밤이 존재할 수 있었던 겁니다. 이제와 그 힘을 부정하는 겁니까?"

"아니요. 그런 것이 아니에요. 그저 알면서도, 제가 제 감정을 어찌할 수 없어 결국 당신 품에 매달리게 될 것이라는 것을 알면서도 불안함을 떨칠 수가 없어요. 당신의 여자가 된다는 생각을 하면 몹시도 행복해요. 너무 행복해서 미칠 것처럼 두려운 걸요. 당신을 사랑하지만, 당신의 옆자리를 온전히 제 것으로 하고 싶지만! 당신을 감싸고 있는 주변의 모든 것들이 저를 두렵게 만들어요. 또한 저를 감싸고 있는 것들 역시 저로 하여금 죄책감을 들도록 만들죠."

석정이 중얼거렸다. 철옹성 같은 가슴을 뚫고 타이요우의 심장소리가 그녀의 귀에까지 오롯이 들렸다.

"나를 사랑하나요?"

별안간 타이요우가 물었다. 석정은 그가 새삼 물어보는 이유를 알 수 없었다.

"그럼요. 전 당신을 사랑한답니다. 놓칠 수 없어요."

"그럼 그것만 생각해요. 우리는 좀 더 뻔뻔해질 수밖에 없어요. 남들 이목을 따질 줄 알고 체면을 차릴 줄 알았다면 혹은 그대가 나라와 민족을 위한 대의에 좀 더 투철한 여인이었다면 우리의 관계가 이토록 깊어지지는 않았을 겁니다. 허나 이미 이렇게 되어 버린 걸 어떻게 할까요? 그대는 숭고한 민족 지도자나 열사가 될 만한 여인이 아니고 나 역시 내 아버지의 기대를 채워 줄 만한 아들이 아닌 겁니다. 우리는 본능에 충실할 뿐인 한낱 범인에 불과하니까요."

타이요우의 가슴을 두드리며 억지로 밀어낸 석정이 어떻게 그런 말을 할 수 있느냐는 표정으로 그를 쳐다보았다.

"민족의 지도자나 열사가 아니라도 지키지 못한 나라에 대한 죄스러움은 충분히 느낄 수 있는 것 아닌가요? 설사 저처럼 친일 인사의 자식이면서 일본인을 사랑한 여자라도 말이죠."

"내 말을 오해했군요. 대다수 사람들 역시 그대가 느끼는 시대의 불운함이나 아픔을 고스란히 느끼지만 그에 앞서 자신의 본능과 삶에 더 매달리게 되어 있다는 걸 말하는 겁니다. 마음 상하라고 한 말이 아니에요."

달래는 말에도 불구하고 석정은 표정을 풀지 않았다. 그녀의 시선에 개의치 않고 타이요우는 말을 마저 이었다.

"개인의 영달을 희생하고서라도 나라와 민족을 위한 삶을 살아가겠다는 결심은 아무나 가질 수 있는 것이 아니에요. 그런 사람들이 아마도 지도자적 삶을 위해 숙명을 안고 태어난 사람들이라면 우리 같은 범인들은 시대를 한탄하면서도 이처럼 사랑에 뼈아파하고 고민하며 결국 자신이 제일 원하는 대로 선택을 할 수밖에 없어요. 그것이 다수의 사람들이 사는 방식입니다. 우리는 그 틀에서 벗어날 만큼 특별한 사람들이 아니에요. 그저 사랑을 하고 그 사랑에 목맬 뿐이죠."

"제가 가장 잘할 수 있는 일로 일본 사람들 위에 서고 싶었어요. 저는 총을 잡을 줄도, 폭탄을 던질 줄도, 누군가를 깨우쳐 줄 만큼 지성적이지도 않으니까요. 춤은 저의 가장 강력한 무기예요. 그것이 조선인을 핍박하고 저를 핍박했던 일본 땅에 남아 있을 확고한 명분이 되어 주었죠. 하지만 우리 사랑에는 명분이 없어요. 명분이 없으니 이해받지 못할 테죠. 이해받지 못하면 배척당할 테고요. 그것이 저를 슬프게 해요."

"그대의 나라가 느끼는 아픔에 함께 슬퍼해요. 그대의 동포들이 느끼는 분노에 공분하도록 해요. 그러나 내 곁에 있는 그대 자신에 대해서는 어떤 불안과 두려움, 죄책감 따위도 느끼지 말아요. 세상을 사는 많은 이들은 사랑을 하기 마련이죠. 인종과 나이를 불문하고 말입니다. 사랑이란 너무나도 막무가내라서 가장 좋은 조건으로 아름답게 포장된 것을 찾아 서로 연결시켜 주기보다는 때때로 풀기 어려울 정도로 운명의 실타래를 꼬아서 멀리 떨어져 있던 이들을 서로 이어 놓기도 하니까요. 그처럼 사랑은 원래 명분이 없어요. 그러니 아주 잠시만 얄궂은 운명을 원망하고 그대를 괴롭히던 죄책감과 두려움을 내다 버려요. 결국 그대는 내 곁에 있게 될 테니까요. 아무리 두려워해도, 되돌리려 해도, 올바른 양심의 소리에 괴로워해도 이제는 어쩔 수 없는 일입니다. 사랑이란 본디 그러한 것이니까."

괴변이라면 괴변이었다.

우리 같은 사람들은 한낱 사랑밖에 할 줄 모르니 주어진 본능에 따라 살면 그만이라는 뜻이 아닌가.

모든 일에는 원인과 결과가 따르기 마련인데 사람의 감정, 특히 사랑이라는 감정에 대해서만은 그것이 본디 그러한 것이 아니냐며 어물어물 넘어가려고 하니 말이다.

인간이 무엇 때문에 인간인가. 선을 그을 줄 알기에 인간이다. 넘어야 할 선, 넘지 말아야 할 선을 이성의 통제하에 판단하여 행하는 것이 인간이었다.

"이성이 내게서 점점 떠나가고 있어요. 적어도 인간이라면 기본적으로 고려해야 할 것들 마저 가늠하지 못할 지경이에요. 이런 사랑은 과연 우리에게 독인가요, 아니면 복인가요?"

석정은 밤사이 빨아서 말려놓은 셔츠를 내밀었다.

"사랑은 그저 사랑이지요. 아무것도 생각지 못하고 아무것도 행하지 못하고 사랑 이외에 다른 무엇도 내 안에 자리 잡지 못해요. 허니 사랑은 그저 사랑일 뿐이죠. 내게 있어서 그것은 고민거리도, 논쟁거리도 될 수 없어요."

타이요우가 셔츠를 좌악— 펼쳐들고 팔을 끼워 넣었다. 빳빳하게 다려진 깃 밑에 단추부터 빈틈없이 채우며 그녀의 물음에 답하는 목소리가 단호하기만 했다.

그의 말이 맞다.

장롱 문을 열고 타이요우의 양복 윗도리를 꺼내면서 석정은 내심으로 동조했다. 밤낮을 고민해도 늘 답은 같았다. 사랑으로 가는 길에 온갖 모순과 고난이 기다리고 있다 하더라도 '사랑은 그저 사랑일 뿐이다'로 끝나는 답은 변함이 없었다.

갑자기 타이요우의 양복 윗도리에서 무언가 묵직한 것이 떨어졌다. 그것은 그가 항상 상의 안주머니에 넣고 다니던 책으로 조선의 시인인 한수린의 시집 번역본이었다.

연(戀)

질기고 질겨 아니 끊어지는 마음.

얽히고설킨 실타래처럼
풀어도, 풀어도 아니 풀어지는 마음.
내 몸에 달라붙어 숨이 차도록 도망하여도
아니 떨어지는 그림자처럼
이 가슴에 달라붙어
떨어져라, 떨어져라 노래하여도 아니 떨어지는 그 마음일런
가.

사랑이라는 늪에 빠져 정신없이 허우적거리는 자신의 모습을 너무나도 닮은 제목과 내용이라고 생각했다.

"한수린의 시를 좋아하세요?"

"매혹적이죠."

"여학교 시절 친한 동무가 한수린의 시를 이질적이라고 말한 적이 있어요."

시집을 주운 석정이 겉 표면을 털어 타이요우에게 건넸다.

"왜 그렇게 말했을까요? 조선인들은 한수린을 사랑하던데요."

타이요우가 물었다. 석정이 어깨를 으쓱이며 심상한 투로 대답했다.

"그녀가 말하는 사랑은 비현실적으로 아름답다고요. 환상적인 언어로 풀어내는 그녀의 시적 감성들이 암흑기를 사는 조선이라든가 침략전쟁을 일삼는 일본의 야만적인 현재와 대비되어 읽는 이의 현실감각을 무뎌지게 만든다고 말이죠."

거울 앞에 서서 옷매무새를 다듬은 타이요우는 시집을 다시 양복 안주머니에 넣었다.

"그래서 한수린의 시가 마약처럼 느껴진 다나요? 현실을 회피할 수 있는 좋은 도구라고 말이에요. 자꾸 보게 만드는 아주 매혹적이나 거짓말투성이의 것들…… 훗. 그 아이야말로 시를 썼으면 아주 잘 썼을 거예요."

동무의 말에 일부 동조하기도 했었다. 한창 치기어린 나이라 사랑한다는 것에 대한 허무함을 떨쳐내기 힘들었다. 초옥을 잃고 울던 정일이나 아버지가 새로 들인 기생 첩 때문에 하 세월 근심과 눈물바람이던 이 여사로 인해 사랑을 향한 비틀린 시선이 한수린의 시들을 보면 볼수록 더욱 강해졌다. 현실에 위배되는 아름다운 것을 향한 반발심처럼.

단지 언어유희에 지나지 않는 것이 어리석은 이들을 농락하고 현혹하는 것이라 생각했다. 삶의 고단함과 무의미함을 글자 몇 개에 의지하여 위로를 받고자 하는 나약한 인간들이라고 비웃었다.

그때는 정말 그랬었다.

"그나저나 한수린의 책들은 모두 금서(禁書)로 지정되어 있지 않나요? 그녀가 쓴 것은 연시(聯詩)뿐이 아니니까요. 그녀의 연시에 대해선 다소 의아함이 있긴 했어도 민족의 계몽을 끊임없이 외치던 여걸중의 여걸이라는 점은 부정할 수 없는 사실이

죠. 그녀는 제 오라버니처럼 감시를 받고 있는 인물들 중 하나
예요."

"본래 하지 말라면 더 하고 싶은 것이 사람의 마음 아닙니
까?"

타이요우가 한쪽 눈을 장난스럽게 찡긋거렸다.

"점점 더 한수린의 시가 좋아집니다. 사랑의 존재는 있을 수
도 있겠다, 인정하면서도 그러한 감정이 갖는 지속력에 대해서
는 회의적이었죠. 그래서 영원한 사랑을 노래하는 한수린이 싫
었습니다. 헌데 이제는 그렇지 않아요. 호시, 그대를 향한 내 사
랑을 확인하면서부터 말이죠. 한수린의 연시가 조선의 참담함
을 보았을 때 지나치게 비현실적이라고 생각할 수도 있겠지만
아니에요, 아닙니다. 우리의 사랑을 보면 충분히 현실적인 이야
기일 수도 있어요. 이러한 상실의 시대에도…… 투쟁의 시대에
도…… 우리와 같은 사랑은 존재하는 법이니까요. 그게 바로 사
람이 사는 곳이죠. 사람은 이성뿐만 아니라 감성도 가지고 태어
났음을 잊지 말아요."

타이요우가 방문을 열고 나가자 석정이 뒤를 따랐다. 계단을
내려가자 이층을 향해 기웃거리던 순옥이 후다닥 부엌으로 내
달리는 소리가 들렸다.

"아침 드시고 가세요. 저 애가 열심히 차렸어요."

부엌을 그대로 지나쳐 현관으로 가는 타이요우를 향해 석정

이 청했다.

"아침 일찍 회의가 있다는 것을 깜박 했습니다. 지금 바로 가야지만 늦지 않게 회사에 도착 할 것 같아요. 먹은 셈 치겠습니다. 그보다 플로리다 홀이라고 들어봤는지 모르겠군요."

"플로리다 홀이요?"

"얼마 전에 새로 생긴 댄스홀이에요. 최근 생긴 댄스홀 중에 가장 세련됐죠. 그곳에 가면 탱고를 들을 수 있어요."

"탱고요?"

석정이 호기심으로 눈을 동그랗게 떴다.

"나란 사람하고 가장 잘 어울리는 춤이죠. 끈쩍하고 이상야릇하고 야성적이면서도……."

잠시 말을 멈춘 타이요우가 몸을 구부정하게 숙인 후 석정의 귀에 대고 비밀스럽게 속삭였다.

"솔직하죠."

스치듯 그녀의 볼에 그의 입술이 닿았다.

"공연이 끝나면 나와 같이 가지 않겠어요?"

공연히 목이 메여 고개만 끄덕이는 석정이다.

"모시러 가죠, 레이디."

마당을 가로질러 대문까지 다다르자 타이요우가 석정을 돌아보았다.

"그대를 사랑하다 보니 한수린의 시들이 더욱 진실처럼 내게 다가오고 있어요. 어쩌면 나는 그녀가 노래하는 모든 낭만들이

내 인생에 현실로 나타나기를 여러 번 꿈을 꾸었는지 모릅니다. 아무도 모르는 은밀한 이야기지만요. 과연 저 멀리 어딘가에서 그러한 것들이 정말로 존재할까 의심하면서도 말이죠."

그의 말이 진지하면서도 다정스러웠다. 석정은 가슴 아래에서부터 무언가 벅차게 차오르는 것을 뜨끈하게 느꼈다.

내일이 다시 오지 않을 것처럼 열렬하게 사랑하고 싶었다.

*   *   *

무릎을 꿇고 앉은 타이요우 앞에 일본도가 던져졌다. 정갈하다 못해 자칫 단조로워 보이는 널찍한 다다미방에 꿇어 앉아 벌을 선 것이 벌써 몇 시간째. 일본의 전통 양식으로 꾸며진 방은 으리으리한 서양식 저택과 도무지 어울리지 않았다.

요시히로가 냉한 눈길로 일본도를 내려다보았다.

시퍼렇게 날이 선 그것은 집안 대대로 내려오면서 수많은 망자의 피를 흠뻑 들이마신 상태였다. 격자무늬 창을 뚫고 들어온 햇빛을 받아 칼끝이 번뜩이며 위협적인 빛을 내었다.

쇳덩이 전체에 흐르는 윤기는 유구한 세월 동안 따뜻한 피를 충분히 빨아들인 포만감을 그대로 드러냈다.

고얀 놈. 눈도 하나 깜빡하지 않는구나.

가지고 있는 잔인성만큼이나 아름답게 휘어진 칼을 타이요우는 무감한 눈길로 응시했다. 그의 담담한 태도가 요시히로를 분노하기보다 불편하게 만들었다.

아들이건만 아들이 아닌 것 같았다. 이만큼 자랄 때까지 지켜
보았지만 때때로 자신이 과연 저 아이의 아버지일까, 저 아이가
과연 나를 아비로 생각하고 있나 하는 의문은 그를 괴롭혔다.

여느 집 아들들처럼 아버지에게 순종적이지도 않지만 그렇
다고 대놓고 불만을 표시하며 반항한 적도 없는 아들이었다. 속
을 알 수 없으니 아들이어도 내 아들이 아닌 것 같은 거리감이
드는 것은 어찌 보면 당연한 것이었다.

그런 아들이 딴에는 처음으로 제 속을 드러냈건만 하필이면
되도 않은 싸구려 애정사일 줄이야.

그는 마침내 최후통첩을 하기로 했다.

"죽을 수도 있느냐?"

흐트러짐 없이 오랜 시간 같은 자세를 유지하고 있는 타이요
우를 향해 요시히로가 물었다.

"답을 해봐. 네가 말하는 그 사랑이라는 것 말이다. 네 목숨보
다 중한 것이냐?"

그림자를 길게 드리운 타이요우의 눈썹이 들쳐졌다가 다시
내려왔다.

"심장을 도려내 드리겠습니다. 허면 믿으시겠습니까?"

칼을 잡은 타이요우가 되잡아 물었다.

"애비 간을 꺼내 씹어 먹을 녀석이 아닌가. 네놈 심장, 네놈
사랑타령보다 중한 것이 우리가 누리는 '이치카와'란 성이다.

아무나 쓸 수 있는 성이 아니란 말이다. 헌데 누구들 들여? 네놈 창자가 뒤집혀도 한참을 뒤집혔구나."

"그녀를 포기할 수는 없습니다. 아내로 맞을 것입니다."

"네놈이 나와 가문을 허수로 보는 게지."

"허락을 받고자 함이 아닙니다. 그저 말씀을 드리는 것뿐입니다."

"사랑이 무엇이냐? 돈도 명예도 가족도 모두 필요 없는 것이 사랑이냐?"

타이요우는 되묻고 싶었다.

당신의 사랑은 무엇입니까? 매일 밤 바뀌는 것이 사랑입니까? 평생 아껴주마 약속해 놓고 하루하루 시들어가게 만드는 무심함이 당신의 사랑입니까?

싸하게 바라보는 아들의 시선이 의미심장하게 다가왔다. 요시히로는 저도 모르게 움찔거렸다.

"제가 아는 사랑은 영원불변하는 것입니다. 한번 잡은 손을 죽을 때까지 놓지 않아야 비로소 진정 사랑하였노라 말할 수 있을 것입니다. 아버님은 그리 말씀하실 수 있으십니까?"

요시히로는 앤의 얼굴을 떠올렸다. 자신을 향한 질책이 명백한 아들의 답변에 분노했다. 얄팍한 사랑 놀음에서 헤어 나오지 못하는 감상적인 아들을 비웃었다.

"나 역시 젊을 적에는 깨나 감상적이고 열정적이었다만 사랑이란 것은 한여름 뜨거운 허깨비와도 같은 것이다. 사내의 마음이란 자신의 몸을 데워주는 여인이라면 누구에게라도 홀릴 수 있으나 또한 한겨울 살얼음처럼 잔인하도록 차갑기도 해야 하지. 네놈 하기에 따라서는 세상 모든 여인을 네 것으로 만들 수도 있다. 앞으로 네가 얻을 것들이 그것을 가능하도록 할 것이야. 욕심나지 않느냐?"

"아버님은 단지 그것만으로 만족하십니까?"

"무슨 말을 하고 싶은 게야?"

"어머니는 젊은 평생을 외로워하셨습니다. 말씀하신 한여름 허깨비 같은 사랑에 사로잡힌 탓으로 일평생 다른 여인들을 곁도는 아버님의 뒷모습만 바라보셨습니다. 저는 아버님처럼 제 마음을 싸구려로 굴릴 생각이 없습니다. 세상 어느 것보다도 비싼 것이 저의 마음이요, 제 여인의 마음입니다. 허니 제가 사랑하는 여자를 위해서라면 어떤 것도 아깝지 않을 것입니다. 늙어 죽을 때까지 잡고 가야할 여인의 손이 그만한 값어치는 해야지요."

"네놈이 아비를 어찌 보기에!"

분통을 터트리는 요시히로의 눈빛이 전에 없을 만큼 포악해졌다. 아들의 비난이 부당하다 생각되었다. 대부분의 여인들이 앤과 같은 삶을 살았다. 그녀들은 남편의 부와 권력을 이용해 일신의 영화를 누리되 순종해 왔다. 그것이 무엇이 그리 잘못되었단 말인가.

사내란 그런 법이지.

사내에게 여인을 향한 단심을 기대한다는 것은 그다지 합리적이지 못한 요구다. 모름지기 그들에게는 정복욕과 종족보존의 본능이 아주 짙게 스며들어 있기 마련이다.

그것이 태고적부터 타고난 습성이건만 마치 커다란 죄악이라도 되는 듯 유난을 떨며 홀로 고고한 척 태를 내는 거만한 아들놈이 가소로웠다.

칼을 잡은 타이요우의 손에 힘이 들어갔다. 사랑을 증명하기 위해서라면 이 자리에서 당장이라도 제 목숨 하나 아깝지 아니하게 초연히 내버릴 수 있다고 그만큼 내 사랑, 내 감정, 내 마음은 진심이라고, 그렇지 못한 상대를 향한 무언의 조롱이요, 선언인 셈이었다.

짧은 순간 그가 정말로 제 목을 향해 칼을 들이대지 않을까 염려스러운 눈길을 보낸 요시히로의 얼굴이 다시금 딱딱하게 굳어졌다.

"사랑이 아무것도 아니라던 네 말은 거짓이구나. 너는 약속을 지키지 않았다. 앞으로도 지킬 생각이 없겠구나?"

더 이상의 대화가 무의미했다.

타이요우가 굽혔던 무릎을 피고 일어섰다.

"약속을 깬 것은 내가 아니라 너다. 허니 이에 대한 책임 또한 네게 있음을 잊지 마라."

창가에 선 요시히로는 정원을 손질하는 정원사의 모습을 감정 없는 눈길로 내려다보았다.

고요함이 느껴지는 메마른 음성이었다.

첫날 공연에 이어 이틀째 공연도 매진이었다. 석정의 재능은 우아함, 정확성, 개성, 성숙미 등으로 귀결되었다. 커튼콜은 끝이 나지 않을 것처럼 이어졌고 청중의 박수는 공회당의 지붕을 뚫을 것처럼 열광적이었다. 무대에서 대기실까지 이어지는 복도는 그녀를 한번 보고자 하는 팬들로 성시를 이루었다.

석정은 하룻밤 사이에 그야말로 빛나는 스타가 되어 있었다. 수많은 일간지가 그녀의 매혹적인 춤사위를 찬양하고 까다롭기 그지없는 비평가들조차 새로 등장한 무용수를 향해 호의를 감추지 않았다.

천부적인 재능을 발한 그녀의 공연은 타이요우와의 자극적인 염문설이 더해져 흥행가도를 예고했다. 벌써부터 밀려드는 지방 순회공연이나 해외 공연에 대한 문의들이 미하로를 만족스럽게 했다.

조선 반도에서 온 미모의 천재 무용수와, 감히 우러러 볼 수 없는 이치카와 님의 사랑!

욕망의 끝은 과연 천국일런가, 지옥일런가!

세기를 달군 매혹적인 불륜! 무라카미 가문 영애의 향방은?!

신문들은 제목의 수위를 자극적으로 높였고 사람들은 남의 사생활을 염탐하면서도 재능 있는 무용수의 등장에 흥미로워했다.

석정이 공회당 밖으로 나오자 기자들이 구름같이 몰리며 사진기를 들이밀었다. 공회당 직원이 막무가내로 달려드는 기자들을 일일이 떼어 놓았지만 역부족이었다. 사방에서 터지는 플래시 불빛과 오만가지의 질문들이 쏟아지는 통에 정신이 없었다.

"신무용가 최승희 이후, 도쿄 공회당에서 공연한 조선인은 모석정 양이 처음입니다. 감회가 어떻습니까?"

"스승인 가스카노 미하로 상께 한 말씀만 해 주십시오!"

"조선에서의 공연은 계획되어 있습니까? 최승희 상이 조선의 전통 무용을 새롭게 해석하는 작업을 진행하는 중입니다. 모석정 양은 어떻게 생각하십니까? 혹시 비슷한 계획을 가지고 계십니까?!"

석정이 한발자국씩 움직일 때마다 기자들도 그만큼 주춤거리며 뒤로 물러났다.

그중 한 기자의 질문이 석정의 발목을 잡았다.

"이치카와 상과는 어떻게 되시는 겁니까? 알려진 대로라면 그는 석정 양과 먼저 약혼을 했음에도 불구하고 다시 무라카미 양과 약혼을 했는데요, 이에 대해서 어떤 입장을 가지고 계십니까? 팬들을 위해 한 말씀 해 주시죠!"

꾸역꾸역 몰려드는 사람들을 밀어내며 걷던 석정은 질문을 한 기자를 돌아보았다. 입은 웃고 있으나 눈은 당혹감으로 미미하게 떨렸다.

"그 일에 대해서는 지금 당장 드릴 말씀이 없습니다. 나중에 기회를 봐서 말씀을 드릴 수 있다면 그때 답을 하도록 하겠습니다."

얼굴에 걸친 당혹감을 재빨리 걷어내고 활짝 웃었다. 도로변까지 기자들을 꿋꿋이 밀치고 나아갔다. 기자들은 자꾸만 달려들었고 그녀는 짜증을 내보이지 않기 위해 더 크게 웃었다. 얼굴에 경련이 일어날 것만 같았다.

타이요우를 태운 차가 도로변에 매끄럽게 정차했다. 직접 차를 몰고 왔는지 그가 운전석에서 내렸다. 잠시 기자들 사이에서 소란이 일어나는가 싶더니 플래시 불빛이 일제히 타이요우를 향했다.

익숙한 일이라는 듯 타이요우가 사진기를 향해 잠시 자세를 취했다. 멀뚱히 서 있는 석정을 향해 손을 내밀었다.

"대체 무슨 생각이면 기자들 앞에서 그럴 수가 있나요?"

달음박질을 하며 따라오는 기자들을 남겨두고 차가 출발하자 석정이 샐쭉해져서 물었다.

"데리러 오겠다고 말했잖아요."

타이요우는 운전대를 잡지 않은 손으로 은근슬쩍 석정의 손을 잡았다. 온기가 혈관을 타고 올라왔다. 흘깃 그에게 잡힌 손을 내려다본 석정이 차창을 반쯤 내렸다. 시원한 밤공기가 흘러

들어왔다.

"마치 선전포고 같잖아요. 해결된 건 아무것도 없는데 말이
에요."

"해결된 것이 왜 없어요? 서로의 마음을 알았잖아요."

"당신은 아직 파혼조차 하지 않았어요."

"신경 쓰입니까? 질투 나요?"

미소를 짓는 타이요우다. 석정은 습기 찬 불볕더위 속에 혼자
서만 싱그러웠던 그의 미소를 기억해냈다. 그 미소에 죽을 것처
럼 설레었었다. 그리고 지금도 여전히 그랬다.

경성, 미쓰코시 오복점, 조선인 형사들, 모자, 클로슈 모자.
빙수, 빙수의 여신…… 나타샤.

별안간 웃음이 터져 나왔다.

"왜 웃어요?"

타이요우가 물었다. 그가 자동차 속도를 올렸다. 춘야의 봄
바람이 살랑였다. 석정은 나부끼는 머리카락을 손으로 감쌌다.

"그냥요. 빙수의 여신은 잘 있을까요? 그녀의 꿀벌이 지금 내
게 사로잡혀 있는데 말이죠."

"빙수의 여신이라니! 내가 정말 그렇게 말했어요? 얼마나 유
치한지."

고개를 내젓는 타이요우의 모습이 익살스러웠다.

"원래 유치함을 멋으로 아는 사람들이 있죠."

한동안 침묵한 석정이 다시 입을 열었다.

"그런데 당신은 정말로…… 멋졌어요."

끼이익! 차가 급정거를 했다. 타이요우가 석정을 돌아보았다. 그녀는 머리카락을 감싸던 손을 스르르 떨어트렸다. 괜스레 입안이 바짝 말랐다. 혀끝으로 입술을 적셨다.

"어쩌죠? 오늘 밤 나는 더 멋질 건데……."

말을 은근하게 흐린 그가 석정의 눈을 주시했다. 씩 웃으며 나른히 뒷말을 이었다.

"클럽 플로리다에 온 걸 환영합니다. 마이 레이디."

홀린 듯 타이요우에게서 눈을 떼지 못한 석정이 마른침을 삼켰다.

*   *   *

클럽 플로리다의 정문을 지키던 보이가 달려와 차 문을 열어주었다. 보이는 메기처럼 커다란 입을 헤벌쭉 벌리고 웃었다. 검고 왜소한 얼굴에 유독 치아만 하얗게 빛났다.

"어서 오십쇼! 클럽 플로리다입니다!"

혈기왕성한 보이는 무엇이 그리도 신나는지 목청껏 소리를 내질렀다.

타이요우가 운전석에서 내려 차키를 던져 주자 몸을 둥글게 말아 '감사합니다!' 라며 또다시 힘껏 소리를 질렀다.

클럽 앞, 대로변으로 고급 자가용들이 끊임없이 미끄러졌다.

그때마다 보이들은 누구의 목소리가 제일 큰지 내기라도 하는 모양으로 저마다 고함들을 치며 손님을 맞이했다.

도쿄 내에 거주하는 많은 외국인들과 고관들은 물론 인력거를 타고 온 유학생들과 게이샤에 이르기까지 클럽으로 들어가는 입구는 사교댄스를 즐기기 위한 손님들로 장사진이었다.

건물의 외벽을 장식한 총천연색의 조명들을 멍하니 바라보던 석정의 입술이 벌어졌다.

서로 먼저 입장하겠다고 다투는 사람들과 거나하게 취한 채로 비틀거리며 나오는 취객들이 한데 섞여 흥청거리는 모습이 만화경 속처럼 모호하고 어지러웠다.

문 앞에서 표를 팔던 매표원이 타이요우를 알아보고 그들에게 다가왔다.

줄을 서서 기다리던 사람들의 원성이 쏟아졌다. 매표원은 들고 있던 표 뭉치 중 한 움큼을 타이요우에게 건넸다. 아무렇지도 않게 그 많은 표를 받아 값을 치르는 타이요우를 석정이 이상한 듯 쳐다보았다.

"입장표를 그렇게나 많이 사나요? 겨우 둘뿐이잖아요."

모르는 소리라는 듯 매표원이 손사래를 치며 거들먹거렸다.

"아이구, 아가씨. 우리 댄스홀은 입장표 같은 거 안 받습니다. 클럽 플로리다는 누구에게나 개방된 자유로운 곳이거든요."

고개를 갸웃거리는 석정을 보며 실긋 웃은 타이요우가 그녀의 손을 잡아끌었다. 매표원이 차례를 기다리던 사람들을 헤치고 그들을 우선적으로 입장시켜 주었다.

진한 담배 연기와 조각난 채 사방으로 흩어지는 선명한 빛들, 빛들을 받치는 어둑한 실내. 사람들이 흘리는 열기와 땀, 공기 중으로 야금야금 증발해 버린 글라스 속의 술. 그로 인해 습해져 버린 공기, 웃음과 고함. 소곤거리는 소리와 와자지껄하게 떠드는 소리. 그리고 음악. 그리고 춤.

모든 풍경이 껌벅거리는 석정의 눈 속으로 급하게 밀려들었다. 급사가 재빨리 다가와 외투를 받아주었다.

춤을 출 수 있는 홀만 60평에 70평의 객석을 가진 클럽은 타이요우가 말한 대로 세련된 호화클럽이었다.

홀의 중앙에 마련된 무대에는 탱고밴드가 2층에는 재즈밴드가 있어서 상하교환 연주를 쉴 새 없이 하고 있었다. 홀 안에 사람들은 대부분 취해 있었다. 음악에 취하고 춤에 취하고 술에 취했다.

취함은 용기를, 용기는 다소의 퇴폐를 가져왔다.

홀에서 가장 가까운 vip석에 자리를 잡아준 급사가 와인과 과일을 내왔다. 석정이 급사의 팔을 잡아 와인 말고 맥주를 달라고 했다. 속을 시원하게 갉아줄 차가운 맥주가 필요하다고 했다.

타이요우가 입장하기 전에 샀던 표를 몇 장 석정에게 주었다.

"이걸 왜요?"

석정의 물음에 대답하는 대신 주변을 휘 돌아본 타이요우는 지나가는 한 여성을 붙잡았다. 검은색 드레스를 입은 늘씬한 미인이었다. 그녀는 타이요우가 내미는 표를 한 장 받더니 지나가는 급사의 은쟁반에 톡 떨어트렸다. 여성을 인도해 홀로 나간 타이요우를 멍하니 보던 석정이 급사에게 물었다.

"저 여자가 누구죠?"

"댄서요. 전문 댄서랑 춤을 추고 싶으시면 그 댄서에게 표를 한 장 주시면 됩니다."

바쁘다는 듯 횡하니 사라져 버린 급사의 등을 보다가 다시 타이요우와 여자 댄서를 향해 시선을 돌렸다.

4분의 2박자의 리드미컬한 탱고 연주가 시작되자 끌어안은 남녀의 다리가 넝쿨처럼 서로를 타고 오르면서 서로에게 밀착되었다. 애수 깊은 반도네온의 독특한 음색에 따른 움직임 하나하나 격정적이고 전투적이었다. 그러면서도 더없이 우아하고 품위 있었다.

바닥을 쓸며 쭉 뻗은 여성의 다리를 부드럽게 애무하던 타이요우의 손이 풍만하게 살집이 붙은 그녀의 넓적다리를 와락 움켜쥐었다. 불빛에 반사되어 하얗게 반짝거리는 여성의 살결이 그의 손안에서 짓이겨지는 동시에 팽창되었다. 타이요우를 부둥켜안은 여성의 붉은 입술에서 뜨거운 김이 나왔다.

무분별하게 토해지는 그녀의 숨소리가 반도네온을 뚫고 석정의 귀에 선연히 들렸다.

급사가 가져다 준 맥주를 잔에 따라 벌컥벌컥 들이켰다. 울대를 지나는 차가움에도 뜨거운 열기가 가시지 않았다. 발을 감싼 구두가 뻑뻑하게 느껴졌다. 어느 순간 벗겨진 구두가 제멋대로 나뒹굴었다.

턱시도 차림의 남성이 다가와 손을 내밀며 춤을 청했다. 석정이 표를 한 장 손바닥 위에 올려주자 그는 표를 아무렇게나 주머니 속에 구겨 넣었다.

반도네온의 소리는 투박하면서도 섬세했다. 두 가지가 섞여 기묘한 슬픔과 관능을 만들어 냈다. 정조준한 화살이나 총알처럼 쏘아진 음들이 석정의 심장에 그대로 박혀들었다.

희뿌연 담배연기 사이로 흐르다가 공기 중으로 사라져 흩어져 버리는 소리의 잔상에 몸을 떨었다.

홀을 빙글빙글 돌면서 석정은 허공을 울리는 반도네온의 애감(哀感)에 서서히 젖어들었다. 바짝 조여진 영혼이 서서히 느슨해졌다.

관습을 타파하기는 신무용이나 탱고나 마찬가지였다. 동일하면서도 색다른 영혼의 울림에 석정은 사랑을 나누듯 쾌감을 느꼈다. 손을 뻗어 남성 댄서의 목을 감싸고 다리를 들어 그의 굵은 다리를 에워쌌다.

한 번도 탱고를 춰보지 못한 석정의 동작은 탱고 자체가 가지는 특성만큼이나 본능적이고 즉흥적이었다. 허리가 바닥을 향해 휘어지면서 단단하게 받쳐 주는 남성의 손에 희열을 맛보았다. 상대의 입술이 서서히 가까워졌다. 음악에 취하고 춤에 취했다.

취함은 용기를 용기는 다소의 퇴폐를 가져왔다.

문득 몸이 붕 뜨는 느낌이다. 아찔하게 다가오는 몽롱함이 기분 좋았다. 눈을 떴다. 땀에 흠뻑 젖은 타이요우의 얼굴이 보였다.

"파트너 체인지."

낮게 속삭이는 목소리가 반도네온에 더없이 어울렸다.

라 쿰파르시타.

이토록 정열적이고 이토록 야한…….

변화무쌍한 타이요우의 스텝을 따라잡기가 어려웠다. 툭툭 끊어지는 음악에 맞춘 간결하면서 빠른 속도의 정확한 움직임이 그를 능숙하면서도 성숙해 보이도록 했다.

석정은 타이요우를 만지고 싶었다. 손안에 가득 들어차는 그의 근육을 느끼고 싶었다. 음악이 짙어지면 충동 역시 짙어졌다.

아르헨티나의 부에노스아이레스 동남쪽에 항구도시 보카가 있었다. 그곳을 통해 이민자들은 아르헨티나로 모여들었다. 주로 이탈리아계 하층민이었다. 고향을 떠난 이민자들은 자신이 두고 온 것을 그리워했다. 만만치 않은 고단한 삶을 이겨내는 것은 혼자의 사투였다. 그들이 뿜어내는 농도 짙은 고독과 애환 속에서 탱고가 파생되었다.

탱고는 본래 거친 일을 하는 남자들의 춤이었다. 부두의 항만 노동자나 도살장의 백정, 뱃사람들이 땅거미가 지면 가스등 아래로 혹은 길거리로 모여들었다. 사랑과 상실, 갖지 못한 욕망에 대해 춤을 추며 서로의 쓸쓸함을 위로했다.

이상하게도 탱고를 추는 타이요우는 그들과 닮아 있었다. 이주민들의 향수 속에서 태어난 탱고. 비록 조건은 달라도 그의 삶 전반을 지배했던 외로움의 본질은 아마도 탱고의 그것과 같은 것이었을까.

탱고는 정열적이며 냉정하고 뜨거우면서 외로웠다. 퇴폐적이되 우아했고 동적이거나 정적이었다. 수없이 많은 감정을 노래한 탱고지만 무슨 주제를 던져놓아도 변치 않은 건 절절함과 비애였다.

석정은 타이요우가 뿜어내는 비애를 어루만졌다. 진한 키스라도 한 것처럼 제멋대로 부풀어 오른 입술을 짓이기며 비틀었다. 구두를 벗어던진 맨발로 결코 멈추지 않을 것처럼 스텝을 밟으며 이 밤을 관통하는 관능에 맘껏 스며들었다.

타이요우와 석정이 클럽을 나온 시간은 자정이 훌쩍 지나서였다. 더는 입장 순서를 기다리는 사람들도 없이 쓸쓸히 문 앞을 지키던 매표원이 꾸벅꾸벅 졸고 있었다. 주차된 차를 내주어야 할 보이는 어디를 갔는지 보이지 않았다.

취기가 오른 석정이 타이요우의 어깨에 얼굴을 기댔다. 클럽에서 흘러나오는 탱고와 블루스, 재즈, 폭스트롯과 같은 음악들을 말없이 들었다. 새벽의 공기가 눅진했다.

톡.

빗방울이 떨어졌다. 하나둘 떨어지던 빗방울의 속도가 빨라졌다. 내리는 새벽의 봄비를 가만히 보던 석정이 클럽의 처마밖으로 나갔다. 타이요우가 양복 재킷을 벗어 머리 위로 둘러주는 것을 거부한 채 멀찍이 앞서 걸었다.

"맨발이에요."

타이요우가 말하자 몰랐다는 듯 자신의 발을 내려다보는 석정의 눈빛이 낯설었다. 촉촉이 내리는 비가 그녀의 발을 중심으로 얕은 웅덩이를 이루었다. 흥건히 젖은 발등을 하염없이 보던 석정이 이내 고개를 들고 웃었다.

"뭐, 어때요? 우린 이미 젖었는걸요."

타이요우의 손을 꼭 잡은 석정이 팔을 힘차게 휘둘렀다. 커다란 덩치의 남자가 제 몸집보다 한참이나 가녀린 여자에게 끌려가는 모습이 우스꽝스러웠다.

"우린 음악에 젖고, 춤에 젖고, 술에 젖고, 비에 젖고……."

들숨과 날숨을 쉬어내며 장난스레 머리를 터는 석정이다. 그바람에 빗물이 사방으로 튀었다.

"사랑에 젖었잖아요."

빗줄기가 점점 더 거세졌다. 석정의 목소리가 빗줄기 사이로 조각나 아스라이 분산됐다. 타이요우가 등을 내밀고 앉았다.

"업혀요."

석정이 쑥스러운 듯 머뭇거리자 재촉하는 그의 목소리가 조금 커졌다.

"맨발로 걷다가 다쳐요. 무용수가 발을 다치면 안 되잖아요."

쭈뼛거리며 석정이 등에 업히자 타이요우는 행인 하나 없는 새벽 빗길을 천천히 걸었다.

"어쩌죠? 차를 두고 와버렸네요."

석정이 걱정하자 타이요우가 피식거렸다.

"괜찮아요. 동이 트면 사람 시켜서 가져오면 되니까요."

잠이 들었는지 석정이 조용했다. 그렇게 한참을 걸으며 타이요우는 내리는 빗줄기 속에서 온전히 그녀의 체온을 느끼고 있었다.

"있지요."

별안간 석정은 그를 부른 뒤, 도로 조용해졌다.

"말해 봐요."

타이요우가 재촉하자 그녀는,

"당신이 행복했으면 좋겠어요. 그리고 저도."

잠꼬대처럼 웅얼거렸다. 움찔하며 걸음을 멈춘 타이요우가 고개를 반쯤 돌렸다가 다시 걸었다.

"우린 지금 충분히 행복하잖아요."

부러 심드렁히 대꾸했다. 석정의 얕은 한숨 소리가 들리는 듯했다.

"아니요. 오래오래, 아주 오랫동안…… 영원처럼 그렇게 오래요."

타이요우는 아무 말도 하지 않았다. 아니, 아무런 말도 할 수 없었다.

불도 켜지 않은 서재에서 요시히로는 내리는 빗소리에 집중했다. 괘종시계가 묵직하면서도 거대한 소리를 내자 퍼뜩 정신을 차렸다.

지로를 불러 타이요우가 아직 들어오지 않았느냐고 물었다. 들어오지 않았다는 말에 화를 삭이지 못해 책상을 '쾅' 내리쳤다. 침실로 돌아가 잠을 청하시는 것이 어떻겠냐는 늙은 집사의 말에 대꾸하지 않았다.

타이요우가 저녁 무렵에 공회당에서 석정을 데리고 간 사실이 삽시간에 퍼졌다. 좁은 사교바닥인지라 그들의 행선지가 어디인지도 곧 밝혀졌다.

요시히로는 몹시 화가 난 무라카미 히사토를 만나 그에게 고개를 조아리며 사죄를 해야만 했다.

나가코 또한 극심한 역정을 내며 육군 대신과의 관계가 틀어질 경우 비록 외척이라 할지라도 더는 이치카와 가문에 힘을 실어주지 않을 것이라고 못을 박았다. 그녀는 충분히 그러고도 남을 여자였다.

자신의 앞길에 걸림돌이 된다면 핏줄도 상관치 않고 잘라 낼 것이 틀림없었다.

　－그러게 집안 어르신들도 피가 섞인 종자는 아니 된다
누누이 이르지 않았습니까? 황후의 가문에 순혈이 아닌 잡
종이 존재하다니요!
　－소, 송구합니다. 황후 폐하.
　－어쨌거나 이번 혼사는 반드시 이루어져야 합니다. 요
즘 들어 무라카미 공이 야스히토와 자주 회합한다는 소리
가 들리더군요. 황족들이 폐하의 아우를 눈여겨보고 있어
요. 이런 때에 무라카미 같은 자를 놓치면 대동아는 물론
이요, 천황 폐하의 옥좌마저 위험해진단 말입니다!

　마른 몸을 부들부들 떨며 격노하던 나가코의 모습은 차마 두
눈 뜨고 보지 못할 정도로 섬뜩했다. 아직 어리고 젊은 여인이
건만 그녀의 냉혹함은 노회한 능구렁이에 권모술수의 대가도
얼어붙게 만들었다.
　"키무라 마에다를 불러야겠어."
　요시히로가 혼잣말처럼 중얼거리는 소리를 들은 지로의 안
색이 어두웠다.
　키무라 마에다는 요시히로의 지저분한 뒷일을 전담해 주는
사냥개였다. 그를 부른다는 것은 요시히로가 이이상 타이요우
를 가만 두고 보지 않겠다는 뜻이었다.

"각하, 그래도 도련님과 다시 한 번 말씀을 나눠 보시는 것이 어떠십니까?"

"내 아들놈은 내가 더 잘 아네. 그놈 고집이 어디 그냥 고집이던가? 말이 안 통하니 행동으로 보여야지. 깨져보고 다쳐봐야 철이 들게 아닌가? 괜한 편, 들지 말고 가만히 있게. 늙은이 마음에 안쓰럽다 어쩌다 하면서 말이라도 한마디 새어 나가 봐. 내, 자네부터 요절을 낼 것이니."

쉿소리 섞인 목소리로 요시히로가 음산하게 말했다.

*   *   *

"커피 한 잔 주세요."

카페에 들어서면서 커피를 주문한 석정은 창가의 빈자리를 찾아 앉았다. 황거에서 멀지 않은 가구라자카의 번화한 상점가인 이곳에서 타이요우를 만나기로 약조가 되어 있었다.

약간 이른 시간에 도착한 그녀는 여유롭게 그를 기다릴 생각이었다.

아직은 해 지기 전인 한적한 오후라 거리도 카페 안도 고즈넉하기만 했다. 덕분에 석정은 나른한 오후의 분위기를 십분 만끽할 수 있었다.

카페 안에 진동하는 향긋한 커피 냄새에 숨을 한번 크게 들이쉬었다. 근처 서점에서 사온 잡지를 펼쳐들고 자신의 기사를 찾아 읽기 시작했다.

　　모석정 양이 최승희 이후 조선인으로서는 두 번째로 도쿄공회당 무대에 섰다. 그는 스승이자 신무용가이며 안무가인 가스카노 미하로의 새로운 작품 '설녀'에서 주인공으로 분해 열연하였는데 이제 막 데뷔한 신인 같지 않은 능숙함과 화려한 몸동작이 특히 인상적이며 깊이 있는 감성이, 보는 이로 하여금 찬탄을 자아내게 만들었다고 한다.

　　이에 한 후원가의 말이 '미개한 조선에도 이와 같은 천재적인 무용가가 나오다니 다시 생각할 일이오.'라고 하매 모석정 양이 화답하기를 '우리 조선은 역사적으로 볼 때 매우 발전한 문화를 가지고 있습니다. 나 말고도 지극한 예술적 감성을 가진 조선인들이 허다하다.'라고 말해 오만함을 내비쳤다고 한다.

　　한편 유력 가문인 이치카와 가문의 후계자인 타이요우 군과의 염문설에 관하여 '남녀의 일이라 함은 당사자들만의 개인적인 사정이건만 상관없는 이들이 이를 알아 무엇하려 하오? 이성을 사랑하는 마음에는 국경도 나이도 없다하니 그런 줄 아오.' 대답하니 그간 세간을 떠들썩하게 만들었던 소문들이 거짓이 아님을 간접적으로 시인하였다. 그러나 이십 대 중반인 이치카와 군은 육군 대신인 무라카미 히사토 공의 영양과 약혼중인 것으로 알려져 있는 데다 석정 양의 오라비인 모정일이 조선총독부와 헌병대의 추적을 받고 있는 악명 높은 불순분자이고, 그렇지 않다 해도 식민지 백성이기에 이들의 사랑을 향한 행보가 쉽지만은 않을 것이라 여겨진다.

익명을 가장한 이치카와 군의 한 측근이 말하길, 어차피 가문에서도 조선인 여인은 절대 용납하지 않을 일이니 얼마 못 가 한때의 불장난으로 끝날 공산이 크다고 하였다.

기사를 읽던 석정이 눈살을 찌푸렸다. 불쾌함에 잡지를 덮자 큼지막하게 써진 '모던일본' 이라는 제목이 제일 먼저 눈에 들어왔다.

여급이 커피를 놓고 가면서 석정을 흘끔거렸다. 벌써 어디선가 그녀의 모습이 그려진 선전용 화보나 사진을 보고서 기연가미연가 쳐다보는 것일 게다.

석정은 잡지를 계속해서 노려보았다. 근자에 신문이며 잡지 등에서 쏟아 내던 수많은 기사들 역시 이런 식이었다. 그들은 무용가로서의 석정에 대한 관심보다는 여전히 염문설에 더 많

은 촉각을 세우고 있었다. 사람들은 그러한 기사에 시시덕거리
며 수군거리기 바빴다.

'마음대로들 지껄이라고.'

신경질적으로 잡지를 저만치 밀었다.

"이게 누구야? 이제는 사람들이 도쿄의 별, '호시' 라고 부른
다지?"

누군가가 아는 척을 해 왔다. 납작하게 눌린 모자를 들어 보
이며 엄청난 우연이라는 듯 낄낄거렸다.

"요즘에는 아예 군복을 벗고 다니시는 모양이네요."

"이 오하시 데루오의 황토색 제복이 퍽 그리웠나봐, 응?"

데루오는 청하지 않았음에도 맞은편 자리에 앉아 한쪽 다리
를 다른 쪽 다리 위로 거만하게 걸쳤다. 석정은 고개를 창가 쪽
으로 차갑게 돌렸다.

"엄청난 인기인이 됐는데 오늘은 한가해 보이는군."

커피 잔을 입으로 가져가며 석정은 담담한 표정을 지었다. 형
무소 지하 밀실에서 당한 수모와 차라리 죽는 것이 나을 것만
같았던 끔찍한 고문의 고통이 고스란히 밀려들어 온몸의 뼈마
디를 지독하게 쑤셔 댔다. 하지만 아무렇지 않은 척 화사한 미
소를 지었다.

"소위님께서는 언제나 저를 따라다니시네요. 혹여 저를 연모
하고 계신 것은 아니신지?"

"그러지 말라는 법도 있나? 사내라면 미모의 무용수에게 한

번쯤 마음을 빼앗길 만도 해. 암!"

"감사라도 드려야 하나요?"

"기분이 별로 좋아 보이진 않는데 잡지 기사가 마음에 들지 않는 모양이군?"

잡지를 본 데루오는 알 만하다는 표정으로 실실거렸다. 굶주린 살쾡이의 눈빛으로 석정을 째려보았다.

"먹물 먹은 놈들 하는 짓이 매양 이렇다니까. 조금만 캐보면 훨씬 흥미진진할 텐데 그저 남녀 간의 이야기뿐이라고."

"얄팍한 가십 기사들이야 그러려니 해야지요."

석정이 심드렁한 투로 대꾸했다. 한참만에야 그녀에게서 시선을 거둔 데루오가 탁자를 가볍게 치고 일어섰다.

"벌써 가시는 겁니까? 저를 보기 위해 일부러 찾아주신 것 같은데 커피나 한 잔 드시고 가시지 그러세요? 이곳 커피 맛이 아주 일품이랍니다."

"나같이 무식한 자가 커피 맛을 알 턱이 있나. 그저 네년이 얌전히 잘 있나 항상 궁금할 뿐이지. 부탁이니 한 건만 터트려. 이번엔 확실히 현행범으로 잡아 줄 테니까."

커피 잔을 든 석정의 손이 바르르 떨렸다. 긴장한 것을 들키지 않기 위해 잔을 얼른 내려놓았지만 이미 그녀의 얼굴 위로 핏기가 사라진 후였다. 석정의 표정이 빠르게 굳어지자 데루오의 입술에 비틀린 미소가 걸렸다.

"낯빛이 창백한데 겁나는 거라도 있나?"

"글쎄요. 딱히 그런 건 없는데 웬 불량한 사내들이 언제부터 인가 자꾸 제 뒤를 밟더군요. 그 때문에 신경이 조금 예민해졌 답니다. 너무 불안하니 아무래도 누군가에게 말을 해서 도움을 청해야 할 것 같아요. 소위님께서 혼을 좀 내주시겠어요?"

데루오가 경박스럽게 키득거렸다.

"그런 일은 나보다는 연인에게 먼저 도움을 청해야 옳지 않겠 나? 연인의 곤경을 모르고 지나친 것을 그가 나중에 알게 된다 면 아마 굉장히 속상해할 테니까 말이지."

웃음 멈춘 그의 눈이 굶주린 짐승처럼 매서워졌다.

"허나 조심해야 할 거야. 그런 불량한 놈들은 워낙 무도한 것 들이라 앞뒤 살필 줄을 모르거든. 누구라도 상관치 않고 달려들 어 숨통을 물어뜯는 것이 그놈들 하는 일이라고."

타이요우를 겨냥한 것이 분명한 협박에 석정의 눈빛이 흔들 리면서 평정심이 흐트러졌다. 마시다 만 커피를 데루오의 얼굴 에 확 끼얹었다.

"쯧쯧. 품위를 지키셔야지, 이건 숙녀의 행동이 아니지 않 나?"

석정의 손가방을 낚아챈 데루오가 허리를 쭉 펴더니 손수건 을 꺼내 젖은 얼굴을 쓱쓱 문질러 닦았다.

"조만간에 네년의 사나운 기질을 꺾어줄 기회가 다시 찾아올 거야. 그때까지는 참아주도록 하지. 그리고 이치카와 놈의 몰 락도 함께 다가올 테니 기대하라구."

"농이 지나치시네요."

"농이 될지 현실이 될지는 지나 봐야 아는 것이고 이래서 여자를 가까이에 두는 건 위험하다니까. 단지 하룻밤 데리고 놀다 버리면 되는 것을 말이야. 뭐 어쨌든 혼자 죽는 것보다야 연인이 함께 동행하는 것이 훨씬 행복할 테니 어쩌면 내게 감사라도 해야 할지 모르겠군. 그때까지 그를 옆에 꼭 붙들어 두라고. 그럼 이 몸은 이만, 바쁜 관계로."

치미는 분노와 밀어닥치는 두려움에 석정은 입술을 잘근거렸다. 데루오가 휘파람을 불며 어슬렁어슬렁 카페를 떠났다.

저 잘난 줄만 알고 고개를 뻣뻣이 들던 오만한 여자의 표정이 힘없이 녹아내렸다. 데루오는 기분이 좋아졌다. 싸구려 담배를 입에 물었다. 불을 붙이며 카페를 나온 그는 아는 얼굴을 발견하고 히죽 웃었다.

타이요우는 말없이 데루오를 지나쳤다. 출세를 위한 지름길이나 재물로 데루오가 석정을 선택한 것은 명약관화(明若觀火)였다.

그의 눈빛은 권력에 대한 야망으로 추악한 빛을 띠고 자신의 앞길을 막는 어떤 장애물도 용납하지 않겠다는 무자비한 살기를 내포했다.

"언제나 늘, 그렇게 모석정 곁에 계십시오. 늘 말입니다. 이 오하시가 두 분을 한꺼번에 포획할 수 있도록. 으흐흐흐."

등 뒤에서 데루오가 조롱했지만 타이요우는 듣지 못한 것처럼 카페 안으로 들어갔다.

최근 들어 데루오가 석정의 주변을 더욱 노골적으로 파고든다는 것을 알고 타이요우는 자체적으로 석정의 뒤를 조사해 보던 중이었다. 이런 종류의 일들, 소위 공을 세울 수 있는 중요한 일에는 촉각이 더욱 발달한 헌병소위가 근거 없이 들이대지는 않았을 테니까 말이다.

석정이 하고자 했을지도 모르는 일, 그녀의 주변을 에워싼 이들이 하려던 일들은 매우 위험천만한 것들이었다. 성공 가능성 역시 희박한 작은 몸부림에 불과했다.

안타깝게도 조선의 독립을 염원하며 투쟁하던 이들의 말로는 한결같았다. 죽음이 아니면 차디찬 형무소 독방에서 고통스레 세월을 보내는 것으로 점철되었다.

타이요우로서는 석정이 무슨 생각을 하는지, 또 무슨 일을 하는지 정확하게 알아야 할 필요가 있었다. 만에 하나 정말로 그녀가 위험한 일들에 개입되어 있었던 것이 사실이라면 더 이상 개입되지 않도록 석정을 막을 생각이었다. 그녀에게 무슨 일이 생긴다는 생각만으로도 그는 끔찍했다.

밖이 훤히 내다보이는 카페의 유리정문을 통해 점차로 사라지는 데루오의 모습을 복잡한 시선으로 응시하던 그는 긴 한숨을 내쉬었다.

그녀는 무슨 생각을 하고 있을까?

석정의 얼굴이 스산했다. 이제 곧 사라져 버리기라도 할 것처럼 투명하리만치 창백했다. 한쪽 어깨로 몰린 머리채가 탁자에 닿을 정도로 우수수 늘어졌다.

"그렇게 살그머니 오셔도 전 당신을 느낄 수 있어요."

어깨를 움츠렸다 푼 석정이 비시시 웃으며 타이요우를 올려다보았다. 배꽃 같은 미소. 싸하게 하얀 미소. 그래서인지 상대에게 우울함을 전파하는 미소였다.

그놈 때문이다. 먹이를 찾아 헤매는 하이에나처럼 두 눈을 번득이고 그녀의 주위를 배회하는 그놈 때문인 것이다. 아니면 어디선가 생사의 고비를 드나들 오라비 때문이기도 하리라. 힘없이 주권을 빼앗긴 조국이 마음에 걸렸음이다. 그 모든 것들이 그 누구보다도 빛나고 아름다워야 할 그녀의 얼굴 위로 하얀 배꽃을 피웠으리라.

"깊은 상념에 빠진 걸로 보였는데요?"

석정이 고개를 저었다. 그러자 어깨 밑으로 우수수 떨어져 있던 머리카락들이 어지럽게 흩어졌다.

"맞아요. 상념에 빠졌죠. 하지만 전 알 수 있어요. 아무리 상념에 빠져 있어도 말이죠. 저 멀리 당신이 풍기는 알싸한 담배 향도, 옅게 배어나오는 향수 냄새도, 당신의 발걸음 소리도 저는 다 느낄 수 있어요. 그것들이 저를 깊은 사색에서 빠져나오도록 일깨우죠."

타이요우는 차게 식어 버린 석정의 커피를 물끄러미 바라보았다. 맞은편 자리에 앉으려고 하자 그녀가 수줍게 옷자락을 잡았다. 타이요우가 의아한 눈길로 내려다보았다. 창가 쪽 자리로 비켜 앉은 석정이 자신이 앉았던 자리에 눈길을 보냈다. 타이요우가 앉자 기다렸다는 듯 그의 어깨에 얼굴을 기댔다. 탁자 위에 놓여 있던 잡지를 향해 타이요우가 손을 뻗었지만 그녀가 그의 손을 지그시 잡아 눌렀다.

"읽지 말아요."

"우리 기사가 실렸습니까?"

"……."

석정은 입을 다물었다. 타이요우는 무슨 내용의 기사일지 대충 짐작이 갔다.

"사람들은 저라는 여자에 대해서 이치카와 타이요우 상을 꼬드긴 한낱 요부로밖에 보지 않더군요."

석정의 입가에 쓸쓸해진 미소가 걸쳤다. 그만큼 타이요우의 마음에 파문이 일었다. 그는 활짝 웃었다. 이런 일 따위에 일일이 신경 쓴다는 것 자체가 의미 없다고, 대수롭지 않게 굴었다.

"펜을 가진 종족들은 늘 자극적인 것을 원하죠. 그들의 펜대에 살아남을 수 있는 존재는 오직 천황 한 사람뿐일 겁니다. 그들이 굴리는 펜과 그 끝에서 나오는 조잡한 글귀들은 모두 싸구려라는 걸 알아야 해요. 언론이 중한 것은 진실을 다루었을 때죠. 진실이 없는 몇 마디 글귀에 속상해할 것도 수치스러워할 것도 없어요. 물론 두려울 이유도 없습니다."

타이요우의 말이 불어오는 훈풍처럼 석정의 마음에 따뜻한 흔적을 남겼다.

아연히 떠오른 데루오의 협박이 그녀의 마음을 다시 어지럽게 만들었다.

타이요우의 몰락을 즐거운 듯 예고했던 그 남자의 비릿한 미소가 자꾸 떠올랐다. 두려운 마음에 타이요우의 팔을 꽉 끌어안았다. 그의 어깨에 머리를 더 깊이 묻었다. 그의 옷에서 묻어나는 보풀이 코끝을 간질였다.

석정은 그토록 뜨거웠던 밤이 지난 이후로 자신이 좀 더 감정적으로 변한 듯싶다고 생각했다. 더 냉정해질 수 있다면, 더 강할 수 있다면 좋으련만 타이요우에 대해서만큼은 자꾸만 나약해졌다.

보금자리를 찾는 작은 새처럼 자신의 품으로 조금씩, 조금씩 깊게 파고드는 석정의 모습이 안쓰럽기만 해서 타이요우는 그녀의 정수리 위로 자신의 턱을 살짝 걸쳐 놓았다. 딱딱한 턱뼈에 머리가 지긋하게 눌리자 석정은 순간 저도 모르게 낮은 신음소리를 냈다. 붙잡고 있던 그의 팔을 좀 더 세게 눌러 잡았다. 타이요우는 그녀에게서 떨림을 감지해냈다.

"타이?"

고개를 드는가 싶더니 석정은 도로 타이요우의 어깨에 고개를 푹 파묻었다.

"시간을 잡을 수만 있다면 저와 당신이 행복했던 순간마다 커다란 틀 안에 넣어 두고 오로지 그 속에서만 살고 싶어요. 당신과 저 둘이서만 함께 말이죠."

타이요우는 불안하냐고, 그렇다면 그것이 무엇이던 당장 불안한 요소를 없애버리라고 소리쳐 말하고 싶었다. 사상과 이념, 독립 같은 건 저 멀리 선 밖의 일인 양 그저 내가 쳐 놓은 선 안에서만 살라고, 그렇게 아름다운 무용수로 영원히 나와 함께 살자고 윽박지르고 싶었다.

열리지 않는 입이다. 이상하게도 지금의 석정에겐 아무런 요구도 탓도 할 수 없었다.

금방이라도 떨어져 버릴 것처럼 보이는 희디 흰 배꽃 같은 미소 때문일까?

그녀의 미소가 떨어지지 않기를, 힘없이 날려져 버리지 않기를, 오래도록 아주아주 오래도록 그녀의 바람처럼 영원토록, 영영 그녀의 얼굴 위로 그렇게 행복이 되어 남기를, 그리될 수 있도록 내가, 그녀를 지킬 수 있기를.

"왜 묻지를 않습니까?"

타이요우가 느닷없이 물었다.

"무엇을요?"

"아버님과의 일이요. 호시를 아내로 맞이하겠다고 말씀드렸어요."

그의 말에 침묵하던 석정이 겨우 물었다.

"뭐라 하시던가요?"

"그것이 중요합니까?"

석정은 아니라며 고개를 저었다.

카페를 나온 석정과 타이요우는 가구라자카 극장에서 흑백의 무성영화를 관람했다.

소리 없이 과장된 동작과 표정만으로 상황을 만들어 내는 화면 속 배우들의 모습이 어딘지 모르게 어색했다. 색도, 소리도 없는 그들이 슬퍼보였다.

변사가 큰 소리로 영화 속 인물들을 대변해 보지만 화면 속 배우들의 현란한 움직임에 매료당한 듯 그의 음성에 귀를 기울이는 사람은 별로 없었다.

영화가 끝난 후 극장을 나오면서 석정은 사방에서 자신을 향해 수군거리는 사람들을 보았다. 호화로운 옷을 입고 부채를 연신 부치며 소리를 죽여 자기들끼리 쉬지 않고 속닥거리는 모습들이 마치 방금 보고 나온 영화 속의 한 장면처럼 연극적으로 보였다.

가십잡지의 자극적인 기사에 세뇌된 탓인지 그녀를 자유로운 모던 걸의 이상쯤으로 생각하는 동경어린 시선이 있는 반면 지체 높은 남성을 꼬드긴 딴따라 조센징 계집으로 여기는 비하 섞인 눈초리들까지 각양각색의 표정들이 그녀를 향했다.

석정은 무성영화처럼 그들에게서 색도, 소리도 느낄 수 없었으나 그들이 보내는 시선 하나, 표정 하나 전부 놓치지 않고 또 렷이 마주했다. 그들이 그녀에게 무성영화인지, 아니면 그녀가 그들에게 무성영화인지 모를 일이지만 그들과 그녀는 서로를 그렇게 낯선 세계인 양 바라보았다.

사람들은 석정을 무성영화 속 여배우처럼 흥미로워 하고 때로는 분노해서 바라보았다. 바라보며 손가락질을 하고 욕을 했다. 마치 영화 속 악녀를 향해 그러하듯. 그러면 석정 역시 그들이 그러하듯 그들을 똑같은 시선으로 바라봐주었다. 영화 속의 말 많고 시끄러운 주변인들을 비웃어 주듯이.

석정은 타이요우에게 걷고 싶다고 말했다.

슬그머니 장난기가 발동한 그들은 발맞춰 걷기 시작했다. 한 걸음씩 옮길 때마다 눈 마주치기를 여러 번. 그들이 걷는 속도에 맞춰 타이요우의 검정색 자가용이 천천히 따라왔다.

운전기사가 답답하다는 듯 한 번씩 창밖 넘어 그들을 향해 고개를 쭉 내밀어 보지만 이내 제자리로 돌아올 수밖에 없다.

거리는 번잡했다. 즐비하게 늘어선 상점들마다 사람들이 쏟아져 나오고 또 그만큼 사람들이 들어갔다.

신문 파는 소년들이 구역을 나눠 지나는 사람들마다 붙잡고 신문뭉치를 들이밀었다. 엿이라던가 모찌 같은 군것질 거리를 파는 아이들이 돈 좀 있어 보이는 사람들을 졸졸 쫓아오기도 했다.

서양인이 운영하는 유성기사에서는 경쾌한 음악이 흘러나와 행인들의 발길을 즐겁게 만들고 각양각색의 꽃들이 가득한 화원에서는 달콤한 향기가 거리로 퍼졌다.

이런 번잡함 속에서도 타이요우와 석정은 단연 돋보였다. 바쁜 호객 행위 중 잠시 피곤한 몸을 피기 위해 상점 밖으로 나온 점원들도, 그 상점 안으로 들어가고 나오는 손님들도, 방물장수며, 군것질 거리를 파는 아이들도, 어린 뉴스보이들도 모다 그와 그녀를 한 번씩 돌아보았다.

보란 듯이 석정은 가슴을 쭉 폈다. 눈이 마주친 어떤 노신사에게 싱긋 웃어 주었다.

제법 유명한 서양과자점 앞을 지나갈 때는 타이요우가 쿠키와 초콜릿, 알사탕이 가득 든 바구니를 사주었다. 알사탕에 눈길이 멈춘 석정은 하나를 꺼내 입에 넣고는 이리저리 굴렸다. 언제인가, 그리 멀지 않은 날에도 타이요우는 그녀에게 알사탕을 선물했었다.

─아픈 이나 슬픈 이나 모두가 이 사탕을 먹으면 기분이 좋아진다고 누가 말해 주더군요.

그랬지. 그가 그렇게 말했었다.

석정은 자신의 마음을 달래주기 위해 알사탕 하나하나 바구니에 담았을 타이요우의 모습을 상상했다. 조선소 안전사고로 아버지를 잃은 작은 사내아이가 잊어졌다가 다시 생각났다.

그 아이는 그때 내가 사준 사탕에 기분이 좋아졌을까?

석정은 아이가 행복해졌으리라 믿고 싶었다. 타이요우가 선물해 준 사탕바구니 하나로 자신 역시 이렇게 기분이 좋아졌으니 말이다.

달달함을 혀가 느끼는 순간 온몸에 퍼지는 행복감이 아이의 삶에서 퍼졌기를 그녀는 기도했다.

* * *

─지시가 내려왔습니다. 위험하겠지만 도쿄에 얼마간 머무르셔야겠습니다. 모석정 양에 대한 소문을 조직도 진작부터 들어 알고 있습니다. 상대가 이치카와 타이요우라니 상부에서 바짝 긴장한 모습입니다. 그녀는 이미 크든 작든 조직과 연계되었으니까요. 그녀가 그자에게 자신이 알고 있는 것들을 발설할지도 모르죠. 아니라면 역으로 우리가 알고자 하는 모든 정보들을 그녀가 알아내 줄 수도 있고.

조직의 수뇌부는 철환에게 석정과 조직의 중간 연락책이 되어 달라며 새로운 임무를 내렸다. 덕분에 철환은 일본에서 계속 체류를 해야 하는 상황이 되었다. 조직은 석정에게 새로운 임무를 부여하고자 했으나 그녀는 조직원이 아니었다.

그렇지만 조직은 이미 그녀를 하급 정보원쯤으로 여기고 있었다. 그녀가 투철한 조국애로 지난번 거사를 도왔던 단지 혈육에 대한 의리로 도왔던 상관없었다. 조직은 혁명과 인민의 해방을 위해서라면 누구도 이용할 수 있었고 그만큼 비정하기도 했다.

어두운 밤길을 하는 일 없이 걷기만 하는데도 둘이 함께 라는 이유 하나로 즐거워하는 석정과 타이요우다.

그들의 뒤를 밟는 철환의 마음 한구석에 돌덩이가 하나 내려앉았다. 조국을 배신한 친일파 아비를 둔 덕에 아무런 고민 없이 잘 먹고 잘 사는 석정을 비난하던 것이 엊그제 같았다. 그때만 같았어도 그는 아무런 고민 없이 석정에게 상부의 명령을 전달했을지도 모른다.

지금은 대체 무엇이 달라졌기에?

석정을 향한 나의 마음이 달라진 것일까? 그렇다면 달라진 그 마음이 무엇이기에 나는 그녀를 이번 일에 끌어들이고 싶어 하지 않은 것일까?

냉철하게 묶어 두었던 사소한 감정의 끈이 풀어져 버린 것은 아닐까?

모석정, 그녀 한 사람정도는 아름다운 무용수로 남아 무대 위를 순수하게 날아다녀도 괜찮지 않을까? 조국이니, 민족이니, 이념이니, 자주해방이니 하는 무거운 짐들에서 벗어나 그녀 한 사람정도는 오롯이 사랑만 쫓아도 나쁘지 않을 것이다.

그러나 결국 상부의 지시를 석정에게 전하기는 해야 했다. 일이 참으로 곤란했다. 이치카와 가의 남자와 엮인 이후로 그녀는 조선과 일본 양쪽의 표적이 되었다. 투철한 애국지사가 되느냐, 파렴치한 배신자가 되느냐는 그녀의 본심과는 아무런 상관없이 갈릴 수밖에 없었다.

아득해지는 마음이다. 먹먹해지는 가슴이다. 철환은 비틀거리듯 벽을 짚었다.

석정은 시대가 요구하는 흑백논리에서 완벽히 벗어난 인물이었다. 흑인가 싶으면 백인가 싶었다. 친일파의 딸로서 자신이 가진 것들을 당연하게 누리는가 싶더니 헐벗은 민족을 가슴 아파했다. 수많은 독립투사들의 노력이 과연 결실을 맺을 수 있을지에 대해 회의적이더니 최선을 다해 거사를 도왔다. 그리고 반쪽짜리 일본인에게 마음을 주었다.

알 수 없는 그녀다. 미혹. 그녀는 미혹이다. 정체를 알 수 없기에 더욱더 빠져들었다. 그녀의 모습도, 음성도, 미소도. 그리고 그녀의 춤도.

석정은 마음에 경계를 두지 않았다. 감정이 흐르는 대로 내버려 두었다. 철환은 그녀만큼은 시대에서, 시대가 요구하는 흑백에서 한걸음 물러나 그녀 하나 정도는 단순히 자유로워도 되지 않을까 생각했다.

그녀처럼 자유로운 영혼이 이러한 시대를 살아간다는 것이 참으로 안됐다.

그녀를 향해 아득해지는 내 마음도 몹시 안된 일이지. 자유로울 용기조차 없는 나의 마음도 한없이 애처롭기는 매한가지다.

*   *   *

"송철우."

오전부터 찾아와 석정의 연습을 내내 바라보던 타이요우가 애써 옆으로 밀쳐두었던 이름 하나를 나지막하게 불렀다.

석정의 눈이 타이요우와 마주쳤다. 처음에 그녀는 그가 누구를 말하는지 깨닫지 못했다. 바지 주머니에 손을 깊숙이 밀어넣고 타이요우가 등을 보이며 창문을 바라보고 섰을 때서야 비로소 낯선 이름의 주인이 누구인지 기억해냈다.

연습을 중단한 그녀는 옆에 걸어 두었던 수건으로 얼굴과 목 주변으로 흐르는 땀을 닦아냈다. 가까이 다가가 타이요우의 등에 기대려다가 머뭇거렸다. 어쩐 일인지 그가 그녀를 긴장시키고 있었다.

"그는 어떻게 되었습니까?"

"네?"

돌발적인 질문에 석정은 바보처럼 입만 벙긋거렸다. 한동안 멍하니 타이요우의 등만 보았다. 갑자기 심한 갈증이 느껴졌다. 선반에 놓인 주전자가 눈에 들어왔다.

"호시를 누구와도 나눌 생각이 없어요. 그에게 내 이야기를 했습니까?"

타이요우는 고집스레 창밖만 보았다.

주전자를 든 손에 약간의 떨림이 찾아왔다. 잔에 물을 따르면서 석정은 애써 쾌활한 투로 말했다.

"그분은 대다수의 조선 남성들과 마찬가지로 대단히 보수적인 분이에요. 당신과 제가 보란 듯이 도쿄의 거리를 휩쓸고 다니는데 과연 제 곁에 남아 계시려고 할까요? 벌써부터 연락이 끊긴지 한참인걸요."

타이요우에게 비밀을 가지고 싶지 않지만 어쩔 수 없었다. 그가 가까이 다가왔으나 이번에는 석정이 등을 보인 채였다. 그녀는 물만 덤덤히 마셨다.

타이요우가 석정을 뒤에서 끌어안았다.

"타이?"

석정의 부름에 타이요우는 아무런 대답도 하지 않았다. 그녀의 목덜미에 가만히 얼굴을 묻었다.

"무슨 생각을 하는지 말씀해 보세요."

타이요우의 태도가 석정은 견딜 수 없었다. 알 수 없는 표정으로 입을 다물고 있는 그의 모습은 그녀를 참을성 없는 여자로 만들었다.

"무엇이 문제인지 말씀해 주지 않으실 건가요?"

"오하시 소위가 계속해서 그대를 쫓는 모양입니다. 조심하도록 해요."

석정을 돌려세우며 타이요우는 곧바로 미소를 지어 보였다.

"조심해서 나쁠 건 없으니까요."

자신의 말을 강조하기 위해 석정의 볼에 입을 맞추고 어깨를 으쓱거렸다.

"무슨 말씀을! 쫓아봐야 그자는 제게서 얻을 것이 아무것도 없는걸요. 무고한 사람을 이렇게나 괴롭히다니 그는 무능력자이거나 멍청한 주제에 부지런하기까지 하고 포기조차 모르는 끔찍한 인물일 거예요. 아무튼 둘 중에 하나일 거라고요. 그렇지 않나요?"

장광설을 늘어놓으며 석정이 유성기 바늘을 레코드 판 위에 올리다 말고 다시 내려놓았다. 별안간 생각이 났다는 듯 화제를 바꿨다.

"요즘엔 뭔가 새로운 춤을 추고 싶어요. 남들이 생각지 못한 색다른 춤이요. 최승희 상처럼 저도 조선의 전통 춤을 재해석했으면 좋겠다는 생각이 들어요. 딱히 계획이 있는 건 아니지만 차츰 연구해 보려고요. 아니면 아예 새로운 춤을 만들던가요."

"왜 숨기는 것이 있는 사람처럼 굴죠?"

타이요우가 중얼거렸다. 석정이 말도 안 되는 소리라는 듯 입술을 깨물었다.

"대체 제가 뭘 숨긴다는 거죠?"

"이를테면 교토 궁 폭발물 투척사건 정도가 되겠군요."

석정의 몸이 꿈틀했다. 그녀의 손에 들려 있던 수건이 타이요우의 얼굴로 날아가 부딪치며 바닥으로 떨어졌다. 정말로 화가 났다는 듯 씩씩거리는 석정의 모습에도 타이요우는 흔들림이 없었다. 그는 묵묵히 수건을 주워 본래의 자리에 걸었다.

"제가 무혐의로 풀려난 걸 벌써 잊으신 건가요? 물론 이치카와 상께서 도와 주셨지만 정말로 제가 히로히토를 어찌하려 했다면 아무리 당신이라도 절 빼내주진 못했을 거라고요! 당신이 무라카미 히미코가 아니라 누구와 결혼을 하더라도 말이지요. 아닌가요? 물증도 없고 실제로 저와는 전혀 연관도 없는데 이제는 당신마저도 저를 의심하시는군요!"

석정의 눈이 반항적으로 빛났다. 토라진 입술이 심통 맞게 뒤틀렸다. 옆으로 길게 늘어진 눈초리가 샐쭉하니 올라갔다. 한바탕 속사포처럼 해 퍼붓고는 몸을 돌려 연습실을 쌩하니 나갔다.

타이요우는 자신의 염려가 사실이 아니기를 바랄 뿐이었다.

석정은 곧장 식당으로 갈 것이다. 그러고는 습관처럼 진한 커피를 한잔 마시겠지.

그는 다시 창가로 다가가 정원을 사이에 둔 맞은편 기숙사 건물을 바라보았다. 곧 기숙사 건물에 속해 있는 식당 창가에 석정의 그림자가 어른거리기 시작했다. 흐릿했지만 충분히 그녀를 알아볼 수 있었다.

그녀가 아무리 토라졌어도 커피 한잔 정도는 얻어 마실 수 있을 거라 기대하며 돌아섰다.

누구?

타이요우의 눈썹이 슬쩍 올라갔다.

정신줄을 놓은 것처럼 문설주에 기대 멍하니 있던 유카가 흠칫하며 눈을 동그랗게 떴다. 기숙사 방 창문으로 연습실 불빛이 여태 켜져 있는 것을 보고 건너온 참이었다.

석정이 아직 남아 있겠거니 했는데 뜻밖에도 이치카와 타이요우가 있을 줄이야.

점점 다가오는 타이요우를 똑바로 쳐다보지 못하고 슬금슬금 물러나다가 새빨개진 얼굴을 푹 숙였다. 몰래 훔쳐보았다고 그가 힐난할 것만 같아 마음이 조마조마했다. 평소에는 많기만 하던 말들도 어쩐 일인지 전혀 터져 나오지 않았다.

아무렇지 않게 '안녕하세요?' 라고 인사를 건넬 수 있으면 좋으련만 바보처럼 눈만 껌벅거렸다. 어찌나 세게 힘을 주었는지 맞잡은 두 손에 피가 통하지도 않을 것 같았다.

그러나 그녀의 걱정과 달리 타이요우는 상냥하게도 미소를 지어 주었다.

남자가 어쩌면 저리도 친절하고 아름다운 미소를 짓는 걸까?

유카는 타이요우가 혹시라도 자신을 알아볼까 기대하며 그의 입술을 뚫어질 듯 바라보았다. 안타깝게도 그는 그녀를 모르는 눈치였다.

"제가 감히 연습실을 차지했군요. 죄송합니다."

그뿐이었다.

"칫. 그러면 그렇지."

유유히 사라지는 타이요우를 아쉬운 듯 응시했다. 한숨이 푹 흘러나왔다.

석정이 가진 반짝임도, 화려함도 유카에게는 없었다. 타이요 우가 자신을 알아보지 못한 것은 당연한 것이라 생각하면서도 그녀는 못내 섭섭했다.

〈다음 권에 계속〉